SFIDARE LA SORTE

MANIPOLARE IL SISTEMA

Brenna Aubrey

Traduzione: Mirella Banfi

SILVER GRIFFON ASSOCIATES
ORANGE, CA, USA

ISBN 979-8-88908-037-4
Silver Griffon Associates
P.O. Box 7383
Orange, CA 92863
www.BrennaAubrey.it

Ai meravigliosi lettori e fan della serie Manipolare il sistema. Grazie, grazie per aver condiviso con me questa selvaggia cavalcata. Il vostro sostegno entusiastico e l'amore per questi personaggi mi hanno dato forza in questi anni, splendidi e difficili. A volte devo darmi un pizzicotto e chiedermi se questa è veramente la mia vita e questo il mio vero lavoro? Tanto amore e riconoscenza per voi. Non riesco a esprimere tutto quello che significate per me. Spero che resterete per altre storie nei miei mondi collegati.

Questo libro non sarebbe stato possibile senza le molte persone che mi hanno aiutato e hanno contribuito alla sua nascita. I miei più caldi ringraziamenti vanno a te, Kate Mckinley (alias "la Dottoressa Indecente") e a Sabrina Darby, compagne di brainstorming e lettrici beta straordinarie, che non hanno paura di fare le domande più difficili (anche se mi fanno piangere). A Kelly Allenby per le gemme di saggezza e perché è una fangirl meravigliosa. A Dayna Hart per la sua prodezza come editor... Il suo bisturi è affilatissimo e non ha paura di usarlo.

Grazie di cuore ai talentuosi artisti che hanno contribuito a questo progetto. A Lindee Robinson per l'eccellente fotografia dei modelli in carne e ossa: Elena e Marcus Filip (e il loro bambino, Leonidas) che abbiamo usato per i teaser e le immagini pubblicitarie e per la copertina alternativa. Grazie a Kristie della Vanilla Lily Design per la stupenda copertina a colori vivaci e la riprogettazione di tutte le copertine della serie. Tanto amore alla mia brillante amica, Penny Reid, per il suo generoso contributo al rebranding. E grazie anche a Sarah Hansen della Okay Creations per il design della seconda copertina.

E da ultimo, ma mai meno importante, alla mia famiglia che a questo punto rispetta ciò che ci vuole per creare un libro e sa che, man mano che si avvicina la scadenza, il senso di urgenza cresce di qualche grado, o qualche centinaio. Grazie a mio marito per aver sopportato le mie risposte secche, le mie occhiate "perché sei venuto qui?" E per le generose quantità di caffè che mi fornisce. Ti amo. Grazie ai miei figli... beh, ho fatto la maggior parte del lavoro mentre voi due eravate occupati a essere adulti e a dominare il mondo. Mi siete mancati e non passa un giorno in cui non desideri che viviate ancora qui e che mi interrompiate liberamente mentre scrivo. Proprio come il sogno di Mia, siete entrambi i miei miracoli e il sogno che ho realizzato. Sono così grata di essere la vostra mamma. Xoxo

Devo ammettere di non avere gli occhi completamente asciutti mentre lo scrivo. Comunque, ricordate che questo non è un "addio" ai vostri personaggi preferiti della serie Manipolare il sistema. È un "ci rivedremo presto". Torneranno e in un modo veramente sorprendente. <3

Capitolo Uno
Mia

ERO SPALLA A SPALLA CON AMICI E COLLEGHI, ALLA LUCE brillante del sole al tramonto e fissavo il mio futuro come se fosse un monolite fisico situato sull'orizzonte. Certo, eravamo tutti vestiti come se fossimo appena usciti dal set di un film di *Harry Potter*. Tutto ciò che mi mancava era la sciarpa marrone e oro di Grifondoro per completare il look. Il tocco e la toga erano neri, decorati con le righe verde scuro della facoltà di Medicina. Dal tocco pendeva una nappa verde. L'aria era piena di eccitazione per tutti noi. Ci eravamo senza dubbio spremuti fino al midollo per poter essere lì.

Ed eccomi lì, in fila per salire i gradini fino al palco. *Io*, Emilia Kimberley Strong Drake, tra poco sarei stata nominata dottore in medicina.

Difficile da credere eppure ero lì. Dopo un arduo percorso accademico e personale per arrivarci.

Finalmente ero lì, a guardare in faccia il mio futuro.

«È così surreale» disse la mia amica Louisa alle mie spalle. «Riesci a crederci?»

Abbozzai un sorriso guardandola. «Al mio corpo sembra che abbia ottant'anni e che mi abbiano passato al tritacarne. Certo che ci credo . Perché, se si tratta di un altro di quei sogni che si è inventato il mio cervello, mi butterò a terra e farò i capricci.»

Louisa sorrise, mostrando i suoi bei denti bianchi e diritti. Aveva grandi occhi castani, la pelle marrone scuro e capelli scuri a riccioli stretti, lunghi fino alle spalle.

«Siamo qui, ce l'abbiamo fatta. Se vuoi posso darti un pizzicotto, ma, per favore, non fare i capricci. Pensa alla tua famiglia che ci sta guardando. Sono sicura di aver individuato il tuo maritino incredibilmente sexy.»

Risi. L'avevo individuato anch'io. Era al centro di uno dei settori che stava facendo il tifo più forte, entusiasticamente capitanati da mia madre con l'aiuto di Jenna, che speravo sarebbe diventata presto la moglie del mio fratellastro, William.

«Hai trovato tuo marito tra la folla?» le chiesi.

«Non ancora. La gente del Midwest diventa rumorosa solo alle partite di football. Ma ho la sensazione che stasera cambierà.»

«Che succederà questa sera?»

«Beh, ho un segreto che non ho ancora rivelato a nessuno.»

La guardai con una smorfia. «Posso saperlo?» sussurrai un po' forte.

«Non te lo posso ancora dire» rispose Louisa.

Inarcai un sopracciglio. «Sei sicura? Non dirmi che hai intenzione di rinunciare al tirocinio al St. Joseph, perché potrei non perdonarti mai.»

«Oh no, niente da fare. Faremo il tirocinio insieme, assolutamente. Ma dopo quello…» Louisa si strinse nelle spalle. «Chissà?»

Mi voltai a guardarla. «Lou, per favore dimmi che non mi stai abbandonando. Tu e io siamo le uniche dell'UCI che sono state abbinate in quel programma.»

«Non ho intenzione di abbandonarti. Però…» Louisa si morse il labbro rivolgendomi un sorriso enigmatico, facendo nuovamente spallucce. Poi si accarezzò deliberatamente la pancia.

La guardai ironica. «Indigestione? Tutto quel discutibile fast food che abbiamo mangiato mentre studiavamo per gli esami?»

Louisa scosse la testa. «Non puoi dirlo a *nessuno*. Non l'ho ancora nemmeno detto a Josh.»

«Sei incinta?»

Louisa sorrise con gli occhi che brillavano. «Come hai fatto a indovinare?»

«Ho degli incredibili poteri di percezione extrasensoriale, non verificabili scientificamente.»

Louisa ridacchiò.

«O forse è tutta la luce che emani» aggiunsi.

Louisa agitò una mano, negandolo. «Per favore, non sono ancora a quello stadio. L'ho appena scoperto e tu sei il primo essere umano a cui l'ho detto. Ho fatto pipì sullo stick questa mattina. La seconda linea è apparsa immediatamente.»

«Dovremmo fare un prelievo di sangue e mandarlo al laboratorio per una verifica.»

Louisa sorrise beffarda. «Già fatto mentre venivo qui. Dovrei ricevere il risultato da un momento all'altro. L'ho contrassegnato urgente, in rosso, sottolineato due volte. Quei tizi al laboratorio trascurano sempre l'indicazione urgente. Mi sono stancata.»

Risi e riportai per un momento l'attenzione al palco, facendo un passo avanti prima di afferrarle la mano e stringerla. «Congratulazioni, Lou. Sono così felice per te.»

Ed era vero. Era un po' che tentavano, anche se a volte mi domandavo se la sua tempistica fosse giusta. Essere incinta durante il primo anno dell'internato non era uno scherzo, o almeno era quello che immaginavo. Ma segnava una vittoria dopo un anno di lotta.

Ed era così grande la mia gioia per lei che sentii solo una piccolissima fitta di autocommiserazione. A volte succedeva. Ed era passato oltre un anno da quando avevo aperto la discussione con mio marito, dicendogli che avrei voluto ricominciare a provare. Finora, silenzio radio da parte sua.

Non avevo fatto pressioni. Per difficile che era stata la nostra battaglia, non ero l'unica a essere stata colpita dalla nostra perdita. Ciononostante, dovevo sempre ingoiare un piccolo groppo ogni volta che mi veniva ricordata, anche in un giorno in cui realizzavo finalmente il sogno della mia vita.

Adesso c'erano sei persone prima che potessi salire i gradini, ricevere la mia laurea e la stola, stringere qualche mano ed essere dichiarata dottore.

Tanti anni e tante esperienze che avevano condotto a questo punto e a questo momento. Ero grata per tutti, perfino quelli dolorosi, perché mi avevano insegnato tanto.

«Va tutto bene?» chiese Louisa, osservando preoccupata la mia espressione pensierosa.

Mi impastai immediatamente un sorriso sul volto per coprire l'espressione da stronza che dovevo avere. «Sono assolutamente al settimo cielo per te. *E* sono particolarmente onorata di essere il primo essere umano a cui tu *non* l'hai detto.» Sottolineai l'ultima frase ammiccando esageratamente, facendola scoppiare a ridere. Il tizio davanti a noi, Del, si voltò e ci rivolse un'occhiata severa. Ma, ehi, a chi importava? Sarebbe andato a fare i suoi tre anni di internato nel New Jersey, per poi specializzarsi in chirurgia ortopedica. Probabilmente non l'avremmo più rivisto.

Strinsi la mano di Louisa e non parlammo più, dato che eravamo molto vicine al palco. Sentivo le farfalle nello stomaco e, se devo essere sincera, anche qualcos'altro.

Desiderio e malinconia. Potevo essere felice della notizia di Louisa e rendermi contemporaneamente conto che avremmo fatto il tirocinio insieme nello stesso ospedale. Avrei avuto un posto in prima fila mentre la sua gravidanza procedeva. C'erano anche altri sentimenti: una piccola fitta di qualcosa nel profondo del mio cuore. Non era tristezza, più la sensazione che mi mancasse qualcosa. Ero invidiosa che Josh, suo marito, l'avesse sostenuta in ogni momento del suo percorso. Sarebbe stato al settimo cielo alla notizia della gravidanza.

Il mio compagno? Era ancora nella fase "dovrò esservi trascinato, scalciando e urlando". E, data la sua leggendaria testardaggine, quell'atteggiamento non sarebbe cambiato tanto presto.

Nonostante quello, non lo avrei cambiato per niente al mondo.

Toccò a me salire i gradini verso il palco quando annunciarono il mio nome. Non provavo il minimo rimpianto e nemmeno un briciolo di tristezza. Solo gratitudine per tutto ciò che avevo.

Un po' dopo, quando la cerimonia si stava per concludere, ci chiesero di metterci in piedi, spalla a spalla, per recitare il giuramento di Ippocrate.

«*Giuro di rispettare questo patto, al meglio della mia capacità e giudizio... Rispetterò le conquiste scientifiche faticosamente ottenute dai medici di cui calpesto le orme e condividerò con piacere la mia conoscenza con coloro che seguiranno... Ricorderò che c'è arte nella medicina, oltre alla scienza... Se mi sarà dato di salvare una vita, ne sarò grata... Che possa sempre agire in modo da preservare le più elevate tradizioni della mia vocazione e che possa sperimentare a lungo la gioia di guarire coloro che cercano il mio aiuto.*»

Poi, con un grande sospiro di sollievo collettivo, gridammo tre urrah invece di lanciare il tocco come da tradizione. A quanto pareva, i neolaureati in medicina erano troppo dignitosi per farlo.

Poco dopo Adam mi trovò tra la folla, con mia madre e Peter al seguito, Jenna e William che si facevano strada a fatica dietro di loro, alle spalle il mio miglior amico di sempre, Heath. Mio marito, l'uomo dalla bellezza incredibile, attirava sguardi ammirati che non notava nemmeno mentre attraversava la folla verso di me e il mio sorriso diventava più ampio man mano che si avvicinava. Il suo sorriso gli illuminava il volto, gli occhi scuri brillavano d'orgoglio. Ci guardammo negli occhi e mi sentii sciogliere dentro come era successo il primo giorno in cui l'avevo conosciuto. Il mio stomaco fece una piccola piroetta e mi mossi verso di lui.

Sospirai felice quando mi strinse tra le braccia, mi baciò la guancia e mi sussurrò le sue congratulazioni all'orecchio: «Ce l'hai fatta. Adesso posso vantarmi che gioco "al dottore" con un vero dottore tutte le sere.»

Scoppiai a ridere. Sì, era vero, la gratitudine e la gioia in quel momento stavano spingendo lontano tutto il resto e dimenticai presto quelle sensazioni di desiderio e invidia.

CAPITOLO DUE

MIA

MENO DI UNA SETTIMANA DOPO ERO IN ITALIA CON Adam.

Eravamo andati all'aeroporto con la scusa che voleva portarmi con sé in un viaggio di lavoro a San Francisco. Era assolutamente conforme allo stile di mio marito, che amava sorprendermi mentre detestava essere sorpreso a sua volta. Una delle molte strane dicotomie che sembravano esistere nella psiche di mio marito.

Finora erano stati dieci giorni meravigliosi. Avevamo visitato alcune delle maggiori città, ci eravamo fermati qualche giorno in Toscana e avevamo assaggiato i vini locali mentre visitavamo i più bei borghi italiani. E ora eravamo nella favolosa Venezia per quasi un'intera settimana.

Chi lo avrebbe mai detto, eh?, che quello stacanovista di mio marito, che era totalmente avverso all'impulsività, avrebbe abbandonato tutto per portarmi in vacanza durante la pausa tra la laurea e l'inizio dei tre anni di internato?

A dire il vero, di recente non avevo insistito molto sulla sua dipendenza da lavoro, dato che sembrava l'avessi sviluppata anch'io e quindi sarebbe sembrato ipocrita. Invece, mi ero assicurata di sottolineare quanto fosse importante per entrambi mantenere un buon equilibrio tra lavoro e vita. E anche se il concetto di equilibrio tra lavoro e vita durante il percorso per diventare un medico era quasi risibile, non so come avevamo trovato un modo, anche se per ora era solo in piccole dosi.

E Adam stava oggettivamente migliorando. Riponeva il telefono quando glielo ricordavo, invece di fingere solo di farlo. Ed entrambi facevamo il possibile per apprezzare il momento in cui vivevamo invece di preoccuparci del futuro o rimuginare sul passato.

E il presente era esattamente ciò che stavamo sperimentando in questa città follemente romantica mentre, mano nella mano, passeggiavamo per le strette calli, osservavamo i passanti, prendevamo un taxi d'acqua per andare nelle isole vicine, guardavamo le vetrine e ci fermavamo per un gelato ogni volta che ne avevamo voglia.

Avevamo già visto i maggiori posti turistici della città durante i primi giorni, unendoci, in piazza San Marco, alla folla incredibile che avrebbe rivaleggiato con quella dei concerti di qualche famosa rockstar. Avevamo fatto il tour completo del Palazzo dei Dogi e la luccicante Basilica di San Marco lì accanto. Avevamo percorso il famoso ponte coperto, il Ponte di Rialto, mano nella mano, affacciandoci su un canale affollato di barche a motore e gondole vecchio stile, spinte da gondolieri con le maglie a righe bianche e nere.

Ma poi, invece di continuare a fare i turisti, gli avevo chiesto se avremmo potuto rallentare e goderci il semplice piacere di essere lì e assorbire l'atmosfera. Quando il grosso dei turisti partiva nel tardo pomeriggio, la città si trasformava in qualcosa di ultraterreno e tranquillamente incantevole. Guardavamo il tramonto, ciascuno diverso dall'altro e passeggiavamo nelle calli ammantate dal crepuscolo ammirando la laguna scintillante verso le isole vicine. Ero completamente innamorata di quel posto, del cibo delizioso, la gente del luogo (gentile e un po' stanca dei turisti) e del vino veneto. Ero anche profondamente innamorata dell'uomo che camminava accanto a me e che spesso mi metteva un braccio intorno alle spalle o alla vita.

Quel pomeriggio avevamo attraversato il nostro quarto ponte consecutivo quando Adam cominciò a lamentarsi; «Gesù, questi ponti saranno la morte delle mie ginocchia. Ho una vecchia ferita di guerra, sai.»

Si massaggiò il ginocchio destro. A novembre, durante l'annuale guerra a paintball tra la Draco Multimedia e la Blizzard Entertainment, o, come la chiamavo io, "la sfida tra i programmatori nerd a chi ce l'ha più lungo", Adam si era slogato un ginocchio quando aveva appoggiato male il piede ed era rotolato per quasi tutta la discesa lungo un ripido pendio.

Quando mi avevano avvertito che mio marito era al Pronto Soccorso dell'ospedale, avevo quasi perso un anno della mia vita finché non mi ero resa conto che non era niente di serio. Gli avevano ordinato di non appoggiare il ginocchio per quanto possibile per tre settimane. Indovinate quale AD motivato e stacanovista aveva ignorato gli ordini del medico? Anche quando avevo tentato di farglieli rispettare, aveva sempre trovato un modo per aggirarli.

Adesso osservavo la lieve zoppia senza molta simpatia. «Beh, oramai sei un vecchietto, quindi mi assicurerò di rallentare. Devo assicurarmi che il nonnino possa starmi al passo.»

Mi piaceva sfruttare il fatto che Adam avesse superato i trenta.

«Molto divertente» disse Adam con un'occhiataccia. «Immagino che questo ti renda la mia Sugar Baby. Se continuerai a farmi attraversare questi maledetti ponti nelle mie condizioni, avrò seriamente bisogno di attenzioni mediche per riuscire a superare la giornata. E anche di un modo molto piacevole per distogliere la mia mente dal dolore.»

«Ho già detto che sei un vecchio *sporcaccione*?»

Adam mi guardò di sottecchi. «Ogni maledetto giorno da quando ho compiuto trent'anni. Se devo essere un vecchio, allora insisto per essere un vecchio sporcaccione.»

Mi fece ridere. E *sporcaccione* era il modo in cui mi piaceva. Era strano come, alla fine di ogni giornata di questo viaggio, le mie guance fossero doloranti per il troppo sorridere. Amavo quest'uomo... Non solo era incredibilmente bello e follemente intelligente, era anche divertente, gentile e talmente innamorato di me che non notava nessun'altra intorno a noi.

La nostra vacanza divenne una serie di momenti in cui ammiravamo i luoghi, i gusti, le esperienze, ma niente era meglio della semplice occasione di passare giorni, notti e lunghe ore silenziose in compagnia l'uno dell'altro, senza bisogno di parlare. La nostra vacanza si trasformò in un sogno, in un ritaglio di tempo in cui Adam non era tirato in una direzione e io in un'altra, con a malapena il tempo di incontrarci in mezzo.

Quel tempo era per noi. Per riscoprire che cosa eravamo l'uno per l'altro. Per respirare prima di dover riprendere la corsa.

Quel giorno, il sole del tardo pomeriggio faceva allungare le nostre ombre nella piazza vuota della città mentre uscivamo dalla terza chiesetta che avevamo visitato. Attraversammo la distesa di vecchie pietre mano nella mano.

Adam sospirò. «Ho visto tante ossa di santi da riempire l'Ossario del Tempo.» Stava sorridendo di buon umore, passandosi la mano tra i capelli e ottenendo l'effetto di essere ancora più bello del solito.

Inarcai un sopracciglio e assunsi un tono didattico che sapevo lo avrebbe divertito. «L'Ossario del Tempo esiste solo a Yondareth.»

«Mia cara, dolcissima moglie, se non ti sei ancora resa conto che Yondareth è la mia vita reale, allora per te non c'è più niente da fare.»

«Mi piacerebbe che stessi solo scherzando, ma ti credo» gli risposi ridendo. «È il tuo mondo, e noi giocatori siamo solo dei visitatori, giusto?»

Continuammo a camminare per un momento, svoltando un angolo mentre vagabondavamo senza meta in un quartiere residenziale e passavamo davanti a negozi pieni di vetro di Murano, pizzo di Burano e altri prodotti locali.

Dato che non mi aveva risposto, gli diedi un'occhiata. Aveva un'espressione malinconica sul viso, come se fosse pensieroso. Si alzò una brezza, che fece svolazzare la mia gonna e qualche ciocca dei suoi capelli scuri. Lo guardai preoccupata. «Che cosa c'è che non va? Ti fa ancora male il ginocchio?»

Adam scosse la testa. «No, sto solo pensando tantissimo.»

«Succede quanto non fissi continuamente il telefono. Sei obbligato a pensare.»

«Non sono sicuro che mi piaccia molto» disse con una smorfia.

Smisi di camminare e mi voltai a guardarlo direttamente in faccia. «Adam...?»

Un gruppetto di bambini nella piazza vicina stava giocando a palla a un gioco che sembrava un misto di calcio e Palla Bruciata, urlandosi contro in italiano, ridendo e scherzando. Sopra di noi i gabbiani garrivano.

Adam esitò, poi infilò le mani nelle tasche dei jeans. «Non so, immagino che a volte mi senta come se la vita reale fosse un sogno. Una fantasia. Siamo così fortunati che a volte sembra come...» Scosse la testa, chiaramente non voleva continuare con quel discorso.

Scossi la mano, stretta nella sua, per insistere perché continuasse. «Sembra come *che cosa?*»

Alzò le spalle con un gesto esagerato. «A volte ho questa sensazione di terrore in fondo allo stomaco, come se stessi aspettando che succeda qualcosa di brutto.»

Sbattei le palpebre. Wow. Cioè, qualche volta mio marito tendeva ad avere pensieri oscuri e cupi. Era fatto così. Gli eventi del suo passato e nella sua infanzia non avevano certo migliorato quella che probabilmente era già una tendenza naturale. Una cosa che non era riuscito a scuotersi di dosso, perfino quando i tempi erano sereni.

Mi avvicinai a lui e gli scostai una ciocca errante di capelli dalla fronte, poi gli accarezzai la guancia e la mandibola scolpita mentre lo fissavo in quegli occhi scuri scuri. «Adam, non dimenticare che ci siamo passati, ne abbiamo le prove. C'è parecchio da dire a favore del vivere nel presente. Siamo in questo bel posto antico. Siamo anime gemelle. Ti amo più di quanto ti amassi il giorno in cui ti ho sposato. Non puoi rilassarti, assorbire questa felicità e godertela? Non incasinarti la testa temendo un momento ipotetico in cui potrebbe svanire.»

Adam deglutì visibilmente, con il pomo d'Adamo che andava su e giù. L'espressione sul suo volto era mortalmente seria.

«Merda, mi stai spaventando.» Frugai nei suoi occhi.

«No, non c'è niente di cui spaventarsi. È solo quella vaga sensazione che dovrei passare al gradino successivo di qualcosa e non so che cosa sia. Come se ora avessimo raggiunto quegli obiettivi per cui abbiamo lavorato tanto da ventenni e ora che abbiamo…»

«Ehi! Parla per te! A me mancano ancora due anni e mezzo prima dei trenta. Sei tu l'unico cittadino senior qui.»

Mi guardò facendo una smorfia. «Cavolo, grazie.»

Inarcai le sopracciglia rivolgendogli un sorriso sfacciato. «È colpa tua, che ti sei messo con una ragazzina.»

Adam sogghignò e poi mi rivolse uno sguardo apertamente lascivo, allungando la mano per afferrarmi il sedere. Emisi un guaito e ridemmo entrambi. «Sono solo un vecchio sporcaccione ed è passato molto tempo da quando eri una ragazzina, baby.»

Dopo una cena deliziosa in un piccolo ristorante appartato in cui ci eravamo imbattuti per caso, dove avevamo mangiato nel patio sotto le stelle e bevuto un'intera bottiglia di vino Rabosello frizzante, rientrammo a casa camminando un po' incerti, entrambi un bel po' più che alticci.

Fortunatamente, Adam non era così brillo da non essere in grado di fare sesso una volta toltici freneticamente i vestiti. Penso che qualcuno dei bottoni della sua camicia sia effettivamente volato via, tanto cercavo disperatamente di denudarlo. Non era passato molto dall'ultima volta, solo due giorni, ma ci avventammo l'uno sull'altro come se fosse una visita coniugale annuale e lui fosse un carcerato che stava scontando una condanna a vita.

«Wow, la mia sugar baby è...»

«Non finire quella frase a meno di voler immediatamente rovinare l'atmosfera, amico» borbottai tra un bacio e l'altro e continuando freneticamente a slacciare bottoni e cinture. Senza preavviso, Adam mi afferrò entrambe le braccia e ricadde sul letto, tirandomi sopra di lui.

Cominciammo entrambi a ridere istericamente, come se fosse la cosa più divertente al mondo. Poi Adam smise con un lungo sospiro. «Quel vino sembrava succo di frutta frizzante, ma penso che una bottiglia sia veramente troppo per noi due.»

Gli tolsi il resto dei vestiti e lo ebbi gioiosamente nudo sotto di me. Cominciai a depositare una scia di baci sul suo favoloso, muscoloso torace. «Parla per te.»

«Se non ne avessi bevuto, penso che potrei sbronzarmi solo per il vino nel tuo alito. Come quando qualcuno puzza di erba e tu ti sballi solo respirandogli accanto.»

Scoppiai a ridere. «Stai di nuovo passando troppo tempo nella Tana con i tuoi collaudatori.»

«Oh, diavolo, no. Non ci vado mai. Quei ragazzi sono animali. Perfino Kat non riesce a tenerli in riga.»

«Meno parlare di lavoro e più toccarmi le tette, okay?» ringhiai, afferrandogli le mani e posandole dove le volevo.

Adam sorrise, accarezzando obbediente il seno. «Non c'è bisogno di dirmelo due volte.» Come faceva spesso, seguì con il dito il tatuaggio che mi ero fatta fare un anno prima, quello sopra la cicatrice della lumpectomia, che mostrava la costellazione del Drago.

Poi fu tutto bocche, mani e gambe intrecciate.

Fu veloce e furioso. Facemmo ciò che facevamo meglio: improvvisammo. Quando infine Adam rotolò via, eravamo entrambi senza fiato e fin troppo sudati. Adam ricadde sulla schiena di fianco a me.

Feci un respiro profondo, fissando il soffitto. «Non ero sopra io quando abbiamo cominciato?»

Adam sospirò pesantemente. «C'è stato un rotolare continuo. Ho perso il conto.»

Sbattei gli occhi, sollevando il bordo del lenzuolo con gli angoli che una volta era fissato al materasso. «Abbiamo strappato il lenzuolo dal letto.»

Adam si mise a ridere, passando la mano sui folti capelli scuri e lasciandoli ritti in testa. «Questa è la mia sugar baby arrapata.»

Rotolai sul fianco e gli lisciai i capelli in disordine. Poi mi chinai su di lui e gli diedi un lungo bacio. «Ehi» dissi. «Volevo parlarti di una cosa.»

Adam aggrottò le sopracciglia scure e il suo sorriso esitò solo un po'. «Uh oh. Beh, se si tratta di mia moglie, non sa ancora di noi e io…»

Gli misi un dito sulle labbra per farlo stare zitto. «Sono seria, anche se abbiamo bevuto tutto quel vino. Forse è quello che mi dà finalmente il coraggio di parlarne.»

Adam sembrò preoccupato per un attimo, poi tornò serio e annuì, chiedendomi di continuare.

«Penso che sia ora…»

Quando esitai, chinò la testa di lato. «Ora di fare che cosa?» disse invitandomi a continuare.

«Che sia ora di metter su famiglia.»

Adam si leccò il labbro e mi fissò come se stesse cercando di mettere a fuoco gli occhi. Probabilmente era un errore sollevare l'argomento quando eravamo entrambi un bel po' brilli.

«Di che cosa si tratta *veramente*?»

«Sai, ci sto pensando da un po'. Te ne ho parlato al nostro primo anniversario. Abbiamo accantonato l'argomento quando mi hai detto che dovevi fare delle ricerche sui rischi. Poi mi sono distratta durante l'ultimo anno di università. Come stanno procedendo le tue ricerche?»

I muscoli delle guance si contrassero quando si irrigidì e si voltò a guardare la parete, probabilmente per evitare il mio sguardo.

«È per via di *me*, Adam?»

Aggrottò la fronte e si voltò verso di me. «Cosa? No. Ma siamo entrambi veramente occupati. Non vedo...»

«O è per via di *te*?»

Adam sbuffò esageratamente, poi scese in fretta dal letto, andando in bagno.

Mi alzai per seguirlo, ma prima che potessi insistere ancora, si voltò. «Siamo troppo sbronzi per fare ora questa discussione.»

«Al contrario, forse ci serve essere un po' brilli per essere sinceri su quello che proviamo.»

Adam mi voltò le spalle, entrando nella grande doccia della nostra elegante suite e aprì il rubinetto, allungando una mano per sentire la temperatura dell'acqua.

«Quindi non sono sincero?» mi disse voltando la testa.

«Non è quello che ho detto.» Dopo aver usato in fretta il WC, entrai nella doccia dietro di lui. Adam si spostò sotto il getto d'acqua, facendomi chiaramente sapere che non ero la benvenuta nella doccia con lui se volevo insistere a parlare di un argomento di cui non voleva discutere.

Cavoli amari!

Allungai la mano per controllare la temperatura dell'acqua, era più fredda che tiepida. «E che cazzo? Da quando fai la doccia fredda? *Dopo* il sesso? Non vanifica lo scopo di farlo?»

Nonostante la temperatura poco desiderabile dell'acqua, Adam ficcò la testa scura sotto il getto. Io fissai scontenta la sua schiena muscolosa.

«Allora è così» lo sfidai. «Hai intenzione di ignorare completamente l'argomento?»

«Cosa? Non ti sento» rispose.

Strinsi gli occhi. «Stai tremando e sembri a un passo dall'ipotermia.»

Adam si voltò a guardarmi, dominando ancora completamente lo spazio sotto il getto d'acqua, in modo che non ne ricevessi nemmeno un po'. «È rinvigorente. Mi sento rinvigorito.»

«Le tue labbra stanno diventando blu. Attento a quanto ti esponi a quell'acqua. Si comincia a vedere cose che si ritirano.»

Guardammo entrambi allo stesso tempo la parte del corpo in questione e, fortunatamente, avevo abbastanza vino in corpo per riuscire a ridere della situazione. In un altro momento, il modo in cui se l'era data a gambe ed era corso via come un codardo appena avevo detto "metter su famiglia" avrebbe potuto farmi piangere, o almeno scuotere un pugno rivolta al cielo.

CAPITOLO
TRE
MIA

LA NOSTRA DISCUSSIONE NON RIPRESE FINCHÉ NON FUMMO in volo verso casa. Stavo solo cercando di obbligare Adam a essere specifico sul momento in cui avremmo potuto avere una conversazione seria al riguardo. Non voleva nemmeno concedermi quello.

Mi chinai in avanti, appoggiando un gomito sul bracciolo del mio sedile nelle capsule di prima classe adiacenti. «Dovrei chiamare la tua assistente e chiederle di inserirmi nella tua agenda? Che ne dici di martedì prossimo, tra le tre e le tre e venti?»

Comodamente sistemato nella sua capsula, con le braccia ripiegate sul petto, Adam rispose: «Vorrei veramente guardare qualcosa ma ho dimenticato di scaricare un nuovo film. Abbiamo il wi-fi gratuito in prima classe, ma sono sicuro che la loro velocità di streaming faccia schifo.»

«Adam...»

«Stai usando il tuo tablet?» mi interruppe.

«Oh, ho scaricato un paio di film degli anni Ottanta, proprio roba che fa per te. John Hugues. Ti piacciono i suoi film, giusto? Quello con Kevin Bacon? *Avrà un bambino.*»

Adam aveva perfezionato l'occhiata di traverso già da tempo, da molto prima che ci conoscessimo e me ne rivolse una proprio in quel momento. E volete sapere una cosa: non me ne importava una pippa.

Reagii con la mia occhiata più severa, frutto di vera esasperazione. «Quando ne potremo parlare seriamente?»

Adam strinse gli occhi. «Non lo faremo sicuramente adesso su questo aereo, circondati da duecento di quelli che saranno i nostri migliori amici per le prossime dodici ore.»

Sollevai le sopracciglia, speranzosa. «Quindi Maggie mi inserirà nella tua agenda per venti minuti la prossima settimana?»

Adam sbuffò. «Emilia, per favore.»

Frugai nel mio bagaglio a mano e gli porsi il mio tablet senza molta grazia. «Ecco, divertiti. Goditi il tablet perché non ho intenzione di parlare con te tranne che per pure necessità di sopravvivenza finché non mi dirai che hai intenzione di avere questa conversazione.»

Prese il tablet e mi diede un'occhiata illeggibile ma attenta. «Pure necessità di sopravvivenza, eh? Includono…»

«*No*, non lo includono. Di questo passo non diventerai mai socio del Mile High Club.»

Adam sbatté le palpebre, mi diede un'altra occhiataccia, poi aprì il tablet senza dire un'altra parola, mettendosi le cuffie a cancellazione di rumore.

Doveva essergli piaciuto il mio suggerimento, comunque, perché, qualche minuto dopo, sullo schermo c'era la sequenza d'inizio del film *Una pazza giornata di vacanza*.

Sbuffai esasperata ma non mi sentì per via delle cuffie. Speravo che avrebbe capito l'antifona quando premetti il tasto per alzare il divisorio tra le nostre due capsule.

Mi misi sul fianco per fare un pisolino, ma avevo troppe cose per la testa per riuscire a dormire. Doveva cedere, un giorno. *Un giorno*. Ma la testardaggine di Adam era leggendaria. E per quanto ci provassi, e in passato lo avevo fatto, sinceramente non ero alla sua altezza.

Dato che il giorno dopo dovevo essere in ospedale per l'orientamento, chissà quando avremmo avuto il tempo di parlare di nuovo. A meno che facesse uno sforzo per essere a casa per cena quella sera, e normalmente ci riusciva solo la metà delle volte, mandandomi un messaggio nel primo pomeriggio per dirmi se sarebbe successo.

La mattina dopo, lottando contro il jet lag, mi alzai prestissimo, mi misi la divisa ospedaliera, un minimo di trucco e mi diressi alla porta. Permisi a Adam di abbracciarmi e darmi un bacetto sulla guancia. «Buona giornata di orientamento. Cerca di non addormentarti nel mezzo di una presentazione. Potrebbe fare cattiva impressione.»

Inarcai un sopracciglio guardandolo. Come se avessi mai potuto addormentarmi proprio il primo giorno in cui ero un vero medico. Quanti anni ci erano voluti per arrivarci? E adesso, finalmente c'ero.

«Mi perdoni?» mi chiese, piegando la testa in quel modo che lo rendeva particolarmente affascinante mentre mi implorava con quegli occhi scuri e avvincenti. Doveva essere comodo essere così fottutamente irresistibile. Ma io ero Mia Strong e potevo resistere anche all'uomo più sexy del pianeta.

Almeno per un po'.

«Sarai perdonato nel momento in cui metterai in agenda la nostra chiacchierata, e parleremo.» Cercai di andarmene, allungando la mano per prendere la borsa.

Adam non mollò la presa. «È il tuo primo giorno come Dottoressa Mia. Non andare al lavoro arrabbiata con il maritino adorante.»

«Non sono arrabbiata. Sono… *esasperata*. Sono…»

«Eccitata?» Alzò un sopracciglio e quasi scoppiai a ridere. Invece gli diedi una manata sul torace duro e muscoloso.

«Smettila. Sono irritata. Sono… sono… *delusa*.»

Adam aggrottò le sopracciglia scure. «Delusa?» Al mio cenno di assenso aggiunse: «Ahi.»

Piegai la testa come per chiedergli: *puoi biasimarmi?* E lui lasciò lentamente la presa che aveva intorno alla mia vita. Prima di allontanarmi gli diedi un lieve bacio sulla guancia. «Magari ci vedremo stasera, a seconda di quando riuscirai a liberarti.»

«Buon primo giorno, dottoressa!» gridò mentre chiudevo la porta d'ingresso e me ne andavo.

Era quasi mezzogiorno e, dopo quattro ore filate passate a rivedere le politiche e le procedure con il nostro tirocinante senior, parecchi specializzandi e strutturati eravamo più che pronti per il pranzo. Mi sembrava di avere il cervello fritto. Strano che riuscissi a passare ore e ore a riempirmi la testa di termini medici, dosaggi suggeriti e compatibilità dei farmici, sentendomi fresca dopo una breve pausa, pronta a reimmergermi, ma datemi un mucchio di legalese e il mio cervello andava in tilt dopo pochi minuti. Mi confermava che gli studi medici erano quelli fatti per me e che avrei dovuto restare alla larga da quelli di legge, nel caso avessi mai deciso di cambiare mestiere in futuro.

«Dottoressa Strong, c'è una consegna per lei» disse una voce all'altoparlante mentre stavamo preparandoci per andare a pranzo. «Controlli nell'Ufficio Corrispondenza.»

Guardai Louisa, che aveva le sopracciglia alzate mentre mi chiedeva: «Di che cosa si tratta?»

Feci spallucce. «Non ne ho idea. Non ho ordinato niente, anche se ho questa utilissima lista di roba che hanno suggerito.» Agitai sarcasticamente la lista di attrezzature che avremmo dovuto procurarci per nostro conto per il tirocinio, tipo uno stetoscopio, un otoscopio e roba simile.

A Louisa si illuminarono gli occhi. Si era fatta fare le treccine da quando l'avevo vista l'ultima volta alla cerimonia di laurea e su di lei erano fantastiche. Dichiarava che lo scopo era puramente pratico. «Andiamo a vedere di che cosa si tratta, poi non vedo l'ora di mangiare un boccone. Non riesco a credere che avremo solo mezz'ora di pausa.»

«Temo che la facoltà di Medicina fosse solo l'inizio del masochismo.» Sogghignai mentre scendevamo nella sala corrispondenza, dove mi avevano convocato.

Capii nell'attimo in cui arrivai al bancone qual era la consegna per me. Un enorme mazzo di fiori, composto principalmente da rose rosse.

«Mi hanno detto che c'era una consegna per me.» Feci una smorfia, imbarazzata. «Sono la dottoressa Strong.»

«Sì.» La donna si voltò, prese l'enorme composizione floreale nel vaso pesante, si voltò di nuovo e la depositò sul bancone tra di noi. La sua targhetta diceva: *Elaine* e mi sorrise, spostandosi e acquattandosi teatralmente per vederci attraverso la massa di fiori. «Che magnifico modo di cominciare il suo primo giorno da medico. Qualcuno la ama» tubò.

Guardai il biglietto e anziché essere stampato o scarabocchiato da qualche fiorista, vidi, scritto nella calligrafia inconfondibile di mio marito: *Dottoressa Emilia Strong* e poi, più in piccolo proprio sotto e tra parentesi: *(alias Signora Drake).*

«Oh, guardalo. Ha perfino messo entrambi i tuoi cognomi» disse Louisa, con gli occhi che brillavano. «Mi piacerebbe che Josh fosse così premuroso... e romantico. Accidenti, donna. Tutto questo e per di più è sexy da morire.»

«Oh, è sexy?» chiese Elaine, ancora interessata alla conversazione da dov'era acquattata per riuscire a vederci. «Ditemi di più. Avete una foto?»

Louisa prese effettivamente il telefono, scelse una foto di noi con i nostri mariti alla cerimonia di laurea e le indicò Adam. Elaine si chinò per guardare, spalancando gli occhi. «Wow!»

Mi diede un'occhiata, forse chiedendosi com'ero finita con un uomo dall'aspetto eccezionale come Adam. In quel momento non ero proprio al massimo del mio splendore, con la poco affascinante divisa ospedaliera, i capelli raccolti in una coda di cavallo e un trucco leggerissimo.

«Oh, e non è tutto.» Louisa si chinò in avanti per spiattellare il resto. «Oltre a essere super sexy. È anche un mil...»

«Okay, è ora di andare!» Afferrai il vaso, avvolgendo le braccia intorno alla base ingombrante in modo da non lasciarlo cadere. «Grazie mille, Elaine» dissi all'addetta alla corrispondenza dando un'occhiataccia a Louisa, che reagì facendo spallucce per scusarsi.

Dovetti portare quella dannata cosa per tutta la coda alla mensa mentre tutti gli occhi nella stanza sembravano fissi su di me. «Non hai intenzione di leggere il biglietto?» mi chiese Louisa.

«Dopo» risposi. «Per favore, prendimi il vassoio. Voglio solo una di quelle insalate di pollo con il condimento a parte.»

Quando finalmente arrivammo al tavolino per due, quell'accidente di composizione prendeva tanto posto che quasi non ne rimaneva per noi.

«Avanti, leggi il biglietto.»

Sospirai a lungo. Il biglietto, probabilmente, riportava copiose scuse. E avrei preferito non dover spiegare esattamente per che cosa si stava scusando, dato che l'avrebbe fatta sentire in colpa e, peggio ancora, l'avrebbe portata a scusarsi per essere incinta e parlare della sua gravidanza, cosa che assolutamente non volevo.

Potevo inventarmi quello che c'era scritto, no?

Presi il biglietto dal piccolo sostegno ma, prima che potessi aprirlo per leggerlo, sentii una presenza accanto al nostro tavolo. Il nostro tirocinante senior, il dottor Craig Iverson, guardava l'enorme giungla di fiori che sembrava aumentare di volume di secondo in secondo. *Gesù.* Adam non faceva mai le cose a metà e, a quanto pareva, quel tratto arrivava fino al suo gusto per i fiori di scusa. Accidenti.

«Le dottoresse Bluth e Strong? Bene. Volevo solo farvi sapere che vi ho registrato per tre turni di dodici ore ciascuno questa settimana. Dottoressa Strong, lei è...» Cliccò su un'app sul tablet che aveva in mano e fece scorrere la lista. «Lavorerà i prossimi tre giorni a cominciare da domani e, dottoressa Bluth, lei farà le tre notti seguenti...» Si interruppe, dando un'altra occhiata all'enorme composizione. Gli caddero gli occhi sulla busta che aveva in mano e chinò la testa, leggendola. Non so perché, avevo voglia di allungare la mano e strapparla via.

«Aspetti, cosa?» protestò Louisa. «Mia e io non possiamo lavorare insieme qualche volta? Ha intenzione di darci sempre turni divisi?» disse Louisa, spalancando gli occhi, allarmata.

Il dottor Iverson sbatté le palpebre. «Beh questo non è un club di ragazze, dottoressa Bluth, ma vedrò che cosa posso fare la settimana prossima.»

Mi si rizzò immediatamente il pelo al suo tono di voce. «Dottor Iverson, "club di ragazze" suona un po'…» Feci un gesto con la mano per fargli capire che cosa intendessi perché le parole potevano essere pesanti.

Mi guardò stringendo gli occhi. «Un po' cosa?»

Sbattei gli occhi. Non poteva essere così sprovveduto, vero. «Beh, dato che siamo due delle uniche cinque donne tirocinanti quest'anno, penso che suoni un po' sessista parlare di club di ragazze solo perché chiediamo di fare qualche rotazione insieme.»

La sua espressione divenne di ghiaccio, avevo pronunciato la parola con la "s". Chiaramente gli uomini al comando non la apprezzavano. Sospirai tra me e me.

«Chiedo scusa, dottoressa Strong. Cercherò di non usare più quel termine in ogni contesto…»

Alzai una mano, riconciliante, anche se mi infastidiva doverlo fare. «Per favore, stavo solo sottolineando…»

«No, no. È abbastanza giusto. Mi avete messo al mio posto. Ora c'è qualcosa di sessista nella frase: lavorerà per i prossimi tre giorni, nel turno di notte di dodici ore?»

Deglutii forte. «Uhm, no.»

«Bene. Grazie per avermi messo in riga.» Si voltò e se ne andò, rigido come un bastone. Era chiaramente offeso. *Perfetto, Mia.* Ero veramente brava a scegliere le mie battaglie.

«Mmm. Forse non è stata una bella idea» disse Louisa guardandolo allontanarsi.

Mi voltai a guardarlo anch'io, facendo una smorfia. «Probabilmente no, ma, ehi, scommetto che oggi sarebbe un bel giorno per annunciargli che sei incinta e che avrai bisogno di un congedo di maternità tra circa sette mesi. Dubito che avrà qualcosa da dire.»

Louisa fece una smorfia. «Giusta osservazione.»

Prima che Louisa potesse insistere, tolsi il biglietto dalla busta, l'aprii, lo lessi e lo infilai nel taschino del mio nuovo camice bianco.

«Beh, che cosa diceva?»

Spalancai esageratamente gli occhi. «Non te lo posso dire. Questa mensa è classificata "per tutti" e diciamo che il biglietto era "vietato ai minori".» Agitai le sopracciglia per aumentare l'effetto.

Louisa arrossì, restando a bocca aperta e occhi spalancati. «Oh, mio Dio, sei così fortunata. Che cosa non darei per…»

Alzai una mano. «Josh è fantastico, smettila di dirlo.»

Più tardi, durante una lezione particolarmente lunga e noiosa, toccai il biglietto di Adam. Prometteva che avremmo avuto quella conversazione appena fosse tornato dal breve viaggio di lavoro che avrebbe fatto nei giorni successivi.

E andava benissimo, visto che, a quanto pareva, avrei lavoravo nel turno di notte di dodici ore per i tre giorni successivi.

Capitolo
Quattro
Adam

AVEVO DOVUTO PASSARE LONTANO DA CASA UNA PARTE della prima settimana di internato di Mia. In aggiunta, era uno dei posti che mi piacevano di meno, il Nord della California, a un programma di formazione degli amministratori delegati a cui mi aveva iscritto il mio consiglio di amministrazione. Era un onore, in effetti, dirigere una società abbastanza importante da essere incluso nel programma. Ma non me lo faceva piacere di più. E avrei dovuto tornare tra qualche mese per un ritiro della durata di un fine settimana lungo.

Lo stavo già temendo, forse perché tutto quel programma stava evidenziando quanto quella carica fosse superata per me.

Grazie al cielo, fui in grado di tornare a casa venerdì sera, proprio mentre mia moglie si stava svegliando dopo il suo terzo turno di fila. Fummo in grado di passare il lungo finesettimana del Giorno dell'Indipendenza da soli, solo noi due a vagare per quella casa enorme che sembrava così vuota e piena allo stesso tempo. La cuoca ci aveva preparato alcuni pasti e aveva comprato alcune cose da cucinare. Emilia voleva provare una nuova ricetta e mi fece rimpiangere di non aver comprato uno di quei crocefissi souvenir vicino al Vaticano. Tanto per poter inviare una preghiera speciale che la sua cucina non ci uccidesse entrambi. Per fortuna non lo dissi a voce alta. Emilia aveva appena ricominciato a parlarmi. Non era il caso di agitare le acque, anche se solo per un'innocente punzecchiatura.

«Vuoi che mangiamo di fuori stasera?» Emilia prese un crostino dalla ciotola di insalata e se lo mise in bocca, masticando rumorosamente. «Stavo pensando che potremmo riscaldare la pasta alla puttanesca e aprire una di quelle bottiglie di vino che abbiamo acquistato in Toscana.»

Vino, mhmm? Le diedi un'occhiata di sottecchi, chiedendomi se il vino fosse un tentativo di sciogliermi un po'. Avrebbe sempre cercato di farmi bere quando voleva parlare di un argomento difficile? Poi mi venne in mente altrettanto rapidamente la risposta: potevo biasimarla? Non avrei fatto la stessa cosa al suo posto?

La mia testardaggine era famosa. E mia moglie mi conosceva fin troppo bene. Giusto.

«Mmm» mormorò Emilia, mangiando la pasta. «La cuoca non delude mai. La pasta è favolosa, provala con un goccio di Chianti.»

La osservai mentre bevevo il più piccolo sorso possibile. Lei mi guardò, aggrottò la fronte e poi tornò al suo piatto. Guardai la tavola apparecchiata. Aveva usato una tovaglia nuova, messo una sola candela e abbassato le luci all'esterno. Il frangersi delle onde della Back Bay sulla nostra piccola spiaggia privata e il riflesso delle barche di passaggio e delle luci dei nostri vicini di casa fornivano il resto dell'atmosfera. Una fisarmonica suonava musica all'italiana in sottofondo dagli altoparlanti Bluetooth. Era romantico, ponderato. Un'atmosfera perfetta per restare in casa. Avrei ripreso presto a viaggiare per lavoro ed Emilia avrebbe avuto molti altri tremendi turni lunghi, della durata di 30 ore, quella era una breve tregua nella quale potevamo godere della reciproca compagnia.

Avevamo imparato da molto tempo a sfruttare quelle occasioni quando le avevamo, come portarla in Italia quando avevamo potuto.

«Allora...» disse Emilia. «Quand'è il tuo prossimo viaggio al Nord? Ho dimenticato di controllare la tua agenda.»

Feci spallucce. «Tra un paio di settimane. Mi piacerebbe riuscire a evitarlo. Magari mandarci Jordan.»

Emilia mi guardò sorpresa. «Non fa parte del programma di élite per gli AD come te? Accetterebbero il tuo direttore finanziario al tuo posto?»

Inspirai e poi espirai lentamente. Perché era così difficile parlarne? Non riuscivo a immaginare il motivo.

«Stavo pensando di passare la patata bollente a Jordan per questo programma e forse...» Esitai poi di colpo, ebbi voglia di altro vino. Afferrai il bicchiere e lo svuotai in un sol sorso.

Emilia mi guardò attentamente. «Scommetto che Jordan è d'accordo.»

Annuii, riempiendo di nuovo il bicchiere. «Sì, sì. Cioè, non gliene ho ancora parlato ufficialmente, ma lo conosco abbastanza da sapere che sarà d'accordo.»

Emilia inarcò le sopracciglia. «E tu? Che cosa faresti?»

«Beh, intanto non dovrei volare ogni cinque minuti a Palo Alto del cazzo.»

Emilia sogghignò. «Sanno tutti quanto ti piaccia andarci.» Prese il suo bicchiere e bevve un sorsetto. La imitai. Aveva una piccola ruga tra le sopracciglia. «Va tutto bene, vero? Mi sembri… nervoso.»

Feci un respiro profondo. «Sto pensando di fare un passo indietro.»

Emilia spalancò i magnifici occhi marrone dorato. «Da?»

«Dalla società.»

Sbatté gli occhi, chiaramente confusa. «Per fare che cosa? Ritirarti su una spiaggia del Pacifico del Sud e sorseggiare Mai Tai tutto il giorno?»

«Non lo so. Mi sembra solo di essere arrivato fin dove potevo con questo lavoro. E so che ti sembrerà strano, ma tu stai appena cominciando il lavoro dei tuoi sogni. Io oramai sono in quest'industria da oltre un decennio e ho lavorato un mucchio di ore per la maggior parte del tempo.»

Emilia sembrò riflettere, poi appoggiò il bicchiere e mi coprì la mano con le sue. «Sei sicuro di non essere solo esausto? Magari hai bisogno di un periodo di pausa, di un po' di respiro o di un nuovo progetto che ti entusiasmi.»

Feci un lungo sospiro. «L'idea di creare un gioco completamente nuovo mi rende esausto, se devo essere sincero.»

Emilia sbatté gli occhi. «Beh, so che scherziamo sulla tua età, ma a trentun anni non è un po' presto per andare in pensione?»

Scoppiai a ridere. «Non penso di essere nemmeno capace di andare in pensione. Ma mi tenta l'idea di rilassarmi e riposarmi ora che ho un medico che mi mantiene.»

Emilia sbuffò. «Non credo che troveresti molto divertente il tenore di vita permesso dallo stipendio di una tirocinante.»

Ci fu un'altra lunga pausa. Si alzò il vento e le onde si infransero più forte nella baia. Emilia spostò la mano, allacciando le nostre dita e stringendo. Mi leccai le labbra, fissando le nostre mani unite. Sembrava così strano, il posto dov'eravamo, vicini emotivamente come mai, eppure a stadi così diversi delle nostre carriere, delle nostre vite. Ogni volta in cui parlava di andare al lavoro, anche se era stanca e aveva passato venti ore là il giorno prima, sul volto aveva un sorriso sognante. Era chiaramente nel suo elemento. Glielo invidiavo.

Era da fin troppo tempo che non mi sentivo così riguardo al mio lavoro.

Emilia aggrottò la fronte e sembrò che stesse cercando di risolvere un rompicapo. «Hai delle alternative, parecchie alternative. Forse è quello il problema?»

«Ho sempre saputo che cosa volevo e mi sono buttato a capofitto. Sono sempre stato motivato, ho sempre programmato le mie mosse in modo chirurgico e strategico. Ho sempre amato il brivido della caccia e della conquista. La sensazione inebriante del successo. Vincere ed essere al top non solo della mia partita, ma dell'intera industria. È una sensazione che nessuna droga potrebbe riprodurre. È solo che…»

«È tanto che non la provi più?» Emilia completò il pensiero per me.

Esitai un momento prima di annuire. «Sì, è tanto ovvio?»

Emilia scosse la testa. «In effetti no. Però lo sento nella tua voce quando ne parli. E vorrei che me lo avessi detto prima. Sai, visto che siamo soci in questa cosa.»

Le rivolsi un breve sorriso. «Nel gioco della vita? Tu sei il piolo rosa che viaggia sul sedile del passeggero accanto al mio piolo azzurro?»

Emilia spalancò gli occhi a quel riferimento al gioco da tavolo e mi resi conto solo in ritardo che c'erano altri pioli in quelle automobiline, piccoli pioli per i bambini.

Emilia si morse il labbro, riflettendo. «A volte ci sono io al volante. Ah, quel maledetto gioco.» Scosse la testa. «Ho sempre pensato che fosse sbagliato che tu vincessi perché alla fine avevi più soldi. Non sono i soldi lo scopo della vita. Lo scopo è essere *felici*.»

Mi asciugai mentalmente la fronte perché il mio riferimento non le aveva rammentato i piccoli pioli rosa e azzurro nell'auto.

«Magari se lo modernizzassero, potrebbero aggiungere dei Punti Felicità» dissi sorridendo.

Con una risata Emilia disse: «Il prossimo progetto geniale per il ragazzo prodigio?» Inarcò graziosamente le sopracciglia. Dio, com'era bella. Non smettevo mai di apprezzarlo. Mi misi comodo, sorseggiai il vino e continuai ad ammirarla. Quella notte sarebbe stata nel mio letto. Ero un bastardo veramente fortunato.

Ed era lì che era, meno di un'ora dopo. Avevamo bevuto abbastanza vino da essere entusiasticamente vogliosi, ma non tanto da rendere il procedimento troppo goffo o impacciato, e senza il pericolo di avere un cazzo moscio, cosa molto importante quando volevi scopare tua moglie dopo quattro lunghi giorni in cui non vi eravate praticamente visti.

«Sei stupenda quando sei nuda. Vorrei che potessi restare nuda tutto il tempo» le dissi guardandola lascivamente quando la ebbi distesa sul letto sotto di me.

Tra un bacio frenetico e l'altro, con le sue braccia intorno al mio collo, Emilia si mise a ridere. «Sono sicura che rallegrerebbe qualcuno dei miei pazienti.»

Abbassai la testa e le catturai nuovamente le labbra. «Ripensandoci, mi piace essere l'unica persona che può vederti nuda. Il resto del mondo non ti merita.»

«Ma tu sì?» mi chiese sorridendo.

«Cazzo, sì, certo. Ho vinto una maledetta asta per il diritto di vederti nuda.»

Emilia ridacchiò. «Sembra che ti piaccia molto tirare in ballo i nostri sordidi inizi.»

«Oh, baby, mi piace essere *sordido* con te.» Ripresi a baciarla e non ci furono più parole. Poco dopo si stava dimenando e mi stavo godendo la sensazione di quel corpo morbido e flessibile sotto di me.

Emilia aprì prontamente le gambe e, preso dal mio stesso desiderio, ero pronto a tuffarmi, talmente pronto che quasi dimenticavo il preservativo.

Ma mi fermai appena in tempo quando quel minuscolo pensiero si inserì nel fuoco libidinoso della mia consapevolezza, come una farfalla che vagasse nel centro di un violento tornado. Di tutte le volte in cui poteva capitare.

Perché, quando dovetti interrompermi per alzarmi e prenderne uno dal cassetto del comodino, Emilia disse: «Che ne dici se questa volta... saltiamo?»

Mi voltai e le rivolsi un'occhiata acida. «Niente da fare. O usiamo un preservativo o non se ne fa niente.»

«Ma...» disse accigliandosi.

«Per favore, Emilia.» Volevo scopare mia moglie, non discutere con lei. Presi il preservativo e mi voltai verso di lei con una domanda sul volto.

Lei sostenne il mio sguardo, con i bei lineamenti che si offuscavano. Mi sentivo di merda per averlo causato, ma che cosa si aspettava?

Emilia si voltò sul fianco, appoggiando la testa sulla mano. «Allora ne parleremo proprio adesso?»

Ero sul punto di aggredirla. Ero lì, mezzo nudo, pronto a partire, con una stupenda donna nuda nel letto. Volevo fermare tutto adesso e avere quella discussione?

Oh no, cazzo, *no*!

Sembrò che non importasse. Lei era ostinata e decisa a insistere su quell'argomento. Infranse completamente la mia speranza che fosse stata solo una fantasia passeggera, una cosa fortuita, causata dal passaggio da studentessa di medicina a medico tirocinante.

«Emilia, sei un medico da dieci minuti. Hai fatto tre turni come tirocinante. Come diavolo fai a sapere che sarebbe una cosa fattibile?»

«Perché altri lo hanno fatto. Altri lo stanno facendo proprio adesso.»

«Proprio adesso?» La guardai storto. «Chi, per esempio. Chi è incinta proprio adesso? E le mogli non contano...»

«Louisa Bluth. Lei lo sta facendo. L'ha scoperto il giorno della laurea. È quasi alla fine del primo trimestre.»

Ricaddi pesantemente sul letto accanto a lei.

Spiegava tante cose. Mi passai una mano tra i capelli. *Cazzo*. Addio al mio vantaggio.

Dopo lunghi minuti in cui restammo semplicemente seduti a fissare la parete, Emilia allungò una mano verso di me, poi la lasciò cadere senza toccarmi. «Beh, non vuoi dire niente? Avevi detto che ne avremmo parlato.»

Sospirai e buttai tristemente il preservativo ancora incartato sul comodino. «Non è quello che stiamo facendo?»

«Sembra che io sia l'unica a parlare.»

Appoggiai la testa sulle mani, premendo il palmo sulle palpebre chiuse, con le dita tra i capelli. Era l'ombra di un mal di testa che stava arrivando? «Emilia, non ti piacerebbe quello che ho da dire, quindi non dirò niente.»

«Quindi significa no.» La sua voce era senza espressione. Sentii il materasso che si muoveva. Era rotolata sulla schiena, sbuffando, chiaramente frustrata. Quando alzai la testa per guardarla, stava fissando il soffitto.

Mi voltai in parte verso di lei. «*No*. La risposta è: questo argomento mi spaventa a morte. Mi dispiace, non riesco a controllarlo. Lo farei se potessi.»

Emilia voltò la testa per guardarmi negli occhi. «Quindi, invece chiudi l'argomento. E le ricerche? Ne ho un mucchio, sai. Posso mandarti il link agli studi medici. Sono mesi che raccolgo informazioni. Ma che senso ha mandartele, se non hai intenzione di leggerle?»

«Le leggerò» risposi a voce bassa, senza guardarla.

«E poi?»

Aprii le mani e le agitai, frustrato. «Accettare di leggerle non significa che sarò d'accordo con tutto. Mi dispiace. Sembrerà strano, venendo da me, ma questa, e lo ammetto senza remore, è una reazione puramente emotiva. La sento fino in fondo alle ossa.»

«Che cosa senti?»

«*Paura*, Emilia. Una paura tremenda e paralizzante. Ogni volta che questo argomento viene a galla, mi riporta immediatamente a quella volta, a quando ti ho quasi...» Mi fermai, a corto di parole. Deglutii e poi aggiunsi a bassa voce: «È stata colpa mia.»

Emilia colpì il materasso accanto a lei con la mano aperta. «Non è stata colpa di *nessuno*. È la vita e le cose brutte succedono.»

«Sì, le cose brutte. E tu hai quasi preso una decisione che mi avrebbe ucciso. Non potevo farci niente, ed è giusto. È il tuo corpo. Ma in quel momento non avevo il controllo di niente e, quando ci ripenso, non riesco più a respirare. Non è una cosa logica, è… viscerale.»

Non passò nemmeno un secondo prima che Emilia mi prendesse la mano. Stringendola. Intrecciai le dita con le sue e i palmi si fusero. Lasciai uscire il fiato ma non riuscivo ancora a guardarla.

«Adam» sussurrò.

«Sì» risposi, con la voce inespressiva.

«Vieni qua.» Mi tirò verso di lei con le nostre mani unite.

Mi distesi lentamente e mi allungai accanto a lei nel letto. Emilia rotolò sul fianco e mi mise la mano libera sulla guancia. Chiusi gli occhi.

«Guardami.»

Aprii gli occhi e la fissai. Aveva un'espressione seria, sincera sul volto. Comprensione assoluta. Sentii allo stesso tempo un intenso sollievo ma anche come se avessi tragicamente fallito. Questa donna, la donna che amavo più del mio prossimo respiro…non potevo darle l'unica cosa che desiderava più di qualunque altra. Perché ero troppo codardo.

E c'erano lacrime nei suoi occhi. *Cazzo.*

«Grazie per avermelo detto. So che è stato veramente difficile.» Aveva la voce roca per le lacrime trattenute e gli occhi luccicavano. Sentii una sensazione di asperità in fondo alla gola, come se potessi cominciare piangere anch'io. Per fortuna resistetti. Sarebbe stata la ciliegina sulla fottuta torta della codardia.

Invece, allungai la mano e le asciugai le lacrime con il pollice.

«Aspetterò, sai. Posso aspettare» sussurrò.

E se fosse finita ad aspettare per sempre? Era giusto farle una cosa simile? Riformulai il pensiero perché era importante non nasconderle quella possibilità.

«E se, tra un anno da ora, la pensassi allo stesso modo? O l'anno dopo? O…»

«Beh, ci penseremo allora. Siamo ancora giovani. Abbiamo tempo perché tu possa ripensarci. Sai come la penso e non credo che cambierò idea.»

«Ci sono tanti se. Non sto reagendo solo al passato. E se restassi incinta e poi scoprissimo che il cancro è tornato? Prenderesti la stessa decisione?»

Distolse gli occhi fissando qualcosa che poteva vedere solo lei, come cercando di visualizzare lo scenario catastrofico verso il quale era gravitata immediatamente la mia mente cupa.

«Non lo so. Sarò sincera. Non rimpiango la decisione che ho preso in passato. Mi ha salvato la vita. Ma la probabilità che succeda di nuovo è…»

«Non dire che è quasi nulla. Sono passati solo poco più di tre anni da quando non mostri alcun segno di malattia. Cinque anni sono il parametro da considerare. Questo almeno lo so.»

Aggrottò la fronte. «Statisticamente sì, ma alla mia età…»

«Lo so, è stata un'anomalia che sviluppassi quel tipo di cancro alla tua età. Sei già fuori dalla media statistica, quindi non citare a me le statistiche.»

Emilia strinse più forte la mia mano. «Adam, non agitarti. Sto solo dicendo… Sono solo sincera e sto dicendo che non lo so. Io. Non. Lo. So. E se decideremo di procedere, dovrai abituarti a quell'incertezza. Non credo che rientri nella tua zona di comfort.»

«È decisamente una zona di *dis*comfort per me.»

Emilia aggrottò le sopracciglia. «Penso che tu abbia già un mucchio di incertezze, quando stai pensando di fare un passo indietro al lavoro senza sapere che cosa farai dopo. Penso che dovremmo rimandare questa discussione fino a quando non avrai risolto alcune delle altre incertezze della tua vita.»

Non potei fare a meno di notare la delusione nella sua voce mentre lo diceva, ma nei suoi occhi c'era solo simpatia. Mi fece sentire una merda. Ma non avevo intenzione di rifiutare la sua offerta di rimandare la discussione, anche se una vocina in fondo alla mia mente mi chiamava "codardo", "coniglio", "smidollato", "senza palle", ad infinitum, e non voleva chiudere il becco.

Avvolsi il braccio libero intorno a lei e me la tirai contro, dandole un bacio leggero sulle labbra. «Grazie, moglie magnifica e sexy. Mi chiedo ogni sacrosanto giorno che cosa ho fatto per meritarti.»

Lei sorrise, con gli occhi che brillavano. «Non abbastanza, chiaramente.»

La baciai di nuovo e mi tirai indietro per guardarla ancora una volta. «Chiaramente.»

Mi mise un braccio intorno al collo e mi tirò vicino. «Riesco a pensare ad alcune cose che potresti fare in questo momento per colmare il deficit.»

«Sono sicuro di sì.»

Portò la mano alla patta dei miei jeans, ma la respinsi dolcemente, afferrando una delle sue gambe e allargandole. Senza dire una parola, scivolai lungo il suo corpo, lasciando una scia di baci bollenti sulla pelle nuda fino ad avere la testa e le spalle tra le sue gambe. Appena si rese conto delle mie intenzioni, Emilia risucchiò il fiato, eccitata. Fu quello, e solo quello, che sentii in fondo alle ossa, una fitta diretta di eccitazione che mi rese duro e pronto per lei in un istante. Ma il suo piacere veniva prima del mio, quindi la baciai e leccai e succhiai lì finché, qualche minuto dopo, Emilia inarcò la schiena e gridò venendo.

Oh, sì. Mi piaceva farla venire. Mi piaceva da morire.

E, in quel momento, desideravo darle tutto. Darle il mondo. Darle qualunque cosa volesse. Ciononostante, quando arrivò il momento mi infilai un preservativo.

Emilia non disse una parola e nei suoi occhi non c'era condanna né delusione.

E per quello le fui molto grato.

Capitolo Cinque
Mia

N EI GIORNI SUCCESSIVI, LA NOSTRA CONVERSAZIONE NON era mai lontana dai miei pensieri. Ci rimuginai e la girai e rigirai nella mente, chiedendomi quale potesse essere la soluzione.

Ma non potevo biasimare Adam per la pura sincerità che mi aveva mostrato. Per essersi fidato di me abbastanza da mettere a nudo la sua anima e le sue paure. Ma a meno di un miracolo che piovesse dal cielo, non riuscivo a vedere una via che ci facesse uscire da quell'impasse.

Ero disposta ad aspettare, per il momento. Ma ero disposta ad aspettare per sempre?

Era la domanda che mi teneva sveglia di notte.

Ci vollero solo poche settimane di internato per rendermi conto che, da medico tirocinante, dovevo afferrare momenti di vita privata ogni volta che potevo. Dato che Adam stava ancora lavorando, anche se appioppava una parte del carico a Jordan, colsi l'occasione di uno dei miei giorni liberi per incontrare la compagna di Jordan.

April arrivò e appoggiò una borsa firmata delle dimensioni di un bagaglio a mano sulla panca accanto a lei. «Oh, mio Dio. Ti ringrazio per essere arrivata presto e aver preso un tavolo. Sto morendo di fame.»

Spalancai gli occhi vedendo la borsa. «Quella a che cosa serve? A difenderti dagli scippatori?»

«Ah-ah. Ho un mucchio di roba da portare in giro per il nuovo lavoro. Decisamente troppa roba.»

Aggiunsi lo zucchero al tè che mi avevano servito prima che arrivasse. April richiamò la cameriera che si avvicinò con un menu in mano. «Come sta andando, tra parentesi? Un po' meglio?»

«Il mio capo è uno stronzo che non pensa che la gente giovane appena uscita dall'università meriti di avere una vita oltre il lavoro. Una sera mi ha tenuta in ufficio fino alle dieci. Temevo che Jordan andasse su tutte le furie e che lo arrestassero per aggressione. Ironico, dato che anche lui può essere un capo infernale.»

Sbuffai. «Oltretutto incoraggia le tendenze stacanoviste del mio caro maritino. Quei due si incitano a vicenda. Se non fossi sicura al cento percento del loro orientamento sessuale, giurerei che abbiano una relazione.»

April spalancò gli occhi e guardò nel vuoto per un minuto, sorridendo lasciva. «Oh. Mio. Dio. Mi hai appena dato la più sorprendente delle immagini mentali... *da sbavare*.»

Scoppiai a ridere. «Li hai visualizzati?»

«Due uomini estremamente sexy che fanno sesso? Ovvio. E se non l'hai fatto anche tu, hai bisogno di leggere un po' più del mio tipo di libri e meno riviste mediche.»

La nostra risata fu interrotta dall'arrivo della cameriera. April diede un'occhiata al menu e ordinò in fretta. A me ci volle un po' di più per decidere ma alla fine optai per una insalata di pollo. Appena la cameriera si allontanò, tornai alla nostra conversazione.

«Quindi Jordan ha il permesso di tradirti, purché sia con Adam?» dissi ridendo di nuovo.

«Beh, purché io possa guardare, allora sì.»

«Solo guardare?»

«Beh…» April piegò la testa di lato, fissando nello stesso punto, come se l'immagine fosse ancora proiettata nella sua mente. Le sue guance divennero rosa. «Non protesterei se decidessero di coinvolgermi.»

Il sorriso si allargò ancora e non riuscii a smettere di ridere. «Probabilmente dovrei essere incazzata perché stai immaginando un ménage à trois con mio marito, ma mi stai solo facendo spanciare dal ridere.»

April si unì a me, e si formò una fossetta carina accanto alla bocca. «È solo una fantasia. Perfettamente sicura, aggiungo. La cosa divertente è che, se mai ci fosse perfino la più remota possibilità che quello scenario diventasse realtà, sarei così terrorizzata e imbarazzata che scapperei. Ma sono brava a parlare quando si tratta solo di fantasia.»

Mi asciugai una lacrima con il tovagliolo quando finalmente smisi di ridere. «Diavolo, ragazza, sei proprio la medicina di cui avevo bisogno, mi hai fatto ridere entro cinque minuti da quando ci siamo sedute.»

«Oh, se vuoi ridere, potrei passare cinque o cinquecento minuti sfogandomi su quello stronzo del mio capo. Sto contando i giorni finché potrò trovare un lavoro migliore. Devo tenermi questo abbastanza a lungo perché non sia un campanello d'allarme sul mio curriculum.»

Mescolai il tè per un momento e poi alzai gli occhi. «E… e se non dovessi cercarti un altro lavoro dopo questo? O non dovessi preoccuparti di una macchia sul tuo curriculum?»

April sbatté gli occhi, poi allungò la mano per raddrizzare le posate. «Che cosa intendi dire?»

«Beh, sai quel progetto per un'organizzazione no-profit di cui continuiamo a parlare. Mi sembra che possa essere il momento giusto per cominciare a fare qualcosa più che parlare.»

April si mise eretta, spalancando gli occhi azzurri. «L'ambulatorio no-profit? Adoro anch'io quell'idea, ma non riesco a immaginare che tu sia pronta ad affrontare l'impresa proprio adesso, giusto?»

Feci spallucce. «Beh, *pronta* è un concetto relativo. Sembra un po' folle da fare adesso, è vero. Ma mi conosci, sono una secchiona e almeno per il prossimo anno si tratterebbe più che altro di pianificare e preparare la documentazione, prima ancora di poter mettere in piedi qualcosa. Perché *non* cominciare a lavorarci adesso?» Dopotutto c'erano molti altri modi per sentirsi soddisfatti, oltre a rimuginare sul pensiero e sul piano di dare il via a una famiglia.

April sbatté le palpebre. «Beh, i soldi, tanto per cominciare. Le organizzazioni no-profit possono non puntare ai profitti, ma servono soldi per gestirle.»

Annuii. «Ho i soldi della mia eredità fermi in un fondo. Non ho mai voluto toccarli, vista la fonte.»

«Quindi hai pensato che usarli per la no-profit cancellerebbe la puzza del tuo donatore biologico di sperma? Non è un cattivo piano.»

Intrecciai le dita sopra la tovaglietta. «Esattamente. Ho sempre voluto fare del bene con quei soldi, ma non sapevo come. E non sono mai arrivata a una conclusione fino al nostro viaggio in Canada, quando tu e io stavamo scambiandoci qualche idea. Ovviamente sarebbe un'impresa gigantesca. Anche con te al comando avremmo bisogno di aiuto.»

Lei annuì, bevendo un sorso di acqua gelata. «Sicuramente. Innanzitutto, un avvocato. Forse lo zio di Adam?»

Nascosi un sorriso. Almeno lei non si riferiva a Peter come al mio patrigno. E lo era. Ma a nessuno di noi piaceva riconoscere quella stranezza. Erano passati quasi quattro anni e adesso era tutto perfettamente normale e naturale. Eppure, non definivo mai Peter il mio patrigno a meno che non stessi deliberatamente cercando di far rabbrividire Adam per il ribrezzo. E, se lo scopo era quello, il successo era assicurato.

«Penso che Lindsay Walker ci concederebbe un grosso sconto. Ho accennato all'idea a un ricevimento l'anno scorso e ha detto che le piacerebbe lavorare a una cosa del genere.»

«Oh, okay» disse freddamente April, distogliendo gli occhi. Chiaramente non era entusiasta dell'idea di Lindsay.

Mi chiesi da dove venisse. Jordan non aveva nemmeno mai fatto sesso con Lindsay. Sfortunatamente non potevo dire lo stesso di mio marito.

April sembrò capire la mia domanda inespressa. «Non la conosco molto bene, ma c'è stato un periodo in cui era molto amica di Jordan. Mi rende un po'...» disse facendo una smorfia.

Tesi una mano per tranquillizzarla. «Oh, non essere gelosa. Non è mai successo niente tra loro due.»

April si mise a ridere. «Non sono gelosa, anche se qualche volta ho questa strana sensazione che lei vorrebbe averlo fatto.

Sinceramente è il fatto che lei e Adam sono stati una coppia per parecchi anni che mi inquieta di più.»

«Eh già.» Bevvi un sorso di tè. «È strano, ma adesso è diventata una stranezza lontana nel tempo.»

April infilò la mano nella sua borsa, prese un taccuino più piccolo del mio portafoglio e sganciò una penna. «Adesso prendo gli appunti in analogico. La tecnologia e io non andiamo d'accordo e ho perso troppi file sul telefono, mettendomi nei guai. Come se quello stronzo avesse bisogno di una scusa per urlare, davvero. Comunque, vediamo. Abbiamo un avvocato. Abbiamo una linea temporale? Bisogna registrare i documenti per la fondazione, ma dobbiamo anche controllare i requisiti commerciali e fare qualche proiezione.»

Scrisse ancora qualcosa e io restai lì, sentendomi sopraffatta. Immaginai che, se qualcuno le avesse chiesto di scrivere una ricetta per l'amoxicillina, anche lei non avrebbe saputo che cosa fare.

April continuò a scrivere anche quando fu arrivato il cibo. Aveva appena dato un'occhiata al piatto, un'insalata asiatica ornata di spicchi di mandarini dall'aspetto delizioso e strisce di pasta per i wonton.

«Non hai intenzione di mangiare?» le chiesi.

«Sì, sì, mangerò. Non è che l'insalata possa raffreddarsi, no? Ma se non scrivo subito queste idee perderò l'ispirazione. È così maledettamente eccitante, Mia, non puoi nemmeno capire. Ho sempre avuto il sogno di fondare un'organizzazione no-profit partendo da zero.»

«Beh, la gente dirà certamente che siamo folli. Specialmente io. Ho tre anni di internato da finire prima di cominciare la specializzazione.»

«Prima o poi sarai il nostro medico di riferimento, ma possiamo assumere un medico per far partire le cose. Magari potresti anche fare una parte del tuo tirocinio con lui o lei.»

Sbattei gli occhi. Perché non ci avevo pensato? «Sei geniale.»

April mi sorrise, vantandosi un po'. «Ehi, non sei male nemmeno tu, dottoressa Mia. Metti assieme un gruppetto di donne geniali in una stanza e faremo la magia, probabilmente conquisteremmo il mondo. Per ora siamo tu, io e Lindsay.»

Quasi mi strozzai pensando all'espressione sulla faccia di Adam quando gli avrei detto che volevo coinvolgere Lindsay nella realizzazione del mio sogno di dar vita a un'organizzazione no-profit.

«Hai intenzione di installare l'ambulatorio in una comunità disagiata, vero? Hai qualche idea del posto?»

«Da queste parti, ovviamente.» Mi morsi il labbro, riflettendo.

April cominciò a mangiare la sua insalata. «Le comunità di immigranti sono quelle che ne hanno più bisogno. Posti come Santa Ana, Garden Grove, Fountain Valley. Non è folle come queste città nell'Orange County abbiano nomi così belli e pacifici? Anche se non rispecchiano molto i loro nomi. Non c'è né un lago né una foresta in Lake Forest, capisci quello che voglio dire?»

Mi stava facendo ridere continuamente. April era veramente forte.

Sospirò a metà circa della sua insalata, senza aver mai smesso di mangiare per respirare. «Accidenti, è buona, ma la sto mangiando talmente in fretta che tanto valeva infilarla in una di quelle sacche per dar da mangiare ai cavalli e attaccarmela alla faccia. Scusa. Non credere che ti stia trascurando a favore dell'insalata. Avevo solo una fame da morire.»

«Non è che io mi stia comportando diversamente.»

Dopo qualche altra forchettata e una lunga, pensierosa masticata, April riprese a parlare come se non avesse mai smesso. «Allora, il problema di installare il tuo ambulatorio in una di quelle comunità è che avrai bisogno di personale bilingue. A Santa Ana dovrebbero parlare spagnolo, a Garden Grove vietnamita, e così via. Poi c'è la concorrenza con gli ambulatori a basso costo. Da quando ne abbiamo parlato lo scorso anno, ho cominciato a fare qualche indagine preliminare. Non ho potuto fare a meno di notare che ce n'è uno praticamente a ogni isolato in alcune di queste comunità. Ottimo per la comunità, ovviamente, ma non molto per noi che cerchiamo di trovare una nicchia non servita.»

«E se ci creassimo noi una nicchia? Farne un ambulatorio solo per le donne?»

April si illuminò. «Oh, mi stai dando tantissime idee.»

Parlava così in fretta da non fermarsi quasi a prendere fiato. Era nel suo elemento, e io ero lì per assisterla, facendo domande e rispondendo mentre chiarivamo la mia visione per il posto e chi avremmo servito.

Quando ci lasciammo, April aveva già cominciato a creare una lista con almeno dieci voci che dovevamo affrontare per cominciare. Le promisi di inviarle la mia agenda per le settimane seguenti in modo da poterci incontrare di nuovo e magari a quel punto parlare anche con Lindsay.

La mia scelta di una futura socia era evidentemente stata ottima e non vedevo l'ora di cominciare.

Capitolo Sei
Mia

Il mio secondo giorno libero di fila, dato che mio marito stava ancora lavorando, colsi l'occasione per unirmi alla mamma in un giro di shopping per aiutare Heath a riarredare il suo appartamento.

Non so che cosa fosse più divertente, riunire il nostro trio o prendere in giro senza pietà Heath riguardo ad alcune delle grandi alternative che aveva per il nuovo arredamento.

«Perché vi ho permesso di trascinarmi all'IKEA, tra tutti i posti che c'erano?» disse scontrosamente mentre percorrevamo l'ennesima corsia piena di suggerimenti ridicoli per le stanze.

«Perché mettere insieme il mobilio basandosi solo su disegni fatti male è così divertente» ribattei.

«Servono solo per darci delle idee, Heath. Schemi di colore, illuminazione, soprammobili» disse la mamma.

«Non è quello a cui serve Pinterest?» chiese Heath, ancora non convinto.

«Mi piace guardare modelli tridimensionali. Ispirano di più.» La mamma si fermò per fotografare con il telefono una lampada che le piaceva.

«Solo se ti piace il danese moderno, che non piace a me» disse Heath guardandomi irritato.

Finsi di dargli un pugno sul braccio. «Come farai a trovare le idee per il tuo bollente nido d'amore rosa shocking se non ti guardi intorno un po'? Riesco già a vederlo, il grande divano peloso rosa...»

«Peloso? Per che cosa, la muffa?» Heath inarcò un sopracciglio biondo rivolto a me.

«Pelliccia sintetica» risposi, come se fosse ovvio.

«Bah. Sarebbe perfetto con il tema nero e grigio da segreta della camera da letto.»

Imitai il suono di una frusta. «Penso che dovresti scegliere delle tonalità di grigio, come, 40 o, oso dirlo, 50... *sfumature di grigio?* »

Scoppiammo entrambi a ridere mentre la mamma ci guardava storto. «Voi due piantatela di fare gli stupidi. State disturbando il flusso della mia ispirazione.»

«*Il flusso della tua ispirazione*, mamma. Sembra un po' paranormale.»

«Allora?» Mi guardò alzando le sopracciglia. «Le attività artistiche a volte hanno bisogno di qualcosa al di fuori del normale.»

Agitai le sopracciglia guardandola. «Da non confondersi con le attività che avranno luogo sul divano peloso rosa di Heath.»

«Davvero? Allora, stiamo giocando a *The Sims* adesso? Devo ficcarti in piscina e togliere la scaletta?»

«Come vuoi, amico. Avrai il tuo divano rosa dell'*ammmoooore* nella stanza davanti.»

«Divertente. Il rosa non è proprio il mio colore.»

Più tardi, dopo il grande tour delle sale di esposizione, salimmo al piano di sopra per il pranzo. A quanto pareva, mentre disprezzava l'arredamento, a Heath piacevano davvero le polpette svedesi dell'IKEA.

«Allora, parlaci del tuo internato. Com'è essere veramente un medico?» chiese Heath tra un boccone entusiasta e l'altro di purè di patate di contorno alle polpette, coperto di salsa.

«Divertente, stancante. Soddisfacente. È totalizzante. A volte l'orario può essere estenuante, ma lavorare con i pazienti è appagante.»

«Ma le ore sono lunghe» aggiunse la mamma.

«Sì, è vero. Ci si abitua, anche se i turni lunghi mi fanno incrociare gli occhi.»

«Turni lunghi?» chiese Heath.

«Turni di trenta ore. È un purgatorio» sbuffai. «Anche se sarebbe molto meglio se il tirocinante senior non fosse un tale testa di cazzo.»

«Non è il *dottor* Testadicazzo?» disse Heath sogghignando.

«Dottor Testadicazzo. Mi piace come suona.» Annuii. «È adatto.»

La mamma mi guardò preoccupata. «Che cosa fa?»

Raccontai del primo giorno, quando si era risentito perché avevo menzionato il suo atteggiamento sessista. «E da lì in poi è andata di male in peggio. È sempre sulla difensiva e criticone. Fa dei commenti sulle mie cartelle cliniche, dicendo che sono troppo precise e che quindi ci metto troppo a farle ed è una perdita di tempo prezioso. Tra parentesi, i medici strutturati con cui lavoro hanno detto che a loro piacciono le mie cartelle. Ma questo tizio mi nomina di frequente, indicando i miei errori di fronte ai colleghi tirocinanti, offrendomi come "volontaria" per un mucchio di attività al piano. E la parte peggiore è che essendo quello incaricato delle turnazioni, mi inserisce negli stessi turni con lui. Quindi devo sopportarlo tutti i giorni e non posso nemmeno dirmi che il mese prossimo non dovrò lavorare con lui. Nei prossimi mesi, ho tre rotazioni di fila programmate in questo modo. Un altro tirocinante ha detto che è perché pensa che non possa fargli concorrenza e che gli faccio fare bella figura con i nostri strutturati. Carino, vero? Sta veramente cominciando a farmi incavolare.»

«Uhm.» Heath soffiò fuori il fiato, scosse la testa e si ficcò altro cibo in bocca.

«Che c'è di tanto divertente?» Lo fissai, lievemente irritata.

«A me non sembra che stia cercando di farti fuori. Mi sembra che tu gli piaccia.»

«Ma per favore!» esclamai dandogli un'occhiataccia.

La mamma inarcò un sopracciglio e annuì lentamente. «Sembra così anche a me.»

«Cosa? No. Sono sposata.» Indicai la mia mano sinistra. «Non credo che si potrebbe non notare questo sasso, no? Non è discreto, direi.»

«Non ha importanza, Mia» ribatté Heath, emergendo a riprendere fiato dal suo mucchio di purè. «Potrebbe, dicendo a se stesso che stai solo aspettando qualcosa che possa spostare l'ago della bilancia per liberarti dal tuo matrimonio e che potrebbe essere proprio lui a far *spostare quell'ago*.» Mi rivolse un sorriso malizioso e ammiccò.

Finsi di avere un conato di vomito. «Lo stai dicendo per vendicarti per i commenti sul divano peloso rosa? Perché in questo momento mi stai veramente facendo venire la nausea.»

La mamma scosse la testa. «Mia, dovresti almeno essere cauta. Potrebbe diventare qualcosa per cui rivolgersi all'Ufficio del Personale. Se fossi in te, documenterei tutto quello che succede che ti mette a disagio. La data in cui è successo, l'ora, il posto, se c'erano testimoni eccetera. Potrebbe non essere niente, ma se finisse per diventare qualcosa, avresti tutti gli incidenti a conferma.»

Mi morsi il labbro. Aveva ragione. Riguardo a ciò che era già successo, erano passate solo poche settimane, quindi ero in grado di elencare a memoria la maggior parte degli episodi. Mi presi un appunto mentale di mettermi d'impegno e farlo quella sera.

«Lo terrò presente. Per ora penso di poterlo gestire, ma non si sa mai, potrebbe diventare intollerabile. Che mi ami o mi odi, le motivazioni alla base del suo comportamento non sono un problema mio. Non sono lì per far contento lui. Sono lì per i miei pazienti e per i miei medici strutturati. A chi interessa quali sono i suoi motivi?»

«Il motivo è che vuole restare nudo con te» disse Heath agitando le sopracciglia in modo allusivo.

Gli gettai una patatina fritta e, fortunatamente, capì l'antifona e restò zitto.

Ciononostante, diciamo che non ero molto entusiasta in vista del prossimo turno al lavoro.

Alla fin fine, il tirocinante senior non era il mio capo. Lo erano i medici strutturati che stavo cercando di impressionare e da cui volevo imparare.

Nei giorni successivi le cose non andarono molto meglio. Il dottor Iverson divenne ancora più critico riguardo alle mie cartelle, aggiunse delle ore al mio orario per rivedere le cartelle dei miei colleghi, sotto la sua supervisione.

Era una cosa assolutamente ingiustificata, dato che l'attuale medico strutturato aveva specificatamente fatto i complimenti alle mie cartelle. Iverson, comunque, richiese quell'attività tête-à-tête che durava almeno un'ora dopo la fine del turno. Cominciavo a chiedermi se i sospetti di Heath non contenessero un fondo di verità.

Registrai tutto e, dopo quella prima settimana, mi assicurai di sgattaiolare via alla fine dei miei turni prima che mi vedesse. Se avesse deciso di lamentarsi con i miei superiori riguardo al mio rifiuto di incontrarlo, avevo munizioni a sufficienza per difendermi.

Lasciò perdere, dopo che ebbi ignorato le sue richieste per una settimana.

In novembre un ricevimento mi diede un'occasione che non mi ero aspettata, dato che tutti portavano il proprio o la propria compagna. Volevo cogliere l'occasione di scoprire una volta per tutte se Heath potesse avere ragione. Perché non trasformare una noiosa occasione sociale in una missione di accertamento dei fatti?

Indossai il mio vestito migliore, nero, senza spalline, con l'orlo sopra il ginocchio e, al braccio, il pasticcino migliore. Non ero certo il tipo da non sfoggiare al mondo il mio maritino ridicolmente bello.

Il ricevimento era una cosa gradevole in un albergo appena fuori dai confini della città, nell'area dell'Anaheim Resort. C'era musica dal vivo, ottimo cibo e uno scambio umoristico di regali improbabili, che, come scoprii molto presto, unito all'umorismo tipo di un medico li rendeva decisamente esilaranti. Dalle tazze con le *duck* (anatre) che faceva rima con *quack* (ciarlatano) e una t-shirt con la scritta: *Come scrisse una volta un grande medico...*, seguita da righe di scarabocchi illeggibili.

Predissi che l'ultima battuta non sarebbe durata per molte generazioni prima di morire di morte naturale, dato che la maggior parte dei medici ora documentava il suo lavoro e faceva le prescrizioni elettronicamente. Me compresa.

«Spiega parecchie cose sul perché non riesco a leggere i tuoi biglietti amorosi per me» mi sussurrò Adam all'orecchio.

Risi e mi voltai verso di lui. «A parte il fatto che non li scrivo mai, l'unico modo per arrivare al tuo cuore, mio caro, è attraverso il tuo telefono.»

Adam si mise una mano sul petto. «Mi ferisci.»

Mi chinai verso di lui, appoggiando la punta del naso sul suo. «Sono sicura che serva qualcosa di più che insultare il tuo telefono per ferirti.»

Mi rivolse un sorriso devastante. «Noi tre abbiamo tanti bei ricordi insieme.»

«Da un certo punto di vista...» Lo guardai con fare altezzoso. «*Decisamente* non il mio.» Adam finse di fare il broncio e risi, chinandomi per baciarlo. «Non stai morendo di noia, vero?»

Adam scosse la testa. «No, è interessante. Esco raramente dalla mia bolla di giocatore geek per socializzare con i normali.»

«Questi non sono assolutamente normali. Sono geek di un diverso tipo. Invece dei videogiochi, leggono spesse riviste mediche e parlano di lavoro, strane diagnosi, sintomi bizzarri e ipocondriaci.»

Distolse lo sguardo da me e poi tornò a guardarmi. «Dimmi perché quel tizio laggiù continua a fissarci. Lo conosci?»

Per non essere ovvia, mi girai per seguire la direzione del suo sguardo mentre frugavo nella borsa in cerca di qualcosa. Quando vidi che si trattava del dottor Iverson, mi sentii stringere lo stomaco. Appena i nostri occhi si incontrarono, lui distolse lo sguardo, dirigendolo di nuovo sul maestro di cerimonia che in quel momento stava dirigendo lo scambio di regali improbabili.

Strinsi gli occhi e lo osservai per un momento, ma non mosse la testa. Mi rivolsi a Adam: «Ci stava fissando?»

«Per un po' a intermittenza. Ha tentato di nasconderlo per un paio di volte quando ho cercato di smascherarlo.»

«Mmm.» Finsi ignoranza. «Forse è un fan dei videogiochi o roba simile.»

Adam scosse la testa. «Dubito che perfino il più fanatico dei videogiocatori sia in grado di riconoscermi a vista, in una situazione non dedicata ai giochi come questa.»

«Beh, è quello oppure ti trova incredibilmente sexy.» Sorrisi. «E se è così, devo dire che ha un gusto eccellente.»

Adam mi guardò inarcando le sopracciglia, imperterrito. «Sei sicura che non sia *tu* quella che trova incredibilmente sexy? E condivido la tua opinione.»

Deglutii ma non dissi niente e cercai di cambiare argomento prima che Adam mi chiedesse se lo conoscevo.

Ma continuai a pensarci per il resto della serata, senza riuscire a togliermi dalla testa quello che aveva detto Heath. Perché avrebbe continuato a fissarci se non fosse stato per qualche folle speranza di avere una possibilità con me? E una volta che quell'idea mi si ficcò in testa, non riuscii più a sloggiarla.

L'unica cosa che mi distrasse? Quando il marito di Louisa estrasse il telefono per mostrarci l'ultima ecografia. La esaminai, ingrandendo l'immagine per dare una bella occhiata. Sorrisi appena lo vidi, il sesso del feto. Comunque, non avevo idea se Louisa stesse evitando di guardare in modo da non vedere.

Avevamo imparato a leggere quelle cose durante la rotazione in Ostetricia-Ginecologia all'università. «Allora, state tenendo segreto il sesso o tu non vuoi saperlo?»

Louisa sorrise. «No, ti stavo solo mettendo alla prova per vedere se avresti capito. Non faremo nessuna di quelle folli feste per rivelare il sesso o roba simile, non preoccuparti.»

Ridendo, le risposi: «Penso che l'equivalente di un medico per rivelare il sesso sarebbe semplicemente far girare l'ecografia ad alta risoluzione in modo che tutti possano vederla».

Louisa sorrise. Forse era quello il suo piano di basso profilo.

Adam prese il telefono, ascoltando distrattamente, o forse solo nascondendo il suo disagio riguardo all'argomento della conversazione.

«Allora,» chiesi a bassa voce in modo da non rovinare la notizia per tutti gli altri «come si chiamerà?»

«Abbiamo una lista di preferiti. Te lo farò sapere una volta che avremo deciso.»

Non potei fare a meno di notare che continuava a massaggiarsi la pancia rotonda. «Va tutto bene?»

«Sta scalciando proprio in questo momento.» Poi mi afferrò il polso. «Ecco, senti.»

Quasi come a un segnale, il bebè scalciò proprio sotto la mia mano. L'intero lato della pancia si contrasse e trasalii per la sorpresa. *Che fico!* Le sorrisi.

«Avrà bisogno di un compagno di giochi, sai» mi disse Louisa con un sorriso malizioso e un'occhiata allusiva a Adam.

Vedevo che Adam stava prestando attenzione, anche se non ci stava guardando, dato che, appena Louisa lo disse, si immobilizzò come la proverbiale lepre sotto i fari.

Mi chinai immediatamente verso di lui e gli diedi di gomito. «Ho sete. Puoi prenderci qualcosa da bere?»

«Certo.» Adam balzò in piedi.

Louisa lo guardò andare con le sopracciglia aggrottate. «Spero di non aver detto niente di sbagliato. Se è così, mi dispiace.»

Sorrisi e mi voltai a guardare Adam che si allontanava, sperando non pensasse che era una messa in scena per insistere sul mio programma.

Le misi una mano sul braccio. «Va tutto bene. Ma non siamo ancora a quel punto.»

Louisa fece una smorfia. «Scusami, non lo farò più.»

«Ti perdonerò se me lo farai sentire ancora scalciare.»

Louisa sorrise a trentadue denti. «Affare fatto.» Mi afferrò la mano e la mise sulla pancia, e fui premiata quasi immediatamente.

Dovevo ammetterlo, anche se solo tra me e me, che provai una fitta di invidia. Forse, a volte, più di una fitta. Ma mi dissi che sarebbe arrivato il momento anche per noi. Dovevo solo continuare a crederlo.

Capitolo
Sette
ADAM

OSSERVAVO IL NOSTRO TAVOLO DAL BAR A PAGAMENTO mentre aspettavo in fila i nostri drink. Era difficile dire che cosa stessero discutendo, ma sembrava piacevole. Louisa afferrò di nuovo la mano di Emilia e se la mise sul pancione. Voltai le spalle alla scena, irrazionalmente furioso. Non avevo bisogno che Louisa gettasse quella roba in faccia a Emilia e, anche se lei non aveva detto niente, sapevo che l'avrebbe ferita.

Che le avrebbe ricordato che suo marito era un codardo.

Respirai a fondo, mi avvicinai al bar e ordinai i nostri drink, poi aspettai mentre li preparavano. Emilia aveva ragione. Avevamo tempo. Eravamo ancora giovani.

E significava che avevo tempo per superarlo. Prima o poi.

Quando tornai al tavolo, Emilia stava raccontando a Louisa e a suo marito del progetto in cui si era appena buttata.

«Sono così eccitata» stava dicendo. «Siamo solo all'inizio e ci sono tanti documenti da preparare prima di qualunque altra cosa. Grazie, Adam.» Mi rivolse un sorriso brillante quando le porsi un Cosmopolitan. Appoggiai il mio drink al mio posto e mi rivolsi a Louisa e Josh. «Che cosa posso prendere per voi due?»

Josh stava per alzarsi ma gli indicai di restare seduto. «No, no. Sono già in piedi. Ditemi che cosa volete bere.»

«Club soda con una buccia di lime per me» disse Louisa con un sorriso imbarazzato, quasi colpevole.

«La tua birra sembra buona. Una di quelle per me, per favore.»

«Certo» risposi.

Emilia mi sorrise. «È impressionante come siano incredibilmente attraenti i camerieri in questo posto, vero?»

«Forse riuscirai a portarti a casa questo» disse Louisa ridendo.

«È una certezza.» Sorrisi, ammiccai a mia moglie e mi allontanai per qualche benedetto minuto dalla loro conversazione. Grazie al cielo.

Il grande vantaggio di essere rimasti più che altro con l'amica di Emilia, Louisa e suo marito, era che non erano animali notturni e quindi riuscimmo a lasciare quel ricevimento relativamente presto. Emilia sembrava felice mentre chiacchieravamo come al solito tornando a casa. Ero blandamente sollevato che non ci fossero effetti duraturi da tutte le notizie sul bambino che ci erano piovute addosso.

In effetti non si parlò più dell'argomento "bambini"… fino all'ora di andare a letto. Immagino che non avrei dovuto pensare che il programma fosse completo prima di cominciare a compilare il codice.

Emilia era seduta sul letto, in camicia da notte, mentre si spalmava la crema idratante sulle gambe e le braccia dopo la doccia.

Mi lasciai cadere sul letto accanto a lei, che abbassò gli occhi sul mio torace nudo sopra i pantaloni del pigiama. «Bel panorama.»

Mi chinai verso di lei e la baciai. «Può migliorare, se vuoi.»

«In questo momento sono troppo scivolosa. Dammi qualche minuto e poi potrai fare lo spogliarello per me.»

«Con la musica?» le chiesi maliziosamente. «Sei decisamente pretenziosa.»

Mi guardò lascivamente, leccandosi le labbra. «So come mantenere un matrimonio vivo e frizzante di eccitazione.»

Sbuffai. «Stai parlando come se fossi tu quella che farà lo spogliarello.»

«Ti piacerebbe» rispose sogghignando. «No, stasera sono la fortunata spettatrice. E muovi un po' quei fianchi, altrimenti niente mancia.»

«Okay, okay.» Passai lo sguardo sulle sue magnifiche gambe, anche se erano ancora scivolose. «Ti serve aiuto per mettere la crema su quelle favolose gambe?»

Senza dire una parola, Emilia mi porse il flacone di crema idratante. Oh, diavolo, sì. Mi piaceva. Spalmai amorevolmente una piccola quantità di crema sulle gambe tornite, lungo i polpacci tonici. Emilia emise un basso gemito di piacere, quindi non ero l'unico che si stava eccitando. Quando arrivai all'altra gamba, ero duro come il legno.

«Ehi...» disse Emilia a bassa voce mentre stavo finendo e mi strofinavo le mani scivolose, chiedendomi quanto ci sarebbe voluto per far sparire quel profumo di gardenia. Ah, beh, se volevo fare sesso con mia moglie, valeva la pena di avere il residuo di profumo di fiori per qualche ora.

«Sì?» Alzai un sopracciglio. «Vuoi lo spogliarello adesso?»

Emilia afferrò una delle mie mani e avvolse le dita sulle mie. «Volevo solo assicurarmi che non fossi troppo sconvolto da tutta la faccenda con Louisa.»

Sapevo esattamente di che cosa stava parlando, ma scossi comunque la testa, come se non ne avessi idea.

«Non sapevo che avrebbe detto qualcosa del genere… sul fatto che il loro bambino avrebbe avuto bisogno di un compagno di giochi. So che l'hai sentita.»

Feci spallucce.

«Io sono a posto e non voglio che sospetti…»

Spostai la mano, ora ero io che tenevo la sua. Le dita unte scivolarono sulle sue mentre le tenevo strette. «Non sospetto niente. Va bene. Va tutto bene.»

Emilia sorrise e mi diede un'occhiata maliziosa mentre sollevava l'altra mano per passarmela sul petto. «Oh, amico, andrà molto meglio… per entrambi.»

Poi mi tirò sopra di lei e non riuscii a resistere al suo fascino ammaliatore. La parte migliore? Non avevo nemmeno dovuto fare lo spogliarello.

Il giorno dopo al lavoro fu una girandola di riunioni, incontri e montagne di e-mail senza risposta che erano state già viste, attentamente catalogate e prioritizzate dalla mia assistente. Senza Maggie sarei affondato già molto tempo fa.

Jordan e io mangiammo insieme dei panini al tavolo del mio ufficio mentre riepilogavamo le cose più importanti da fare quel giorno e la settimana seguente.

«Allora, dimmi di questo programma a cui ti ha iscritto il CDA. Non risparmiare i particolari.»

Mi misi comodo e lo fissai con un lungo sospiro. «Dovrò tornarci presto per un ritiro lungo tutto il fine settimana.

Sinceramente la prossima volta che il CDA vorrà che partecipi a una di queste stronzate, sono tentato di mandare te invece, a cominciare da questo programma. Non ne vale la pena, per dover tornare e affrontare tutta la roba che si accumula in ufficio.»

«Vero» disse Jordan prima di infilarsi in bocca l'ultimo pezzetto di sandwich e mandarlo giù con un drink in bottiglia che assomigliava a fanghiglia verde-marrone.

«Che cazzo stai bevendo in questi giorni? Sembra la pozione delle speranze e sogni perduti.»

«È salutare. April ha una fissa.»

Scoppiai a ridere. «Capisco l'incentivo ad adeguarti.» Guardai senza nascondere il disgusto mentre beveva un altro sorso della fanghiglia. «Che diavolo ti dà per premiarti di bere roba che ha quell'aspetto?»

Jordan mi rivolse un'occhiata maliziosa. «Ti piacerebbe saperlo, eh?»

Alzai una mano per evitare particolari indesiderati. «In effetti, non credo di volerlo sapere.»

«Vero. Probabilmente saresti troppo geloso.»

Sbuffai. «Passiamo ad argomenti più seri.»

«Tipo mandare me come battitore di riserva al tuo prossimo ritiro degli AD. Vorrei che fosse messo agli atti che lo approvo di tutto cuore.»

Esitai per un secondo, poi gli dissi il resto. «Che ne diresti di subentrare anche come amministratore delegato?»

«Ah-ah. Divertente. Sono sicuro che piacerebbe al CDA. Dopotutto, sono dieci volte più bello di te.»

Sogghignai. «E infinitamente più modesto…»

«E affascinante. *Molto* affascinante.»

Ridacchiai. «Sei il Principe Azzurro. Con una Biancaneve tutta tua al braccio.»

Jordan mi rivolse un'occhiata lasciva. «Siamo talmente bravi che potremmo fare un mucchio di soldi girando il porno Biancaneve e il Principe Azzurro su Internet.»

«Troppe informazioni.»

«Regola 34 in azione, dopotutto. Se esiste, da qualche parte su Internet c'è un porno per quello.»

«Mentre Walt Disney si rivolta nella tomba.»

Jordan scosse la testa. «Sappiamo tutti che non è in una tomba. È in una camera criogenica a Disneyland, sotto il castello della Bella Addormentata.»

Inarcai un sopracciglio. «È dalle parti dello studio dove hanno finto avvenisse lo sbarco sulla Luna?»

«Ho sentito dire che è proprio dall'altra parte della strada.»

A volte mi chiedevo se la gente nell'atrio fuori dagli uffici dei dirigenti si domandasse mai per quale idiozia stessimo ridendo.

«Allora, folli teorie complottistiche a parte…» Jordan aprì un pacchetto di patatine.

Gli rivolsi un'occhiata di disapprovazione. «Quella che ti dà da bere la fanghiglia, approverebbe le patatine?»

Jordan fece una smorfia. «Io non glielo dirò e tu nemmeno. Ora, tornando alla faccenda dell'AD, a che cosa stai pensando?»

Ingollai le ultime gocce del mio tè non zuccherato. Decisamente molto meno salutare, ma più buono, rispetto alla fanghiglia verde-marrone. «È la verifica delle mie prestazioni?» gli chiesi inarcando un sopracciglio.

Jordan rispose noncurante. «Tutto liscio. Te l'ho solo chiesto perché ultimamente mi sembri distratto. E anche perché mi hai appena chiesto se voglio farti da battitore di riserva. Sai che lo farei senza pensarci due volte, se fossi serio. Quindi mi chiedo che cosa vuoi realmente.»

Lo guardai sbattendo gli occhi. «Ci torneremo sopra. Presto. Se non dovessi parlarne io, chiedimelo di nuovo tra un mese o due.»

«Sai che lo farò» rispose serio Jordan.

«È il motivo per cui te l'ho chiesto.» Con un sorriso, finimmo di scherzare e presi la mia roba per correre alla riunione successiva.

Mai un momento di noia, quello era certo.

Capitolo Otto

Adam

Ero di nuovo al Nord per il ritiro e, come mi aspettavo, per niente contento. E non c'era un altro posto come la Silicon Valley per organizzare stupide riunioni societarie senza scopo, socializzare e partecipare a galà troppo costosi pieni di uomini d'affari annoiati che avrebbero preferito essere a casa a giocare davanti a un PC.

O forse ero solo io.

Eravamo alla fine del primo dei tre giorni del ritiro dedicato agli amministratori delegati durante il fine settimana. Sapevo già che quel programma non era per me. Ma per facilitare l'inserimento di Jordan in modo che potesse finirlo lui, intendevo restare fino a poter organizzare la transizione e discutere i passi successivi.

Fortunatamente avevo un amico o due con me nel programma, quindi il fine settimana non era uno spreco completo. E adesso, nel tipico vistoso consumismo societario, al nostro gruppo era stata offerta una cena nel ristorante giapponese più esclusivo nell'Area della Baia. Era stato riservato solo per noi, con una sontuosa distesa di cibo e decorazioni a salutarci, completa di sculture di vodka ghiacciata, fontane di sakè e vassoi di caviale.

Le riunioni della giornata mi avevano lasciato pieno di noia e irritazione. Volevo veramente uscire.

Forse, finita la cena, sarei andato a fare una lunga corsa sotto il cielo notturno.

Inoltre, mi mancava mia moglie. Ci vedevamo a malapena già così, con i nostri orari di lavoro. Avevamo finalmente avuto una discussione aperta e sincera riguardo alla questione del bambino e lei aveva generosamente accettato il mio punto di vista. Ma la mia mente alla costante ricerca non poteva fare a meno di soffermarsi sui risvolti di quella discussione, e sui nostri punti di vista divergenti.

C'era la paura, e non era poca cosa, che quel problema potesse cementarsi e diventare prima o poi un cuneo tra di noi. Perché, come se non avessi ottantamila altre cose di cui preoccuparmi, dovevo aggiungere anche questo alla lista. Era un assillo costante e fastidioso che si era installato in fondo alla mia mente e ogni tanto mi punzecchiava con un forcone.

Accantonai quel pensiero e ispezionai il ristorante e i vari uomini d'affari che gironzolavano. Almeno da quella stronzata avrei ricavato del sushi di prima qualità prima di svignarmela.

Il mio amico Dominic Fischer arrivò poco dopo me e vagammo intorno agli acquari di pesci tropicali coloratissimi diretti a un tavolo.

Dominic aveva una vita intera lì: casa enorme, auto elettrica e un guardaroba completo in modo da poter viaggiare senza bagagli, in un posto in cui risiedeva solo per una frazione dell'anno.

Era quella la vita di un amministratore delegato scapolo e di incredibile successo. Avrei dovuto buttarmi nel settore delle auto automatiche, chiaramente, dato che Tranxit, la sua società, non era ancora quotata in Borsa, eppure lui era stato valutato miliardi.

«Pronto per un po' di sushi fantastico?» mi chiese.

Ridendo risposi: «Pronto. Ma sarà meglio che sia veramente di qualità superiore.»

«Non sei già rimasto debitamente impressionato?» Dom mi diede un'occhiata. Aprii la bocca e la richiusi imbarazzato prima che lui scoppiasse a ridere e mi desse una manata sul braccio. «Dai, ti conosco, Adam. Ti sei annoiato a morte per tutta la giornata. Godiamoci la cena, un po' di sakè. La notte è ancora giovane, magari potremo metterci nei guai più tardi.»

Alzai la mano sinistra e indicai la mia fede nuziale. «In questi giorni, gli unici guai in cui mi piace mettermi sono a casa.»

«Non intendevo *quel* tipo di guai» rispose ridendo. «Stavo pensando a un po' di azione con uno sparatutto in prima persona nella sala giochi a casa mia.»

Ah, si poteva togliere il genio dalla sala giochi, ma non si poteva togliere il giocatore dal genio.

Lungo la parete della sala da pranzo c'erano postazioni di buffet elaborati e belli. Su uno dei grandi tavoli di servizio c'era una donna sdraiata con gli uomini che le passavano accanto con le bacchette pronte.

Piegai la testa, guardando lo spettacolo. «Quella donna è…?»

«Nuda, sì.» Dom rise vedendo la mia espressione. «In effetti in Giappone è una forma d'arte. Si chiama *Nyotaimori*. La praticano da centinaia di anni.»

Diedi un'altra occhiata caustica alla fila di uomini che le passavano accanto. «Non so perché, ma non credo che questi tizi siano appassionati d'arte. E l'ultima volta in cui ho controllato, questo gruppo è tutt'altro che una banda di guerrieri samurai.»

«No, probabilmente no» rispose Dom ridendo. «Hai fame?»

Mettendomi in fila, distolsi gli occhi dalla donna nuda in mostra, sapendo esattamente la filippica che mi avrebbe fatto mia moglie se fosse stata lì. E, sinceramente, c'erano alcune donne AD presenti. Perché gli organizzatori non avevano pensato ad avere un modello di sushi nudo come contraltare? Pensavano che noi maschietti fossimo troppo fragili per sopportare di essere vicino a un uomo nudo? Presumendo che fossimo tutti etero, oltretutto.

Speravo almeno che pagassero bene la modella. Era sdraiata, perfettamente immobile e fissava diritto davanti a lei. Era coperta con foglie e piccoli fiori piazzati strategicamente per coprire la sua modestia e fornire una base igienica per il sushi, almeno quello. E ovviamente non potei non notare che era bellissima. Ciononostante, scelsi il sushi da un vassoio regolare invece che dal suo corpo.

Mi distrasse tanto che mi ci volle un minuto per notare che Dom non mi stava seguendo. Quando mi voltai a guardare che cosa lo aveva trattenuto, lo colsi pietrificato che fissava pallido la modella. La sua postura era rigida e sembrava palesemente turbato. Non era lui quello che mi aveva appena spiegato che questo *Nyo*-qualcosa era una forma d'arte accettabile?

«Dom? Tutto bene?»

Dom sbatté gli occhi, distogliendo gli occhi da dove erano fissi, sul volto della modella e non il resto a malapena coperto. Si voltò verso di me come se si fosse appena ripreso dallo stordimento. «Uh?» Sembrava che avesse visto un fantasma.

Tornati al tavolo, lo guardai incuriosito. «Va tutto bene? Prima sembravi quasi spaventato.»

Dominic alzò le spalle, come per sottolineare che era completamente indifferente a qualunque cosa fosse appena successa. «La modella assomiglia a qualcuno che conoscevo.» Ripeté il gesto.

Guardai il suo piatto. A quanto pareva aveva perso l'appetito. E fu stranamente silenzioso per il resto della cena, perfino quando fummo raggiunti da un paio di newyorkesi chiacchieroni che cominciarono a cercare di estorcergli notizie sul suo modello di società. Io mi misi comodo e mangiai il mio sushi, osservandolo schivare le loro domande spesso invasive. Sembrava veramente fuori fase e i tizi se ne resero conto, andandosene poco dopo.

«Sei ancora d'accordo per lo sparatutto?» gli chiesi mentre mi alzavo e abbottonavo la giacca.

«Certo. Aspetta un minuto, per favore. Vado solo a fare i complimenti allo chef.»

Lo guardai stupito. Non aveva mangiato quasi niente. Nel frattempo, avevano riportato in cucina il tavolo con la modella e speravo che ora avesse addosso qualcosa di caldo, dato che lì faceva un freddo cane. Dom prese alcuni biglietti di grosso taglio dal portafogli e andò verso il cassiere. Forse aveva dimenticato che si trattava di una funzione societaria, già pagata dal prezzo esorbitante di quel ritiro per AD?

Ma invece di dare i soldi al cassiere, Dom prese la busta che gli fornì lui. Restai a una certa distanza, dandogli la privacy che ovviamente desiderava mentre prendeva una penna e scriveva in fretta qualcosa sulla busta prima di ficcarci dentro diverse banconote. Poi andò a dare personalmente la busta allo chef.

Dubitavo fortemente che la modella fosse solo una donna che assomigliava a qualcuno che conosceva una volta, ma che fosse lei stessa quel qualcuno. Specialmente perché le aveva appena dato cinquecento dollari di mancia in contanti.

C'era decisamente una storia. Qualcosa che lo aveva lasciato profondamente turbato. Mi chiesi che cosa avrei pensato se fosse stato qualcuno che conoscevo o, presumibilmente a cui tenevo, a essere in mostra in quel modo scandaloso. Mi tornò in mente in un lampo un ricordo. La prima volta in cui avevo visto le foto che Emilia aveva postato per la sua asta online. Non facevano vedere la faccia, ma esponevano il corpo solo parzialmente coperto. Nel momento in cui avevo cliccato per vederle sul monitor del computer, come un menu per un mercato della carne, mi ero sentito fisicamente male.

Mi chiesi se fosse quello che provava Dom e se quella grossa mancia fosse il suo modo per aiutare qualcuno che conosceva, per farlo sentire meglio.

Se l'era cavata molto più a buon mercato dei miei 750.000 dollari.

In questi giorni, a volte scherzavo con Emilia riguardo all'asta. E scherzava anche lei, ma non con le vere emozioni o i ricordi che evocavano. Ma era fin troppo facile innescare i ricordi di quel periodo tumultuoso in cui non era mia. Quando non ero in grado di proteggerla.

Adesso, volevo solo darle il mondo. Renderla felice faceva felice me. Allora perché ero così fissato su quella faccenda del bambino?

Qualche giorno dopo riuscii a sedermi con Jordan e riferirgli i punti salienti dell'insulso ritiro per AD. Prese appunti e mi fece domande di approfondimento con intenso interesse. Fu particolarmente insistente quando chiese di Dominic Fischer, insistendo per avere particolari. «Okay, allora, quando posso conoscerlo?»

Sospirai. «Vedrò che cosa riesco a combinare, ma non dovrebbe essere difficile, visto che mi sostituirai.»

Jordan mi guardò interessato. Già, era ora di avere quella conversazione ufficiale con Jordan, e cambiargli per sempre la vita.

«Allora, penso che sia ora, visto che parteciperai al programma di addestramento degli AD, che acceleriamo il programma per farti diventare veramente l'amministratore delegato della Draco Multimedia.»

Jordan rise e si passò la mano tra i capelli. «Una mossa un po' drastica per evitare di dover tornare a Palo Alto.»

Com'era prevedibile, Jordan conosceva già gran parte del procedimento. Nessuno lo poteva accusare di non essere entusiasta. Solo guardare la montagna di ricerche che aveva fatto mi diceva che avrei lasciato la società in buone mani.

Ed era un sollievo. Dopotutto era ancora la mia società e ci tenevo ancora.

E anche se provavo ancora un profondo disagio per l'ignoto che avevo davanti, sentivo anche un certo sollievo.

Stava per finire un capitolo della mia vita e significava, naturalmente, un nuovo inizio, da qualche parte, speravo presto.

Ciononostante, mi ripromisi di essere pronto quando mi avesse trovato.

Capitolo
Nove
Adam

Una settimana dopo, ero fuori con Heath, pensate un po', a giocare a golf. Ci eravamo incontrati a un elegante campo da golf ad Anaheim Hills e stavamo godendoci l'aria aperta e le chiacchiere.

«Mia oggi ha un turno di reperibilità?» chiese Heath, appoggiando la sua pallina sul secondo tee e preparandosi a tirare.

«No. Oggi non lavora.»

Le sopracciglia si inarcavano sopra gli occhiali da sole. Non doveva nemmeno fare la domanda.

«Ha una riunione per quel suo progetto per l'organizzazione no-profit» spiegai.

Heath annuì e fece qualche swing di prova con il driver. «Sembra che tu non ne sia particolarmente contento.»

Mi appoggiai alla mia mazza, osservandolo. «In effetti penso che sia un'idea grandiosa. Non mi piace particolarmente la tempistica.»

Heath esitò solo un momento, raddrizzando la presa, poi fece partire il colpo. Guardammo: a metà strada lungo il fairway e nell'erba alta.

«Accidenti a questo maledetto gioco» borbottò Heath quando la pallina atterrò.

«Sei solo alla seconda buca e lo stai già maledicendo?» gli dissi ridendo.

Heath sospirò rassegnato e si fece da parte. «Mia è sempre stata una secchiona, ma sono d'accordo che è parecchio da caricarsi sulle spalle durante l'internato. Voglio dire, la sua agenda è già sovraccarica. Probabilmente qualcosa che *tu* definiresti una normale settimana di lavoro, giusto?»

Sbuffai. «Non lavoro più ottanta ore la settimana da un po', altrimenti sarei già divorziato.»

«Ma adesso che la situazione è capovolta?» Mi lanciò un'occhiata preoccupata da dietro gli occhiali da sole.

Mi avvicinai per mettere la mia pallina sul tee. «Oh, niente paura. Ero preparato. Sapevo che cosa aspettarmi. Lei ha tollerato i miei orari, il fatto che fossi spesso assente. Sarei un fottuto stronzo se adesso non capissi i suoi orari. Non può fare il medico senza l'internato.»

Heath ridacchiò. «Beh, sei già uno stronzo.»

«Sì, ma non voglio essere un *fottuto* stronzo.»

Heath annuì. «Giusto.»

Tirai. Anche la mia pallina atterrò nell'erba alta circa quindici metri oltre la sua.

«Visto?» disse Heath indicandola. «Posso già dire chi vincerà questa buca, quindi insisto sulla tua stronzaggine.»

Una volta arrivati al green col golf cart, la conversazione riprese.

Heath mi offrì la sua opinione. «Penso che sia ansiosa di far partire tutto perché la trafila burocratica per aprire un'organizzazione simile è veramente lunga e vuole che sia tutto a posto per quando potrà cominciare a lavorare nel suo ambulatorio. Inoltre, è una questione di legittimazione, sai?»

«Legittimazione? Che cosa significa?»

«Il donatore biologico di sperma le ha dato malvolentieri tutti quei soldi, perché hanno insistito sua moglie e suo figlio. Mia non vuole usarli per sé, perché sarebbe come riconoscere il bastardo. Inoltre, grazie a te, non ne ha comunque veramente bisogno. Le dà la possibilità di usarli per qualcosa di buono. La possibilità di dirgli un grosso 'fanculo. È l'uomo che ha praticamente distrutto quel poco di famiglia che aveva, sai. Aveva dei fratellastri che non ha mai conosciuto, un genitore che non ha mai conosciuto. Erano solo lei e sua madre finché non sono arrivato io nella loro famigliola, come un cane randagio.» Scosse la testa mentre provava qualche swing, poi, invece di continuare, appoggiò il putter di lato e si appoggiò come fosse un bastone mentre si voltava verso di me per finire il pensiero. «Sai che cosa mi ha detto il giorno in cui mi sono trasferito da loro, quando mio padre mi buttò fuori di casa? "Ho sempre voluto un fratello. Voglio una grande famiglia." Diavolo, se ne avesse avuto la possibilità, probabilmente avrebbe aperto proprio allora una casa per ragazzi sbandati.» Si strinse nelle spalle. «È sempre stata così, quindi capisco perché sia così entusiasta all'idea di questo ambulatorio.»

Feci un respiro profondo e distolsi gli occhi. Heath mi aveva appena dato un mucchio di contesto che non avevo nemmeno preso in considerazione. Spiegava tante cose, se dovevo essere sincero.

Heath si voltò e fece il tiro, facendo arrivare la pallina a pochi centimetri dalla buca. Si avvicinò e la buttò dentro facilmente. «E, prima che me lo chieda, no, non penso ancora che tu la meriti.»

Risi e raccolsi la mia sacca per riportarla al golf cart. I veri uomini, secondo me, non usavano i caddy. «Non avevo intenzione di chiederlo perché so che non cambierai mai idea. E, a essere sincero, sono d'accordo con te.»

Ma mentre parlavamo del più e del meno per le restanti sedici buche, non riuscivo a togliermi le sue parole dalla testa. *Ho sempre voluto un fratello. Voglio una grande famiglia... Probabilmente avrebbe aperto una casa per ragazzi sbandati.*

Lo sapevo già di lei. Non erano nuove informazioni. Aveva detto le stesse esatte parole, con le lacrime agli occhi, il giorno in cui avevo scoperto che aveva il cancro. Lo sapevo, eppure ora avevo opportunamente deciso di ignorarlo. Aveva sempre desiderato una grande famiglia mentre cresceva, ma il suo desiderio non si era mai realizzato.

Adesso potevo aiutarla a realizzarlo. Potevamo metter su famiglia.

Amavo Emilia più di ogni altra cosa. Ma la amavo abbastanza da affrontare le mie paure e darle ciò che sognava? La amavo abbastanza da volere quel sogno anche per me?

Emilia e io passammo il resto della giornata insieme, guardando film a casa e facendoci consegnare il cibo, coccolandoci sullo stesso divano e facendo l'amore. Semplicemente godendo della reciproca compagnia, da soli.

Ma quando ebbi un momento per me, trovai il link a tutte le ricerche mediche che mi aveva chiesto per mesi di leggere.

E cominciai a leggere.

Decisi di prendere un appuntamento con uno specialista di oncofertilità, un medico specializzato nella fertilità nei pazienti che avevano il cancro o che lo avevano avuto. Perché non mi sarei buttato senza approfondire.

Sarei stato me stesso e sarei stato scrupoloso. Volevo tutta la verità, comprese le difficoltà e tutto il resto.

Ma non c'era la benché minima possibilità che rischiassi di perderla, anche se significava dirle che non avrebbe mai potuto realizzare il suo sogno.

Capitolo
Dieci
MIA

«Ehi!» April si sedette, lanciando la sua enorme borsa nel separé accanto a lei.

«Vuoi che chiami la cameriera in modo da ordinare qualcosa da bere?» le chiesi alzando la mano.

April aggrottò la fronte mentre frugava nella borsa per prendere il taccuino e una penna. «Voglio solo una Sprite o un ginger o roba simile. Lo stomaco mi dà fastidio da un po'.»

«Stress?» le chiesi preoccupata. «Hai bisogno di un antiacido? Ho qualcosa in borsa.» Lo presi.

April scosse la testa, rifiutandolo. «No, no. Starò bene. È solo strano.» Si chinò verso di me con fare complice. «Che resti tra te e me, ma sono in ritardo di una settimana con il ciclo.»

Sbattei gli occhi ma non dissi niente, aspettando che finisse, notando come mi si era mozzato il fiato aspettando che continuasse. Curiosamente, mi colpì un senso di invidia maggiore di quello che avevo provato quando Louisa mi aveva informato alla cerimonia di laurea.

April continuò. «Mi ha spaventato a morte per via dei problemi di stomaco e il ritardo… sai. E sono una tale idiota che ci è voluto tanto per rendermene conto.»

Feci un respiro profondo, con le unghie conficcate nel palmo prima di ordinarmi di rilassarmi. «Hai fatto un test?»

«Questa mattina. Ancora niente ciclo, però. Ah, tu non pensi che quelle cose diano un falso negativo?»

Scossi la testa. «No, purché lo abbia fatto correttamente non è probabile che ci sia stato un falso negativo.»

April si mise una mano sulla pancia. «Oh, grazie a Dio, perché, quando mi sono resa conto di che cosa poteva essere, ho praticamente avuto un collasso. Ho perfino chiesto a Jordan di andare a comprarmi un test, restando lì in preda al panico per mezz'ora.»

«Sono sicura che Jordan sia stato ancora più terrorizzato.»

April scosse la testa. «È quella la cosa più strana. È stato super calmo per tutto il tempo, perfino prima che ottenessi il risultato negativo. E quando è successo, è sembrato, non lo so, forse un po' deluso? O, almeno, non rincuorato quanto pensavo che sarebbe stato.»

Non riuscivo a staccare gli occhi da lei, di colpo invidiosa per una ragione completamente diversa. «Uh, chi se lo immaginava.» *Jordan?* Non lo avrei mai pensato di lui.

«Lo so, giusto? Forse gli alieni gli hanno rapito il cervello o roba simile.»

Feci spallucce. «Voi due avete mai parlato di avere figli?»

April agitò una mano con fare indifferente. «Sì, cioè, ne abbiamo parlato in termini ipotetici. Lui ne vuole tre. Uno per genere e poi quello che capita… Almeno è quello che dice.»

Mi morsi il labbro per non sorridere. «Uh, se solo si potesse scegliere come ordinarli da un menu.»

April spalancò i brillanti occhi azzurri. «Ho un sacco di cose da fare prima di buttarmi nella maternità, perché voglio prendermi del tempo libero quando sono piccoli. Almeno per un po'. Ma ovviamente non penso veramente nemmeno di voler interrompere o mettere in pausa la mia carriera. Sarebbe perfetto se potessi lavorare da casa, con un aiuto giornaliero. Problemi da paesi sviluppati, lo so.»

La cameriera arrivò appena dopo quella dichiarazione, appoggiando sul tavolo la sua bibita e il mio tè freddo. April infilò una cannuccia nella tazza e bevve un sorso. «Comunque, è tutto ipotetico. Non penso di poter arrivare a quel punto ancora per qualche anno. Penso di volere il primo figlio prima dei trent'anni, però, il che mi dà circa tre anni.»

«Allora, Jordan ne vuole tre e tu quanti ne vuoi?» le chiesi sorseggiando il tè.

«Non lo so. Uno probabilmente. Ero figlia unica, almeno finché mio padre non si è risposato e ha avuto la mia sorellina e il mio fratellino, ma a quel punto ero quasi alle superiori. Decisamente non voglio che ci sia una grossa differenza di età se ne avrò più di uno. Se ci riesco, ovviamente. Mia nonna sarebbe sconvolta sentendomi parlare così. È così superstiziosa. Non si può programmare ciò che non ti è già stato dato e roba simile.»

Le sorrisi. «Beh c'è sempre la legge di attrazione e mandare nell'etere pensieri positivi su ciò che si vuole avere.»

April mi rivolse un'occhiata maliziosa. «Cioè, siamo abbastanza a posto con quello, no? Abbiamo entrambe fatto chiaramente sapere che volevamo miliardari sexy. Il tuo ti ha addirittura messo un anello al dito.»

«Riguardo a quello...»

April alzò una mano. «Per favore, ho già avuto uno spavento da adulta oggi. Non parliamo di quando o se Jordan farà veramente la fatidica domanda... di nuovo.» Ci scambiammo un'occhiata divertita. April mi aveva confidato che, durante la vacanza di gruppo in montagna per il nostro primo anniversario, Jordan stava complottando per mettere in scena una proposta di matrimonio eclatante e April era stata quella che aveva fatto fallire il progetto. Quello che faceva particolarmente ridere era che ad April piaceva spaventarlo accennando apertamente al fatto di volersi sposare. A quanto pareva era stata così convincente che Jordan l'aveva presa sul serio. Era riuscita a convincerlo a lasciar perdere dicendogli che voleva che glielo chiedesse quando si fosse sentito pronto e non perché temeva di perderla se non lo avesse fatto.

Da allora non c'erano più state voci di fidanzamento da parte di Jordan. E nemmeno più scherzi sul matrimonio da parte di April.

Finora Katya era la mia unica amica sposata e quella era stata una completa sorpresa; si era sposata di nascosto con il suo arcinemico, Lucas.

Avevo sperato che quell'anno portasse almeno un annuncio di fidanzamento, o da April e Jordan o da William e Jenna.

Sì, ero *quella* persona, la donna sposata che era così felice del suo stato di beatitudine matrimoniale, perfino dopo due anni, che voleva che ne godessero tutte le persone a cui voleva bene. E, certo, il matrimonio non era facile, ma ero fermamente della scuola di idee che ne valesse la pena.

«Beh, chissà, magari rinsavirete presto entrambi.»

«Rinsavire riguardo a che cosa?» chiese Lindsay che era giusto arrivata da dietro. April sorrise e si spostò verso di me nel separé per farle posto.

«Ehi, Lindsay, come va? È tanto che non ci vediamo» disse April mentre Lindsay le faceva i complimenti per la sua enorme borsa.

Lindsay si mise al posto che aveva liberato April, appoggiando sul tavolo il suo taccuino legale rivestito di pelle. «Ehi, signore. Sto bene, April, grazie. Di che cosa stavate discutendo?»

April mi indicò. «Oh, è la solita melensaggine da donna sposata. Dovremmo proprio cambiare argomento.»

Lindsay rise, buttandosi i capelli biondi sopra la spalla. Era divorziata da circa quattro anni e fino a non molto tempo prima era uscita con parecchi uomini. Adesso viveva con un uomo più o meno della sua età, una volta tanto, e sembrava felice.

Ridendo aggiunse: «Oh, ne ho già avuto la mia parte con lei. Dovremmo inventarci un segnale per cambiare discorso quando diventa così».

Restai a bocca aperta. «Wow. Sono seduta *proprio qui*.» Forse stavo diventando noiosa? Mi presi un appunto mentale di controllarmi.

«Lo capiamo» rispose Lindsay tranquillamente. «Sei delirante di felicità e vuoi che anche le tue amiche siano felici. È carino.» Arricciò il naso sorridendomi mentre la guardavo a occhi stretti. «Sono seria. Non essere così sospettosa. Ora, dov'è la cameriera. Di solito non pranzo così tardi e sto morendo di fame. Dopo possiamo passare agli affari. Abbiamo un mondo da conquistare, dopotutto.»

Aveva ragione. Avevamo un mondo da conquistare. Un mondo fatto su misura per gli uomini. Ed ero fortunata a essere circondata da donne intelligenti che potevano aiutarmi a farlo.

Capitolo
Undici
Adam

Dopo settimane in cui avevo letto tutte le ricerche e fatto altre discrete indagini, mi incontrai con la specialista di oncofertilità e le vomitai addosso la mia lunga lista di domande. Lei rispose pazientemente a tutte, per la maggior parte con mia soddisfazione.

Poi feci lunghe passeggiate e riflettei a lungo.

Poi un giorno, settimane dopo, scelsi di lavorare da casa al mattino e prendermi il pomeriggio libero dato che era l'ultimo giorno di riposo di Emilia per dieci giorni. Ci eravamo ritagliati con successo un po' di tempo per essere presenti e stare insieme. Nessuna distrazione. Solo noi due e la nuda bellezza della natura.

Lasciai perfino a casa il telefono mentre passeggiavamo sulla spiaggia.

Già, segno evidente che Adam Drake aveva intenzioni serie. O che era un momento cruciale nella mia vita privata, e nel nostro rapporto.

Mi sentivo stupido a preparare la scena in quel modo, ma non avevo avuto la chance di programmare la domanda di matrimonio, almeno la seconda volta, quella che contava veramente.

Ma questa cosa poteva renderla veramente speciale.

Facemmo un picnic sulla sabbia e poi una lunga passeggiata. Eravamo sul finire dell'autunno e l'aria e l'acqua erano troppo fredde per nuotare.

Eravamo sul molo che dava sul Newport Harbor Jetty alla fine della penisola di Balboa, a circa tre chilometri da casa nostra sulla Bay Island. Sulle rocce c'erano pescatori che lanciavano l'amo nel mare sottostante e la campana sulla grande boa ogni tanto suonava, avvertendo che c'era in arrivo mare grosso. I leoni marini abbaiavano tutto intorno a noi sulle rocce e appollaiati sulla boa per la notte.

Intrecciai le dita con le sue e sentii la stessa, soddisfacente fitta al petto quando Emilia reagì stringendo la mia mano. Si chinò all'indietro, contro il mio petto e appoggiò la testa sulla mia spalla.

Mi schiarii la voce per parlare dopo quasi mezz'ora in cui ci eravamo goduti la compagnia reciproca in silenzio mentre camminavamo lungo la spiaggia per arrivare lì. «Sembra che ci sarà un bel tramonto. Abbastanza nuvole in cielo per fare qualche fuoco d'artificio con la luce, ma non troppe da bloccarla.»

Emilia mi guardò sorridendo maliziosa. «Wow, mio marito un aficionado dei tramonti... e me l'ha tenuto nascosto per tutti questi anni. Un segreto romanticone.»

Feci spallucce, un po' imbarazzato. «Romantico? Non arriverei a tanto.»

Emilia sorrise, dandomi una spallata. «Ti sto prendendo in giro, stupidone. Non intendevo insultarti. Ma sembravi quasi poetico mentre lo descrivevi.»

Ridendo risposi: «Forse passo troppo tempo con mio cugino».

Sembrò sorpresa. «Poetico? William? Beh, posso capire l'aspetto artistico. Comunque lo si veda, un tramonto nel Sud della California raramente delude.»

La tirai più vicina, avvolgendole strette le braccia intorno alla vita. Insieme, ammirammo il rapido cambiare della luce nel cielo. Emilia tremò leggermente quando la brezza si alzò, come faceva sempre, appena il sole calava dietro l'orizzonte lasciando una scia di colori abbaglianti e lucenti nel cielo... oro e azzurro pallido con strisce di arancio vivido e magenta. I capelli di Emilia mi facevano il solletico sul viso, danzando nella brezza. Abbassai la faccia affondando il naso nella nuvola profumata di lucenti capelli castani, inalando profondamente, assaporando quel profumo di vaniglia.

Chiusi gli occhi e il mio equilibrio andò leggermente fuori fase.

Emilia si rannicchiò più vicino a me con un sospiro. «Mi piace essere abbastanza vicina alla spiaggia da poter camminare lungo la costa per ammirare il tramonto.»

Sbuffai ridendo. «Dato i nostri orari quante volte succede, quando la luna è blu?»

Emilia sospirò. «Vorrei che fosse solo uno scherzo, ma penso che la luna avesse una decisa tonalità bluastra l'ultima volta in cui l'abbiamo fatto.»

Strinsi le labbra. I ragazzini giocavano per tutta la baia nel Pirate Cove sulla piaggia di Little Corona, le loro risate arrivano fino a noi anche mentre le voci dei loro genitori li chiamavano dicendo loro che era ora di rientrare a casa. Emilia appoggiò la testa sulla mia spalla. *Mmm...* mi piaceva quella sensazione.

«È così bello» disse Emilia rispecchiando i suoi pensieri. «Dovremmo decisamente farlo più spesso. Siamo fortunati a vivere da questa parte del paese, dove il sole tramonta sull'oceano invece di sorgere.»

«Immagino che dovremmo diventare gente a cui piace alzarsi presto se vivessimo sulla costa est. Mi piace vivere qui, ma non posso fare a meno di chiedermi…»

Smisi di parlare e deglutii, rendendomi conto che ero sul punto di dire una cosa che non mi sarei potuto rimangiare. Una volta che avessi pronunciato quelle parole, ero vincolato. Non avrei potuto tirarmi indietro.

Cazzo, era tutto così bizzarro.

«Che cosa ti stavi chiedendo?» si decise a chiedermi Emilia, alzando la testa per guardarmi in faccia quando lasciai il discorso in sospeso troppo a lungo.

Feci spallucce, ignorando il terrore in fondo allo stomaco. *Adesso o mai più.* «Mi chiedevo se questo fosse il posto ideale per… crescere una famiglia.»

Silenzio. Il vento le faceva svolazzare i capelli, facendomi il solletico sulle guance. Emilia restò completamente immobile tra le mie braccia. Questa volta fu lei a fare una lunga pausa. Io aspettai.

«Non stavi… non stavi dicendo quello che penso stessi dicendo.»

Nascosi un sorriso. «Ed è?»

«Che stavi pensando di mettere su famiglia?»

Mi voltai a guardarla in volto. Aveva gli occhi spalancati, sinceri, pieni di domande. «E se fosse così?»

Emilia espirò bruscamente, metà ansiosa e metà frustrata. «Sai già che io sono perfettamente d'accordo.»

«Quindi, allora… facciamolo.»

Il vento prese forza, quasi accecandomi con i suoi capelli, ma Emilia si girò tra le mie braccia, guardandomi quasi incredula. «Non mi stai prendendo in giro adesso, vero?»

Unii le mani proprio all'altezza della sua vita, tirandola verso di me. «Se ti stessi prendendo in giro sarei un inutile pezzo di merda, no?»

Emilia fece una smorfia. «Cosa… come… Sono così confusa. L'estate scorsa eri così deciso a rimandare. La tua decisione sembra così repentina. Ho fatto qualcosa per metterti pressione?»

Scossi la testa. «No, Emilia, non mi hai fatto pressione.»

«Ma…» cominciò a parlare con la voce densa di emozione, «potresti sempre cambiare idea. È un'alternativa, sai. Non è che voglia costringerti.»

La guardai negli occhi, a lungo, poi alzai la mano per accarezzare quella pelle così morbida. Emilia schiuse lentamente gli occhi e passai il pollice sull'incavo della sua guancia. «Sì. È possibile. Ma *tu* sai che sono testardo da morire e che, una volta che ho deciso qualcosa, è difficile che cambi di nuovo idea.»

Emilia rise con gli occhi ancora chiusi. «Sì, è vero. Tu *sei* testardo da morire.»

«Spero non sempre in senso negativo.»

Lei scosse piano la testa e, con mia meraviglia, una lacrima scivolò fuori dalle palpebre chiuse. La tolsi col dito, poi baciai il punto freddo e salato sulla sua guancia dov'era stata.

Emilia aprì lentamente gli occhi, lucidi di lacrime non versate. Ma c'era una strana miscela di emozioni dietro quei begli occhi che mi affascinavano.

Si schiarì la voce nonostante l'emozione. «Ma tutte le tue riserve e i tuoi dubbi? Avevi delle ragioni molto solide per…»

«Ho letto le ricerche, tutti gli studi medici sulla cartella in cloud che mi hai mandato. E per assicurarmi che tu non avessi scelto selettivamente gli studi che corroboravano ciò che volevi, ho esteso le letture, per quello che potevo capire comunque. Poi mi sono messo in contatto con una specialista dell'oncofertilità alla UCLA.»

Mi guardò sorpresa e sbattendo gli occhi. «Wow, hai fatto i compiti.»

Sorrisi e piegai la testa come per dire: ti aspettavi qualcosa di diverso? Altre lacrime scivolarono sulle guance anche mentre rideva.

«Immagino che ti abbiano detto qualcosa che ti ha spinto ad accettare l'idea.»

Annuii. «Secondo il medico, il rischio è abbastanza ridotto da accettarlo senza grossi patemi d'animo. Per un po', almeno.»

«Per quanto, cioè?»

«Dipende. Se dovesse protrarsi per un po', potrei chiederti di andare a fare un'altra PET. E se dovessimo ricorrere a trattamenti per la fertilità, beh, dovremo riparlarne.»

Emilia annuì lentamente. «Affronteremo quell'argomento se mai ci arriveremo. Oppure esploreremo altri modi per avere una famiglia se decideremo di non seguire quella strada.»

Le misi una lunga ciocca di capelli dietro l'orecchio. «Ho fatto ricerche anche su quello.»

Emilia scoppiò a ridere. «Non avevo dubbi, Adam Drake. Ti conosco abbastanza bene da saperlo.»

Le scesero altre lacrime sulle guance anche se sembrava calma e razionale, come se la sua metà emotiva e quella logica fossero in lotta e nessuna delle due sapesse quale avrebbe vinto.

Emilia si morse il labbro e restò a lungo in silenzio. Le diedi un colpetto, invitandola senza parole a dare voce a quello che aveva sulla punta della lingua.

«E non hai più paura?» Spalancò gli occhi, fissando i miei.

«Non posso dirlo, no. Sono terrorizzato in effetti. Ma voglio che tu sia felice.»

Emilia aggrottò le sopracciglia. «Non puoi accettare di avere un bambino solo per farmi felice. Devi volerlo anche tu.»

Le lisciai il labbro con il pollice. «Lo voglio anch'io. Non posso prometterti che le mie tendenze dispotiche non tornino a volte. È il modo in cui gestisco la paura dell'ignoto. E questo è un enorme fottuto ignoto per me. Ma mi fido di te. E lo desidero anch'io.»

Davanti alla gioia evidente sul suo viso, il mio terrore si attenuò, anche se non sparì. Era ancora lì, come uno spauracchio, in fondo alla mente. A guardare, sempre a guardare.

Lo ignorai e raccolsi il coraggio.

«Facciamolo, Emilia. Facciamo un bambino.»

Capitolo

Dodici

Adam

Camminammo mano nella mano per i tre chilometri fino a casa. E, quando arrivammo, facemmo l'amore, come per cementare immediatamente quella decisione epocale. Non arrivammo nemmeno dentro casa. Al buio, Emilia mi tirò sul lettino nel portico.

Mentre mi tirava giù accanto a lei, con le labbra unite in un bacio, mormorai ansimante contro la sua bocca: «Ricordi la prima volta in cui siamo stati insieme su questo lettino?»

La sua bocca si curvò sotto la mia. «Oh, sì, lo ricordo benissimo.»

«Credo di averti rovinato le mutandine...» mormorai roco contro il suo collo morbido dal profumo dolce.

«La prima di una lunga fila di distruzioni di mutandine che hai perpetrato negli anni» rispose con la voce sognante.

Le appoggiai la mano sul seno sotto la felpa, passando il pollice sul capezzolo attraverso il reggiseno e il tessuto morbido della camicetta. Emilia si spostò contro di me ed emise un suono che mi fece immediatamente bollire il sangue.

Da quanto non eravamo stati in grado di godere l'uno dell'altro senza un programma, senza orari o un'agenda e senza dover dare la caccia a un cazzo di preservativo?

Mia allungò la mano verso l'armadietto accanto al lettino e ne tolse due coperte, dispiegandole in fretta e tirandole sopra di me mentre regolavo lo schienale del lettino per abbassarlo. Le coperte coprivano me e io coprivo lei.

E per la prima volta, sembrava da sempre, andammo adagio. Una volta che le ebbi tolto i jeans, passai la mano sulle sue gambe e continuai a baciarla, senza smettere, assaporando la sensazione della sua pelle di seta, il suo profumo. La mia bella, bellissima moglie.

Assaggiai la sua pelle e le tolsi in fretta le mutandine, curandomi di non strapparle, solo perché mi aveva chiesto di non farlo.

Ma mentre ci baciavamo e ci sussurravamo delle verità, mi sentivo completamente presente. Con il suo corpo morbido e cedevole sotto il mio, i nostri lunghi baci e i suoi gemiti, non avevo paura. Ero lì per quello. E quel fatto mi sbalordì più di qualunque altra cosa.

Quando feci una pausa per sistemare la coperta che era scivolata, Emilia colse l'occasione per rotolarmi sopra. Fece sporgere esageratamente il labbro. «Non è carino, non sei ancora nudo.»

«Una condizione a cui si rimedia in fretta» ribattei portando la mano alla fibbia della cintura.

«Oh, no. È ora che restituisca il favore e ti aiuti a svestirti.»

Poi mi fece ridere agitando le sopracciglia. Mi passò il palmo della mano sull'inguine, avvolgendo le dita sulla mia erezione. Ansimai e ricaddi all'indietro, di piatto sul lettino, pronto a lasciare che fosse lei al comando per un po'. Pronto a godere del suo tocco, seguire le sue indicazioni. Pronto ad andare adagio quanto voleva.

Più si andava adagio, più facile era godere del minimo tocco.

L'aiutai alzando i fianchi mentre mi sfilava i jeans e poi le mutande. Risistemò le coperte per coprirci entrambi perché aveva cominciato a fare più freddo.

Poi abbassò la testa.

Quando la sua bocca toccò il mio pene, ero così teso che quasi sobbalzai per la sorpresa per la fitta di piacere. Oh, cazzo, non mi sembrava giusto venire prematuramente nella sua bocca durante il primo tentativo di fare un bambino. Ma la sua lingua mi stava rovinando troppo in fretta. Con una spinta leggera e riluttante, le spinsi via la testa.

«Basta così» dissi con la voce roca. «Le nostre sostanze non andranno dove dovrebbero.»

Emilia risalì lungo il mio addome e il petto lasciando una scia di baci, finché i nostri volti non furono a pochi centimetri l'uno dall'altro. «Beh, non vogliamo che succeda o dovremmo semplicemente rifarlo.»

La avvolsi un braccio intorno alla vita e la tirai sopra di me. «E continuare a rifarlo. Un vero peccato!»

«Mmm, sì» Emilia ansimò nell'attimo in cui la penetrai e poi quasi persi i sensi per la sensazione di essere dentro di lei senza una barriera tra di noi. Era così bagnata, così pronta e così calda che il suo calore quasi mi soffocò per il piacere. Okay, quindi, se fossi venuto in quel momento, almeno le cose sarebbero accadute come avrebbero dovuto, ma dove sarebbe stato il divertimento? Le tenni fermi i fianchi per un lungo momento, assaporando le sensazioni e cercando di calmare l'eccitazione iniziale.

Qualcosa sembrava differente, e non era solo la mancanza del preservativo.

No, qualcosa era cambiato nella mia testa. Quando finalmente allentai la presa sui suoi fianchi ed Emilia mosse lentamente i fianchi sopra i miei, mi resi conto di che cos'era. Io, il secchione, il perfezionista, avevo una missione ed ero deciso a compierla e bene. Stavamo scopando con uno scopo che andava oltre a provare piacere e condividerlo.

No. Adesso c'era un terzo obiettivo. Uno che faceva gonfiare penosamente il mio pene ogni volta che ci pensavo.

Cazzo.

Dovevo smettere di pensarci, altrimenti avrebbe avuto il risultato opposto a quello di pensare al baseball durante il sesso. Ma, oddio, che voglia avevo di metterle dentro un bambino proprio in quel momento.

Emilia si mise seduta, con il seno e il lungo collo bagnati dalla luce della luna, mentre piegava la testa all'indietro, godendosi la cavalcata. Deglutii guardandola. Per me, era la donna più bella al mondo.

Ed era tutta mia.

E, presto, sarebbe stata la madre di mio figlio. E accidenti se la cosa non mi eccitava. Lo volevo. Volevo lei. Sempre.

Minuti dopo, quando non riuscivo più a resistere per un altro secondo, le afferrai nuovamente i fianchi e la tenni ferma, spingendo verso l'alto mentre venivo, immerso nel piacere più puro. Emilia emise un lungo gemito e mi raggiunse ed arrivammo all'acme insieme. La sua pelle, bagnata di sudore nonostante il freddo, era appiccicata alla mia e condividemmo respiri bollenti per un lungo momento mentre entrambi galleggiavamo nel piacere residuo.

Mi sentivo vivo, la testa sgombra e beatamente soddisfatto.

«Cazzo» dissi, respirando ancora affannosamente. «Adesso non ho voglia di muovermi. Dammi solo un'altra coperta, magari un cuscino e dormirò qui di fuori.»

«Mhmm.» Emilia premette la guancia sul mio petto. «Niente da fare. Mi rifiuto di dormire da sola nel nostro letto.»

Le feci scorrere le dita tra i capelli. «Lo fai sempre quando non ci sono.»

«Cambio di programma. Ho intenzione di tenerti incatenato al letto finché non sarà decollato il programma "Facciamo un bambino".»

«Significa che posso cominciare a farti pagare la tassa di monta?»

Emilia mi guardò mordendosi il labbro. «Potrei dover cominciare a farti pagare per il sesso, allora. Quindi diciamo che siamo pari. Altrimenti penso che il tuo prezioso sperma da genio prodigio potrebbe essere molto al di sopra del mio budget.»

Aggrottai la fronte, come se stessi contemplando quella transazione. «Temo che il valore corrente dello sperma di un genio prodigio sia due volte quello dell'oro e quindi...»

«Se hai intenzione di dire che la tua "pastella" ha più valore del sesso bollente con tua moglie, la prossima volta che ti farò un pompino userò i denti.»

Risi, facendo rimbalzare la sua testa sul petto. «Non farlo. Danneggeresti l'attrezzatura per fare i bambini.»

Emilia sorrise e mi baciò il petto. «Hai intenzione di sfruttarlo finché potrai, vero?»

Le misi una mano sul seno, accarezzandolo amorevolmente. «Oh, lo sfrutterò e come.»

Beh, era divertente. Avevo davanti mesi e mesi di tutto il sesso che volevo, quando lo volevo. Senza un preservativo. Decisamente una situazione vincente secondo me.

Finché smise di esserlo...

Perché, oh mio Dio, il sesso era anche stancante e maledettamente noioso quando non ne avevi particolarmente voglia.

«Mio Dio, donna, di nuovo?» le dissi una sera un mese dopo. Mi era saltata addosso mentre stavo leggendo un libro sul tablet. «Sei una schiavista.»

Emilia mi guardò con un sopracciglio alzato, sogghignando. «Sono un'opportunista. E tu stai per andare all'estero, quindi devo approfittare delle parti vitali del tuo corpo e del materiale genetico.»

Sbattei gli occhi. «Mi sento sfruttato.»

Lei si chinò per baciarmi il petto nudo, leccandomi un capezzolo mentre passava, mandando una fitta di energia nelle mie parti basse. «Non è il sogno di ogni uomo?»

«No, quando mi stai consumando fino all'osso più volte al giorno» ribattei, appoggiando il tablet con un lungo sospiro.

«Oh, hai ragione. Non avevo preso in considerazione la tua età avanzata. Fortunatamente, posso prescriverti il Viagra per porre rimedio a quel brutto caso di disfunzione erettile.»

L'afferrai, rotolai sopra di lei e premetti la mia erezione sulla sua gamba. «Ho la tua disfunzione erettile proprio qui, baby.»

Emilia rise, gettando indietro la testa. «Beh, sbrigati. Tirala fuori e facciamolo.»

Finsi di essere irritato perfino mentre mi sistemavo tra le sue gambe. «Sai proprio come eccitare un uomo.»

Mi guardò come se fosse stupita, mettendomi le braccia intorno al collo. «Pensavo bastasse mostrarti una tetta.»

Distolsi gli occhi, pensandoci. «Sì, può funzionare, dipende da quanto sono esausto e abbattuto.»

Emilia si leccò le labbra. «Potrei star ovulando.»

«Potresti... non lo sai ancora?»

«Non ho ancora cominciato a registrare la mia temperatura basale. Aspetto il ciclo per ripartire e poterlo fare.»

«Sei sicura di non volere che mi masturbi in una tazza in modo da poter tenere lo sperma in frigo per quando non ci sono?»

Mi diede una manata sul braccio. «Non essere volgare.»

Mi chinai, divorandole il collo. «Hai cominciato tu con quella roba della temperatura basale.»

Lei si spostò sotto di me, avvolgendomi le gambe intorno ai fianchi. «Fammi vedere che cos'hai, ragazzone.»

«Te l'ho già mostrato... un centinaio di volte almeno.»

Emilia si morse il labbro e piegò la testa, dandomi un'occhiata civettuola. «Ma questo sesso per fare un bambino... è troppo sexy. Dai, facciamolo.» Mi passò le mani sul petto. «Forza, vecchietto.»

Già, eravamo arrivati a quello... stuzzicarmi come preliminare.

Funzionò. Ma, di nuovo, non il mio momento migliore.

Poi ci ripulimmo e ci sistemammo per la notte. Emilia si lasciò cadere sul letto accanto a me, allungando le braccia sopra la testa. «Sono *così* stanca.»

Le baciai la fronte. «E non sei nemmeno tu a fare tutto il lavoro.»

Sbuffò guardandomi. «*Tutto il lavoro*. Stai perdendo l'energia, adesso?»

Scossi la testa. «Stuzzicarmi non funzionerà. Sono svuotato. Non riuscirai a istigarmi per fare di nuovo sesso stanotte. Per quanto ci tenti.»

«Va tutto bene. Non ci stavo veramente provando. Ma farai meglio a essere pronto per quando tornerai dal tuo viaggio.»

Allungai una mano e le accarezzai la guancia. Emilia sorrise, lo sentii sotto la mano. «Oh, sarò pronto, sugar baby, ci puoi scommettere.»

Mi baciò il collo, poi rotolò via. «E porta solo i tuoi girini migliori.»

Risi, ma, accidenti, segretamente speravo che questa fase del procedimento non durasse troppo a lungo. Stava cominciando a risucchiare tutto il divertimento dal sesso, maledizione.

Capitolo
Tredici
Mia

IL NOSTRO GRUPPO DI AMICHE SI RIUNÌ PER FESTEGGIARE IL compleanno di April tre settimane dopo il fatto, perché cercare di far combaciare gli impegni di cinque donne professioniste super impegnate non era cosa facile. Ma un sabato pomeriggio all'inizio dell'inverno ci trovammo in una piccola pasticceria vicino alla città di Orange nell'elegante Villa Park.

Portammo lì i nostri biglietti di auguri e i nostri regali e ci salutammo tutte abbracciandoci calorosamente. Vedevo Jenna abbastanza spesso, dato che il suo uomo, William, era il cugino di Adam e, uffa, immagino che dovreste definirlo anche mio fratellastro, se proprio voleste classificarlo. Comunque, nonostante il fatto che Peter, il padre di William, fosse sposato con mia madre, non pensavo mai a William in quel modo.

«Qualcuno sa se Heath arriverà?» chiesi.

«Sì» rispose Kat, «ma farà piuttosto tardi e ha detto di cominciare senza di lui.»

E così facemmo. Ci servirono in fretta la colazione: uova strapazzate, muffin, toast, frutta e tante altre cose buone.

E cocktail Mimosa. Merda. Avevo dimenticato i cocktail. Quando il cameriere si avvicinò con una bottiglia di Champagne, pronto a versarlo nel mio bicchiere, alzai la mano. «Nel mio solo succo d'arancia.»

Attirai immediatamente l'attenzione.

Merda, merda. Guardai ogni bulbo oculare che si era voltato ed era concentrato su di me. Poi feci spallucce e sorrisi imbarazzata. «Sono reperibile. Non posso bere.»

Tecnicamente non era una bugia. Ero di seconda reperibilità e significava essere il backup del medico di prima reperibilità, ma non era necessario che lo sapessero. Né era necessario che sapessero che stavo attivamente cercando di restare incinta.

Ma dovevo mettere fuori strada quei segugi, altrimenti questa caccia sarebbe finita prima ancora di cominciare.

Jenna piegò la testa, studiandomi apertamente. Forse stava usando il suo Reiki, o i suoi poteri soprannaturali per rilevare una bugia.

Ne approfittai per cambiare argomento. «Come sta andando la vostra proprietà in montagna?» le chiesi. «Quando posso venire a vedere il tuo orto?»

Jenna mi diede un'occhiata che indicava chiaramente che sapeva che cosa stavo facendo, ma stette al gioco. «Beh, è inverno, quindi non c'è molto orto da vedere ancora. Magari potremmo vederci tutti lassù all'inizio dell'estate, quando ci sono le farfalle e le api stanno impollinando.»

«Sembra sconcio» disse Alex, mettendosi in bocca un po' di uova strapazzate e buttandole giù con l'ultimo goccio di Mimosa. «Mi piacerebbe essere qui per vederlo.»

Jenna inarcò le sopracciglia. «Parti di nuovo?»

Alex annuì. «Sì, la Spagna questa volta. *El Camino de Santiago.*»

Jenna si illuminò. «Oh, il pellegrinaggio? Fantastico. Anche se mi sorprende che aspetti fino a maggio per andare da qualche parte.»

«Oh, beh, in effetti partirò a maggio e starò via fino a settembre. Sei mesi in Europa. I vantaggi di essere una nomade digitale.»

Finito il college, Alex si era trovata un bellissimo lavoro e dall'inizio della pandemia lavorava al cento percento da remoto. «Com'è possibile che tua madre non si lamenti costantemente per il fatto che sei sempre via?» chiesi, scuotendo la testa.

Alex fece spallucce. «Si lamenta, ma io non sono lì per ascoltarla. E la chiamo ogni settimana, dovunque sia.» Fece un cenno al cameriere di riempire nuovamente il suo bicchiere. «Poco succo d'arancia» mormorò quando il cameriere fece per versare.

Strinsi gli occhi, facendomi delle domande, poi alzai gli occhi e guardai Jenna negli occhi azzurro pallido. Senza dubbio aveva notato il comportamento poco caratteristico di Alex. Beveva più del solito, aveva un atteggiamento sfacciato nei confronti di sua madre… Non era da lei. Inarcai le sopracciglia rivolta a Jenna e lei si accigliò, scuotendo la testa.

Forse sarebbe arrivata in fondo alla cosa.

«Ehi, saremo in Europa mentre ci sei tu, credo» disse Kat ad Alex, mentre finiva la sua ciotola di frutta tropicale mista: ananas fresco e banana con cocco grattugiato. «La famiglia di Lucas ci ospiterà nella loro casa ancestrale in Olanda.»

«Ooh» disse April, spalancando gli occhi. «Il barone e la baronessa saranno "in residenza".»

Kat le rivolse un sorrisino sghembo. «Sì. Siamo riusciti a ritagliarci tre settimane di ferie, tra le scadenze e l'inizio dei nuovi progetti. Mi lamenterei di più di quello schiavista del mio capo, ma, sapete, sua moglie è proprio qui, quindi potrebbe essere imbarazzante.» Kat mi rivolse un'occhiata maliziosa e io risi.

«Non vedo l'ora di visitare Amsterdam» disse Alex. «Mi piacerebbe visitare la vostra casa lì.»

«Beh, la casa è a Utrecht veramente. Ma non credo che l'Olanda sia così grande, comunque, quindi potremo sicuramente incontrarci.»

Mentre discutevano su come incontrarsi a migliaia di chilometri dall'altra parte dell'Atlantico, April richiamò la mia attenzione e cominciò una conversazione sottovoce. «Hai saputo da Adam quando ci sarà questo cambio di AD? Non riesco a ottenere una risposta precisa da Jordan.»

Staccai un pezzo di muffin fresco ai mirtilli rossi e me lo misi in bocca. «Penso che tu non riesca a ottenere una risposta precisa perché non c'è ancora. Ci potrà essere una tempistica sicura una volta che avranno ottenuto l'approvazione del consiglio di amministrazione. Credo che la riunione ci sarà il mese prossimo, non so in che data.»

April annuì, accigliata, mentre spiluccava la sua coppa di frutta.

«Va tutto bene?» le chiesi.

Fece un gesto indifferente. «Niente di scientificamente verificabile, solo la vaga sensazione di disastro imminente.»

«Come mai?»

«È un grosso cambiamento, diventare l'amministratore delegato.»

Le rivolsi un sorriso ironico. «Beh, sono sposata con un AD da un bel po' e ti posso assicurare che non è così terribile.»

«Non ci vediamo molto già così... e lavoro da casa, quindi... Non lo so, magari mi sto agitando per niente.»

Le misi una mano sul braccio per rassicurarla. «Adam sarà presente per la transizione e inoltre lavorano insieme da un decennio. Se c'è qualcuno che tiene a una transizione senza problemi, quello è Adam. Ma se vuoi, gli posso parlare.»

April sbatté gli occhi e mi guardò, apprezzando apertamente la mia offerta. «Sei fantastica per esserti offerta di farlo. Lascia che ci rifletta un po' e se le cose cominciano a preoccuparmi veramente, te ne parlerò di nuovo, ma nel frattempo non dire niente a Adam.»

Annuii. «Capito. Non dirò una parola. Ma forse, se vuoi solo avere una cassa di risonanza per le tue preoccupazioni, io potrei non essere la persona migliore con cui parlarne, sai? Potrei avere dei pregiudizi.»

April si morse il labbro. «Sì, ottima osservazione.»

Fece un respiro profondo. «Inoltre non voglio che quello che succede tra i nostri partner metta in pericolo il nostro progetto.»

Sembrò che le fosse venuto in mente solo in quel momento. «Sei molto saggia, dottoressa Mia. Sei sicura che non dovresti scegliere la specializzazione in psichiatria?»

Sorrisi. «Non mi è piaciuta la rotazione in psichiatria quando ero alla facoltà di Medicina. Per me è e sarà sempre medicina interna.»

E tornammo alla conversazione generale, mentre Jenna stava raccontandoci di un ragazzo che aveva quasi fatto saltare in aria il suo laboratorio di fisica.

«In genere, continua a piacerti insegnare, nonostante gli incidenti?» le chiese Alex.

Jenna si voltò verso la sua migliore amica ed ex-compagna di stanza. «Sì, generalmente sì. Cioè, l'insegnamento è il lavoro più duro che abbia mai fatto e devo portarmi il lavoro a casa praticamente tutte le sere...»

«Ma non c'è niente che batta quelle estati libere, però» le dissi ammiccando.

«Sì, è un bel vantaggio, ma sarebbero meglio se ce le pagassero. Mi danno un bel po' di tempo da usare per il nostro progetto su in montagna e per far costruire la casa.»

«Ho sentito dire che qualcuno potrebbe fare presto quella domanda» disse Alex, senza filtri come al solito.

Jenna arrossì. «Chi dice che sarà lui a fare la domanda? Forse sarò io a chiederglielo.»

La gioia mi travolse come un tornado. «Oh mio Dio, Jenna, hai intenzione di farlo?»

Si voltò verso di me e ammiccò. «Sta a me saperlo e a voi scoprirlo.»

«Voglio solo diventare... vediamo, che cosa...? Cugine acquisite?»

«Cognate, direi.» Alex annuì entusiasticamente, praticamente brillando a quell'idea.

«Loro non riconoscono quel tipo di rapporto.» Kat indicò le due. «William e Mia non sono sorellastra e fratellastro, anche se lo sono eccome.»

«Farò un'eccezione e chiamerò Jenna cognata.»

«Sì, okay, ma non spifferarlo in giro.» Jenna indicò me e poi agitò un dito verso le altre. «E questo vale per tutte voi.»

«Manterrò il segreto, ma sarà meglio che gli metta in fretta un anello al dito, ragazza. Ho bisogno di una sorella» dissi sorridendo.

«Beh, hai una sorellastra, Britt» disse Jenna.

Annuii. «Vero, la mia famiglia diventa più grande ogni minuto che passa.» E non riuscii a nascondere la gioia che stavo provando, pensando che avrei avuto un altro membro della famiglia, se non subito, almeno molto presto.

CAPITOLO
QUATTORDICI
ADAM

L'UNICA COSA PEGGIORE DI DOVER FARE SESSO on-demand era vedere com'era delusa Emilia quando non avevamo successo.

Era davanti al lavandino della cucina e fissava la vaschetta mentre mi preparavo il caffè e mi ripetevo di non chiedere o fare commenti sul test che aveva appena fatto. Se fosse stato positivo, me l'avrebbe detto. E l'espressione frustrata, e perfino un po' perplessa, sulla sua faccia diceva abbastanza.

«Allora, che turno hai oggi? Serale, diurno o uno lungo?» dissi, bevendo cautamente un sorso della bevanda calda appena uscita dalla macchinetta.

«Non capisco» disse scuotendo la testa.

«Che cosa? Volevo solo sapere se devo tornare a casa presto oppure...»

Emilia agitò una mano e fu a quel punto che vidi il test di gravidanza. Si chinò per gettarlo nella pattumiera sotto il lavello. «No, intendevo *questo*. Dovrei avere il ciclo domani e non ho nessuno dei sintomi della sindrome premestruale.»

La prima cosa che mi colpì fu il sollievo immediato che provai sapendo che eravamo fuori dal periodo fertile e che significava che quella sera non avrebbe voluto fare sesso.

Non che comportasse un sacrificio il fatto che la mia bella moglie voleva fare sesso con me, ma cominciavo a sentirmi il toro da monta in mezzo alla mandria. La pressione si stava... intensificando. E adesso, perfino i miei girini dovevano darsi una svegliata.

Finii di mescolare lo zucchero nel caffè e poi mi avvicinai a lei per mettere il cucchiaino nel lavello. Lei aspettò, poi si lavò le mani. La tirai contro di me mentre si asciugava le mani e le baciai i capelli. «Ci proviamo solo da qualche mese e abbiamo passato tutta la nostra vita da adulti cercando di impedire quello che stiamo cercando di fare adesso. Forse i nostri sistemi sono un po'... impigriti.»

Emilia sbuffò. «Non è una diagnosi medica e non sei tu...»

«Quello con una laurea in medicina. Sì, lo so» dissi guardandola con un sopracciglio alzato.

Emilia sbatté gli occhi. «Uh, finisco per ripeterlo spesso?»

Le diedi una beccatina sul naso. «Una volta ogni tanto, sì. Dico solo che magari dovremmo darci una calmata, alleggerire tutta quella pressione. Non è una gara. Siamo giovani e...»

«So per certo che sto ovulando, basandomi sul classico aumento della temperatura, la lunghezza della mia fase luteale e...»

Mi voltai verso di lei, prendendo entrambe le sue mani umide nella mia. «Emilia, respira, per favore. So che per te è importante, ma non ci sono motivi per credere che ci sia qualcosa che non va.»

Lei aggrottò le sopracciglia, formando una ruga in mezzo. «Ma potrebbe essere stata la chemioterapia. Magari è successo qualcosa. Fisserò un appuntamento per farmi controllare.»

Mi tirai indietro un attimo. «Pensavo lo avessi già fatto. Abbiamo visto il medico. Ha detto che andava tutto bene.»

Lei scosse la testa. «No, non l'oncologo. Uno specialista della fertilità oppure quel medico specializzato in oncofertilità che hai visto all'UCLA. Potrebbero fare qualche esame, solo per assicurarci che non lo stiamo facendo per niente.»

Piegai la testa e la guardai ironico. «Beh… non per niente. Cioè, siamo piuttosto bravi.»

Lei sbuffò, poi mi tirò vicino per darmi un bacio. «Devo andare, oggi sarà una lunga giornata.»

Giornata lunga. Capito.

Emilia andò al frigorifero e prese i contenitori termici che la cuoca le preparava per il pranzo e la cena.

Ci avviammo insieme e poi, chiudendo la porta alle nostre spalle, attraversammo la Bay Island per arrivare al garage dall'altra parte del piccolo ponte. Guardai intorno a noi, i giardini e i cortili perfettamente curati dei nostri vicini e gli spazi comuni e, per la prima volta, mi resi conto che non c'erano ragazzi sotto l'età di frequentare le superiori che vivevano lì. O la gente comprava casa lì più avanti nella loro vita, oppure si godevano la vita senza figli, ma quel posto non dava decisamente l'idea di essere quello che la gente riteneva appropriato per allevare dei figli.

Mentre attraversavamo il ponte per arrivare alla penisola, Emilia si voltò e riprese il filo della conversazione. «Quindi, se tutto risulta a posto da parte mia, sai che cosa significa, vero?»

«Mmm?» dissi, ancora distratto, perso nei miei pensieri.

«Significa che dovrai farti controllare anche tu, vedere se i tuoi girini sono all'altezza.»

Feci una smorfia. «I miei girini sono all'altezza. Più che all'altezza.»

Aprii il cancello alla fine del ponte e le feci segno di camminare davanti a me mentre lo richiudevo e resettavo il lucchetto.

«Ci sono un mucchio di fattori: la motilità, per esempio, la capacità di penetrare...»

«Penso di aver più che dimostrato di poter penetrare.»

Emilia sospirò e sbuffò esageratamente. «Non so come, ma sapevo quello che avresti detto prima ancora di finire di parlare. Immagino però che, visto che sei un uomo così virile, sarai disponibile a fare i test necessari. Anche quello con l'ago gigante che ti infilano nel...»

«*Cosa?*» mi voltai verso di lei, allarmato.

Emilia cominciò a ridere. «Scherzavo. Il test per gli uomini è facile e assolutamente non invasivo. E, piccola anticipazione, richiede solo un po' di tempo da solo, un contenitore per i campioni e qualche rivista porno.»

«Mi sembra un sabato sera molto eccitante» le dissi mentre prendevo il casco dalla moto e infilavo il laptop nella borsa da sella. Emilia fece una smorfia e restò immobile accanto allo sportello della sua Tesla.

«Perché usi quella cosa per andare al lavoro?»

Lanciai un'occhiata alla mia moto, accarezzando la sella. «Non voleva dirlo, tesoro. È solo gelosa perché anche tu sei favolosa da cavalcare.»

«Divertente!»

«Perché non dovrei prendere la moto? Sei ancora preoccupata per la mia sicurezza? Pensavo di averti dimostrato di essere un guidatore prudente...»

Lei indicò il mio inguine. «Sono preoccupato per la *loro* sicurezza. Se insisti a schiacciarle contro il corpo, influirà sul conteggio e...»

Cristo. La faccenda stava veramente diventando stantia. «Ascolta, potrai dirmi che cosa fare con i miei testicoli quando ti dirò che cosa fare con il tuo seno, okay?»

Lei sbuffò di nuovo. «Solo... Stai attento.»

«Io e le mie palle staremo benissimo. Grazie mille.» E con quelle parole mi misi il casco.

Alzai il pollice e ammiccai guardandola, poi abbassai il visore. Emilia rise e salì sulla sua auto.

Quindi adesso, oltre al fatto di essere lo stallone che doveva fornire sesso on-demand, avrei anche dovuto fare un test perché stavamo provandoci seriamente da ben due mesi e mezzo.

Pregai che succedesse presto perché non sapevo per quanto avrei sopportato che quella stacanovista della mia decisa mogliettina si ostinasse a cercare di gestire qualcosa su cui non avevamo alcun controllo.

Maledizione, quella faccenda di fare un bambino era dura, orgasmi o no.

Ma fui lieto di notare che io e le mie palle arrivammo al lavoro sani e salvi nemmeno venti minuti dopo, incolumi dopo il viaggio in moto.

Qualche giorno dopo, stavo tornando dalla conferenza degli sviluppatori di videogiochi a San Francisco, con il mio imminente sostituto al seguito. Prendemmo il volo per pendolari per il viaggio di un'ora e mezza per Orange County. A Jordan piaceva definire veloci questi viaggi perché riuscivamo ad andare e venire in giornata senza dover passare la notte, grazie a un volo al mattino presto e il ritorno dopo la cena. Ero stanco di non poter dormire nel mio letto.

Quando lo dissi a Jordan, dopo il decollo, e quando ci ebbero servito i drink, lui scosse la testa. «Sai che è il segno che stai invecchiando, vero? Quando sei via e tutto ciò a cui riesci a pensare è dormire nel tuo letto.»

Sbuffai. Stava cominciando a sembrare Emilia, maledizione. «Non sei poi tanto più giovane di me, lo sai» dissi stringendo gli occhi per avvertirlo.

«Sono abbastanza più giovane di te da poterne approfittarne per prenderti in giro finché posso prima di entrare nel mio quarto decennio.»

Uffa, quando lo diceva in quel modo mi faceva sentire veramente vecchio. Ma era ridicolo, come chiamare venticinque anni un quarto di secolo lo faceva sembrare più vecchio, più pesante. Ma non significava molto nel grande quadro della vita.

«Beh, metterò in programma di vendicarmi interrompendo una delle tue settimane lavorative di novanta ore da amministratore delegato chiamandoti da qualche spiaggia nei Caraibi.»

Jordan mi guardò scettico. «Uh. Stai cercando di spaventarmi per non farmi accettare il tuo lavoro?»

Con noncuranza dissi: «Sai già come fare il mio lavoro.»

Jordan tornò serio. «Però sono preoccupato…»

«Che non sarai in grado di essere all'altezza delle mie straordinarie capacità?»

Fu il suo turno di fare una smorfia. «Che non riuscirò a essere tanto umile, certo.» Ridemmo entrambi. «Ma, seriamente, la mia preoccupazione non riguarda il lavoro quotidiano, di base. Sono sicuro di poterlo fare, ma...»

Lo guardai interessato, passando a una conversazione più seria.

Jordan mi guardò negli occhi prima di continuare. «La parte della visione, delle idee.»

Spalancai gli occhi. Wow... Jordan stava facendo sul serio. «Hai avuto tu l'idea e la visione d'insieme di far quotare in Borsa la società. Non saremmo a questo punto se non fosse stato per te.»

Accennò di sì con la testa. «Sì, sì, lo capisco. E non ho intenzione di fingere modestia e pretendere di non essere fantastico nel mio lavoro, perché so di esserlo. Ma è la parte commerciale, finanziaria. Ma la visione, l'indirizzo, il futuro dei videogiochi e dove vogliamo arrivare?»

«Avere una visione è una buona cosa, ma ti porta solo fino a un certo punto. E avrai gente intorno a te che potrà aiutarti. Diavolo, avrai ancora me. Farò parte del consiglio di amministrazione. Spero che decidano di nominarmi presidente. Inoltre, continueremo a vederci come amici. Le nostre mogli, oh, scusa, mia moglie e la tua ragazza, saranno socie in affari. Non puoi scollarmi da te, amico.»

Jordan scoppiò a ridere. «Non so dirti quando ho mai pensato che tu potessi servire come un punto di appoggio. Ci sono state un paio di volte in cui sarei stato al settimo cielo se avessi potuto defenestrarti e liberarmi finalmente di te.»

«Grazie. Ma la defenestrazione? Sembra un modo un po' incasinato di liberarti di un rompiballe. Ora, se vuoi qualche consiglio su come fantasticare di modi più puliti per liberarti di un rompiballe, possiamo accedere ai *miei* sogni su come scaricare il *tuo* corpo nel deserto in una notte buia.»

Rise anche lui. «Maledizione. Mi mancheranno i nostri battibecchi.»

«Ovvio.»

«Sai già che cosa farai? Cioè, hai intenzione di diventare un casalingo, preparare la cena e allevare i bambini?»

Sbuffai. «Non lo so ancora. Ci sono troppe alternative. Per ora mi sto concentrando nel gestire nel modo migliore la transizione e mettere la Draco sulla strada del successo nell'era Fawkes.»

Jordan agitò allusivamente le sopracciglia. «Anche chiamata l'Era d'oro.»

«Se ti fa dormire meglio la notte…»

Ridendo bevve un sorso del suo cocktail, con gli occhi che andarono per un attimo alla finestra prima di tornare a guardarmi. «Parlando di allevare i bambini, devo dirti che di recente abbiamo avuto un bello spavento.»

«Che tipo di spavento?» gli chiesi sorpreso.

«Il mese scorso, una mattina April stava sclerando prima di andare al lavoro perché era in ritardo di una settimana e mi ha fatto correre in farmacia a prenderle un test.»

Mi sedetti comodo. «Sono sicuro che vi abbia fatto uscire di testa.» Vergognandomi un po', ricordai com'ero andato fuori di testa io quando Emilia era risultata positiva quattro anni prima, in quel fatidico giorno prima dell'anno nuovo. C'erano stati parecchi bicchieri rotti, una scenata epocale e un'emicrania furiosa.

Chi cazzo ero io per giudicare?

«No, sai una cosa? All'inizio pensavo fossi il solito Jordan, sai, che voleva proteggere i suoi sentimenti. Stranamente calmo per tutto il tempo. Sono andato a prendere il test, l'ho riportato a casa, le ho parlato per farle passare un principio di attacco di panico, le ho tenuto la mano mentre aspettavamo il risultato.»

Scossi la testa, incredulo. «Wow, la tua reputazione da dongiovanni è danneggiata per sempre...»

«*Comunque,*» disse con enfasi, interrompendomi con un'occhiataccia «quello che sto dicendo è che non sono andato nel panico, neppure per un momento. E poi, quando il test è risultato negativo...» si strinse le spalle. «Che resti tra te e me, e non ti do il permesso di farne parola nemmeno a tua moglie, ma ero, non so, triste. Penso che una parte di me, nemmeno tanto piccola, stesse sperando di averla messa incinta.»

«Gesù, non mi meraviglia che le donne ci ritengano dei cavernicoli.»

«Ooga booga» disse battendosi il petto. «So che è folle e decisamente non il momento giusto nelle nostre vite per quello. Lei sta per mettere in piedi una nuova società. Io sto per rilevare la tua. Sarà un miracolo se riusciremo a vederci.»

«Sarà meglio che le metta un anello al dito, amico» dissi sorridendo.

«Sto aspettando il momento giusto anche per quello. Sembra un particolare di poca importanza rispetto a questa faccenda del bambino.»

Lo guardai incredulo. «Un particolare minore? Per uno sciupafemmine come te?»

«Sono lieto che la mia reputazione sia talmente roba da leggenda che la gente ne parli ancora. Sto con la stessa ragazza da oltre tre anni e andiamo ancora forte.»

Annuii, e lui scosse il bicchiere che aveva in mano, ora vuoto tranne che per i cubetti di ghiaccio. Se ne mise in bocca uno e cominciò a sgranocchiarlo prima di continuare.

«Possiamo tutti crescere e progredire, no? Come te, quando stai per fare il prossimo passo nella tua vita?»

«Sto ancora cercando di immaginarlo dal punto di vista professionale.»

Jordan annuì. «Mia non ha sentito il bisogno, sai, di tentare di nuovo?»

Jordan era l'unico, oltre i pochi membri della famiglia e Heath, che sapeva della nostra precedente perdita e, come l'amico fidato che era, non ne aveva mai fatto parola fino a quel momento.

Sbattei gli occhi guardandolo. «Beh, in effetti, e non puoi dirlo a nessuno, specialmente ad April, ma stiamo tentando.»

Imperturbato, Jordan annuì. «Bello. Forse la tua prossima fase nella vita sarà di papà casalingo, allora.»

«Prima di tutto dovrò riuscire a mettere il panino nel forno.»

«Almeno quella parte è divertente» disse Jordan ridendo.

Gli diedi un'occhiata di sottecchi.

«No? Che cosa sai che io non so?»

«Diciamo solo che il sesso on-demand non è quello che si potrebbe pensare.»

Divertito, Jordan aggiunse: «Se vuoi dei suggerimenti, fammelo sapere.»

«'Fanculo» gli dissi appoggiandomi allo schienale. «Sono serio. È… diverso. Comincia a sembrare un po' un lavoro.»

Poi guardai la mia acqua frizzante col lime, piegando il bicchiere da una parte e dall'altra, chiedendomi se qualcuno avesse aggiunto dell'alcol mentre non guardavo. O forse avevo solo bisogno di togliermi quel peso dallo stomaco.

Anche se, visto come continuava a prendermi in giro, stavo rimpiangendo di aver scelto Jordan come confidente.

Capitolo Quindici

Adam

Quella sera ero a letto con mia moglie e, dato che non era un giorno fertile, non c'era bisogno di me per il sesso. Stavo cominciando ad apprezzare molto di più le coccole e le chiacchiere. Speravo nel ritorno alla spontaneità, una volta spuntata la casella "incinta". Dio, speravo che avvenisse presto.

«Pensi che dovremmo trasferirci?» dissi di punto in bianco mentre eravamo sdraiati al buio.

Emilia si spostò contro di me. «Cosa? Perché?»

«Tanto per dirne una, non ci sono bambini su quest'isola.»

«E allora? E non è vero. I Fredrickson hanno figli, due.»

«Non sono adolescenti?»

Emilia esitò. «Beh sì, penso che uno frequenti le superiori e l'altro le medie.»

«Nessuno ha figli piccoli. Mi chiedo se non ci sia qualcosa che non sappiamo, come se forse questo non fosse un posto per bambini piccoli.»

Emilia si spostò di nuovo. «Solo perché non ci sono bambini piccoli in questa piccolissima comunità adesso non significa che noi...»

«E il rischio di annegamento? Siamo proprio sulla baia.»

«Viviamo nella California del Sud. E abbiamo anche una piscina.»

«Dovremo decisamente svuotare la piscina» riflettei a voce alta.

Emilia si mise seduta per guardarmi nell'oscurità. «Aspetta, cosa? È completamente recintata, come ogni piscina costruita secondo le norme.»

«Ci sono un mucchio di rischi. E inoltre... non so. Vogliamo che nostro figlio cresca come uno di Newport Beach?»

Emilia rise, sistemandosi con la testa sulla mia spalla. «Beh, su quello potresti avere ragione. Ma la soluzione qual è? Non è che possiamo trasferirci ad Anza o crescere nostro figlio in una cittadina lassù. Inoltre, non potrei mai odiare abbastanza un figlio da farlo crescere ad Anza.»

Alzai le spalle e la sua testa rimbalzò. «Anza è un bel posto. Cioè, la mancanza di un ospedale potrebbe rendere difficile per te finire il tirocinio o per noi ricevere assistenza medica immediata.»

«Adam, stavo scherzando. Non ci trasferiremo sull'altipiano desertico. No, e nemmeno nel bassopiano. E non possiamo cambiare stato, dato che dovrò continuare l'internato per almeno altri due anni e mezzo. E, dato che mi piace l'ospedale dove lavoro, non voglio nemmeno lasciare questa contea. Il pensiero di fare la pendolare per ore e ore mi fa vomitare e so che sembro viziata quando lo dico.»

Sospirai. «Ci deve essere una soluzione.»

«*Tu* che cosa hai intenzione di fare, il pendolare in elicottero?»

«No, decisamente troppo pericoloso.»

Emilia sogghignò. «Sto scherzando.» Ci fu una lunga pausa e lei si spostò di nuovo, appoggiandomi la mano sul petto. «Per favore, promettimi che non farai come il tuo solito. Non farne un'ossessione.»

Sospira. «Ho troppo di cui preoccuparmi con tutta questa faccenda del passaggio della carica di AD a Jordan e con il consiglio di amministrazione per fissarmi su altre cose.»

«Certo, perché non l'hai mai fatto in passato, fissarti su cose nella tua vita personale.»

Aveva ragione. «Penso solo che ci potrebbero essere alternative migliori per noi, per una famiglia giovane. Certo, siamo nel bel mezzo dei sobborghi della metropoli qui, ma ci possono essere alternative diverse.»

«Beh, se hai tempo per guardarci, va bene. Ma sai, il bambino non va molto in giro durante il primo anno e non sono nemmeno ancora incinta, quindi non dobbiamo preoccuparci di trasferirci per almeno due anni.»

Notai la tempistica. «Mi dà un po' di tempo per fare qualche ricerca.»

Le avvolsi il braccio intorno alla vita. Lei voltò la testa per guardarmi anche se era buio. «Non ti mancherà vivere proprio sulla spiaggia come adesso?»

«È piuttosto difficile andare da qualunque parte nell'Orange County che sia lontana dalla costa. È quello a cui servono le auto, e la mia moto.»

«Mentre parliamo di sicurezza…»

Uh-oh. Mi ero costruito la trappola da solo. «Sì?»

«Pensi che sia sicuro per un potenziale nuovo papà infilarsi nel traffico intenso su quella folle cosa?»

«Emilia...»

«Affiancare le auto in coda...»

«In California è legale.»

«È praticamente l'unico stato in cui *è* legale, ma è maledettamente pericoloso.»

Feci un respiro profondo. «Ti ho detto che non lo faccio... molto spesso.»

«Adam...»

«Okay, maledizione.» Cazzo. Perché mi ficcavo sempre in queste situazioni? «Bene, non affiancherò più le auto in coda.»

«Sarei molto più contenta se non andassi più in moto.»

«Tranne le domeniche, nelle strade secondarie e a cinquanta all'ora?»

«Esatto, hai capito.»

Mi voltai verso di lei. «*Ora*, chi è quella fissata?» La guardai inarcando un sopracciglio, ma dubito che mi vedesse al buio.

«Bene, ma devo sapere che stai facendo tutto il possibile per stare al sicuro.» La sua voce era mortalmente seria adesso, non si scherzava più.

«È così.»

«Perché gli automobilisti in California guidano da schifo e, certo, *non* sono assolutamente ciechi quando si tratta di motociclisti.»

«È a quello che serve la guida difensiva.»

Emilia sospirò e mi accarezzò il braccio. Restammo in silenzio a lungo, solo tenendoci abbracciati. «Smetterò di farlo se ti preoccupa veramente tanto.»

Emilia mi baciò il petto. «Non voglio che non sia in grado di goderti la tua moto. Ma forse possiamo arrivare a un compromesso. Ad esempio, puoi controllare prima e prendere l'auto se il traffico sembra particolarmente incasinato.»

«Posso farlo.»

«E niente…»

«Affiancarsi alle auto, sì, l'ho capito.» Presi una ciocca dei suoi capelli lunghi e l'arrotolai sul dito. «Ora chiederò qualcosa a te.»

«Che cosa?»

«Voglio che non accantoni l'idea di trasferirci.»

Emilia sospirò. «Sarò sincera. Non ho tempo per andare in cerca di case. Riesco a malapena a restare a galla così, con tutti questi turni lunghi e il modo in cui sono programmati… cioè, il modo in cui saranno i turni andando avanti.»

«Mi guarderò intorno, farò qualche ricerca, cercherò un agente immobiliare, potrei eliminare le cose che so che detesti o semplicemente non ti piacciono e mostrarti solo i candidati migliori.»

Emilia appoggiò la testa contro la mia. «Mi sembra che vada bene» disse con il sonno che permeava la sua voce quando sapevo che mancavano solo pochi minuti a che si addormentasse completamente. «Spero solo…»

«Che cosa? Che cosa speri?»

«Spero solo che non sia tutto per niente» disse Emilia con la voce che sembrava distante.

Le lisciai i capelli. «Abbiamo appena cominciato a provarci. Non sarà per niente.»

E quella fu l'ultima parola che sentii prima che cominciasse a respirare lentamente e ritmicamente. Tirai su le coperte per avvolgerla e le baciai i capelli. Poi la voltai in modo che avesse la schiena appoggiata a me, me la tirai vicina e mi accoccolai intorno al suo corpo.

Quello? Secondo me era meglio del sesso. Okay, forse non categoricamente meglio del sesso, ma decisamente meglio del sesso comandato.

Aspirai il profumo dei suoi capelli e mi sentii pervadere da un calore sereno. Mi si chiusero gli occhi e non riuscii a immaginare un momento della mia vita migliore di quello.

La mattina seguente chiamai il mio amico Dom e gli lasciai un messaggio, chiedendogli il nome e il numero di telefono del suo agente immobiliare.

Lui fece di meglio e mi chiamò direttamente qualche ora dopo.

«Come mai un amministratore delegato super occupato e di successo non fa rispondere al suo assistente alle telefonate?» chiesi ridendo.

«Ho tempo nella mia agenda per un altro amministratore delegato super occupato e di successo come te.»

«Beh, grazie. Lo apprezzo.»

«Allora, stai cercando una nuova proprietà?»

«Sto cercando un posto un po' più tranquillo. Magari con un'atmosfera che sia più consona alla vita di una famiglia. Ma non troppo lontano. So che non è facile. Probabilmente suggerirai qualcosa nella contea a sud .»

«Al contrario. Io vivo nei canyon. Sei mai stato da quelle parti?»

«A Silverado, una o due volte.»

«È vicino. Modjeska, Trabuco. Io vivo a Canyon Hollow. E conosco un agente immobiliare specializzato in quella zona.»

«Mmm, magari farò un giro e darò un'occhiata.»

«Qui è tranquillo, tranne forse nei fine settimana quando la gente viene a fare gite nell'entroterra. Da qui partono parecchi sentieri che vanno nella Cleveland National Forest. Ma c'è anche un po' di fauna selvatica. Gente eccentrica ma divertente. Atmosfera da paese, ma il tragitto per arrivare in città non è lungo. Se devo essere sincero, sono un po' parziale. Sono cresciuto a Canyon Hollow.»

«Anche il nome pare che venga da un libro di fiabe.»

«Ti suggerisco vivamente di pensarci.»

Poi mi diede il nome del suo agente immobiliare. La chiamata seguente fu a lui.

E un'ora dopo avevo un appuntamento per incontrarci la settimana dopo al Canyon Hollow Café per pranzare insieme. Voleva farmi vedere la zona perché mi facessi un'idea della comunità e capire le mie necessità e le mie preferenze.

Significava un nuovo inizio e grossi cambiamenti. Come se il lavoro e mettere su famiglia non fossero sufficienti, aggiungere un trasloco a quel mix probabilmente significava esagerare.

Emilia si sarebbe messa a ridere forte, ma aveva ragione, non facevo mai niente a metà. Specialmente quando si trattava di enormi cambiamenti di vita.

Capitolo Sedici

Adam

LA SETTIMANA SEGUENTE, QUELLA DEL COMPLEANNO DI Emilia, lei aveva turni continui all'ospedale, ma riuscimmo a organizzare qualcosa. Organizzare grandi sorprese come portarla a Parigi o in Italia era possibile solo una volta l'anno. Quindi mi accontentai di una sorpresa in scala minore.

La sera prima del suo compleanno, arrivai all'ospedale prima che finisse il suo turno. Il ristorante che avevo prenotato era a poca distanza, nelle Orange Hills, quindi aveva senso andare da lei con tutto il necessario invece di costringerla a tornare a casa a Newport e poi tornare indietro. Specialmente con il traffico del venerdì sera che intasava le strade.

Quindi arrivai con una borsa con i suoi accessori da toilette, trucco, shampoo, prodotti per i capelli, asciugacapelli e un portabiti con un abito nuovissimo che morivo dalla voglia di vederle indossare. Tutto impacchettato, pronto e consegnato in ufficio dalla mia governante.

Arrivai prima che finisse di lavorare, sperando, ovviamente, che una volta tanto finisse in orario.

Trovai l'amica di Emilia, Louisa, alla postazione degli infermieri proprio come aveva detto quando le avevo mandato un messaggio per chiederle aiuto.

«Mia sta finendo le cartelle» mi disse. «Vado nella saletta riservata ai tirocinanti e controllo, poi potrai sorprenderla e lasciare la roba. Che bello! Abbiamo già mangiato la torta per il suo compleanno.»

Dopo aver controllato, qualche minuto dopo Louisa mi fece tornare nella saletta. Quando entrai, Mia era seduta a quella che sembrava una scrivania condivisa con il suo laptop davanti. Indossava ancora la divisa del reparto Pediatria, a colori fluo. Nella sala, che da un lato aveva lo spogliatoio con gli armadietti, dall'altro un lavello, un frigorifero e un forno a microonde, c'erano ancora i resti di una grande torta di compleanno.

«Ehi» disse stancamente Emilia, con un'espressione sorpresa. «Pensavo che Louisa stesse scherzando quando ha detto che eri qui. Che cosa succede?»

Rimasi stupito dal suo tono cauto. «È questo il modo di salutare la persona che ti porterà fuori per un appuntamento a sorpresa?» Le tesi il porta abiti e la trousse con gli articoli da toilette a mo' di spiegazione.

Emilia rimase stupefatta. «Oh... davvero?»

Non sembrava eccitata, cosa che mi irritò. Forse era più stanca di quanto avessi pensato? «Va tutto bene?»

Emilia sbatté gli occhi e sorrise, poi si alzò e stiracchiò a lungo la schiena. «Sì, scusami. Avevo intenzione di restare un po' e portarmi avanti con il lavoro sulle cartelle.»

Feci una smorfia. «È il tuo compleanno. Fai una pausa. Potrai recuperare da casa durante il fine settimana.»

«Beh, adesso ovviamente non resterò.» Finalmente sorrise e agitò una mano, accantonando le mie proteste. «Che cos'è tutta questa roba?»

«Abbiamo una prenotazione tra...» controllai l'orologio, «un'ora e mezza all'Orange Bluff Bistrò.»

«Oh, elegante. E io che pensavo che avremmo solo visto la famiglia domani.»

Sorrisi. «Stasera sei tutta per me. Sono egoista, lo sai.»

Emilia diede un'occhiata all'altro lato della sala dove un gruppetto di medici ci guardava apertamente dai loro tavoli. Quello che prestava più attenzione mi sembrava familiare. Ci volle un minuto per fare mente locale, ma era il tizio che avevo colto a fissarci durante la festa.

Mi voltai verso di lei. «Va tutto bene? Spero di non averti messo in qualche modo nei guai.»

Lei scosse vigorosamente le testa. «No, no. Finisco quello che stavo facendo, poi farò una doccia e mi vestirò. Ti dispiace aspettare di fuori, nella hall?» Poi fu il suo turno di dare un'occhiata allo stesso gruppetto di medici. Arrossì visibilmente.

Stava decisamente succedendo qualcosa di strano. Ma invece di insistere per avere una risposta, che l'avrebbe messa in imbarazzo e mi avrebbe fatto sembrare un colossale stronzo, indicai la borsa del laptop che avevo sulla spalla. «Prenditi tutto il tempo necessario. Ho tutto quello che mi serve per tenermi occupato.»

Sorrise, mi diede un bacio veloce sulla guancia, poi si sedette nuovamente davanti al suo laptop. Mi voltai, fissando direttamente il tizio che ci stava osservando dall'altra parte della stanza. Sostenne il mio guardo prima di distogliere gli occhi, tornando a guardare il tablet che aveva davanti.

Per citare i vari personaggi di *Star Wars* nei vari film di *Star Wars*: avevo una brutta sensazione al riguardo.

Lasciai la saletta e rimasi a rimuginare per l'ora seguente mentre aspettavo che Emilia si preparasse.

Quando mi salutò nella hall in quell'abito rosso aderente, dimenticai perfino il mio nome, o che non solo conoscevo la bellezza che mi onorava della sua presenza, ma che condividevo la vita con lei.

Era fantastica. Il vestito aderiva a tutte le sue curve, c'era un accenno del solco tra i seni, solo abbastanza da essere sexy ma non tanto da metterla a disagio o in imbarazzo, come diventava con gli indumenti troppo scollati. Senza motivo, dovevo aggiungere, ma rispettavo i suoi limiti. Attirò gli sguardi di tutti quelli presenti nella grande sala d'attesa.

Visto il suo sorriso brillante, i capelli scuri lucenti che le ricadevano sulle spalle e la sua postura, si capiva che le piaceva.

Scossi la testa. «Sei fantastica…»

«Lo so.» Rise e fece una piroetta. «Indosso la divisa ospedaliera o felpe da talmente tanto tempo che avevo dimenticato com'era essere elegante.»

«Beh, direi che sei piuttosto presentabile.»

La scortai fuori verso il parcheggiatore, che ci riportò in fretta l'auto. Uscimmo dal parcheggio dirigendoci a est per le colline di Orange.

«Allora, che cosa ti ha dato l'idea di portarmi la mia roba e cominciare presto i festeggiamenti per il mio compleanno?»

Alzai le spalle. «Sto solo cercando di fare qualcosa di diverso dal solito.» Esitai per un momento. «Non ti ho messa in imbarazzo facendomi vivo al lavoro, vero?»

Lei scosse immediatamente la testa, quasi troppo in fretta. «No, no. Va tutto bene. Solo una sorpresa.»

Frenai all'ennesimo semaforo rosso, reprimendo un'imprecazione. Saremmo arrivati proprio all'ultimo momento, e andava bene, ma era comunque frustrante.

«Allora, che cosa succede con quel tizio. Il biondo con i capelli scompigliati?»

«Scompigliati?» sbuffò. «È una parola sofisticata per te.»

«Cosa? Sono per caso uno zoticone ignorante?»

Emilia mi diede un'occhiata di sottecchi e poi sorrise. «Beh, hai mollato il college. Ho ben due lauree più di te.»

«Vero… è quello che ottengo per aver puntato troppo in alto, chiedendoti di uscire. Non userò più la parola scompigliato se mi dirai che cosa diavolo sta succedendo con quel tizio. Era lo stesso che ci fissava a quella festa.»

«Hai una buona memoria» disse Emilia, quasi stupita.

«Lo sapevi già.» Perché avevo l'impressione che stesse cercando di eludere la domanda? «Allora, riguardo a quel tizio…»

Emilia sospirò. «È il tirocinante senior. È lui che organizza i turni. Lascialo perdere. È solo un po' strano.»

Non parlai per un attimo, mettendo la freccia per svoltare nella stradina che ci avrebbe condotto alla ripida salita che portava al ristorante.

«Potrei giurare che gli piaci.»

Emilia fece una risata che sembrò un po' troppo forte, pensai. «Non proiettare quello che provi tu, Adam. Il fatto che io piaccia a *te* non significa che piaccia al resto della specie a cui piacciono le donne.»

Feci spallucce. «Okay, forse *sto* proiettando, ma non si comporta in modo strano con te, vero? Cioè, ti sei lamentata più volte riguardo i turni e dato che è lui quello incaricato…»

«Oh, è solo che Louisa e io non siamo mai di servizio insieme. Avevamo fatto parecchie rotazioni insieme durante l'università ed è stato bello quando ci hanno assegnato allo stesso ospedale per l'internato. Ci aspettavamo di poter lavorare insieme come avevamo fatto all'università. Adesso non succede spesso.»

«E lei sta per scodellare un bambino e andrà in maternità da un giorno all'altro.»

«Sì, c'è anche quello. Quando tornerà, dovrà completare il suo primo anno di internato. Non so quanto riusciremo a lavorare insieme, allora.»

«Allora è così. Questo tizio sta facendo lo stronzo o brandendo il suo potere in modo inappropriato oppure…?»

Emilia fece nuovamente spallucce ma non disse niente, facendomi pensare che non mi stesse dicendo tutto. Ma, a meno di legarla e torturarla, o darle orgasmi multipli, per ottenere tutta la verità, sembrava che non volesse parlarne. E dato che non era il mio scenario, non era probabile che ricorressi alla tortura, tranne, forse, un po' di solletico.

Quindi, come arrivare a capo della faccenda? E avrei dovuto tentare di farlo?

Emilia era un'adulta e poteva combattere le sue battaglie. O almeno era quello che mi dovevo ricordare regolarmente ogni volta in cui il mio istinto protettivo troppo sviluppato cercava di venire alla ribalta e prendere il controllo. Ci aveva causato talmente tanti problemi in passato e avevo imparato a seppellirlo. Forse. Quasi.

Finimmo per fare una bella cena. Il ristorante era situato in alto nelle Orange Hills e dava sulle grandi aree di Anaheim e Orange. Le luci e i punti di riferimento lontani, l'Angel Stadium e l'enorme Honda Center, dominavano il panorama che si estendeva fino a una striscia scura di oceano.

Emilia non beveva vino e io ne bevvi un paio di bicchieri, quindi guidò lei per tornare a casa mentre io mi rilassavo ammirando il suo bel profilo. Avevo già mandato un autista a prendere la sua auto e riportarla a casa dall'ospedale.

Quando eravamo quasi a casa, ripresi finalmente a parlare. «Allora, stasera vorrei proporre una cosa» cominciai.

Emilia mi diede un'occhiata, poi riportò gli occhi sulla strada. «Mmm?»

«Propongo di smettere con i termometri, il controllo dell'ovulazione e tutto il resto. Che facciamo sesso quando vogliamo e non rendiamo tutta la faccenda una cosa noiosa.»

Le sue sopracciglia arrivarono all'attaccatura dei capelli. «Hai appena detto che pensi che il sesso tra di noi fosse noioso?»

«Uh...» Cercai di svicolare, senza sapere che cosa dire. Uh oh, ero caduto in una trappola che non avevo visto?

Emilia mi lasciò annaspare per qualche altro secondo prima di cominciare a ridere. «Te l'ho fatta, eh? Pensavi di essere in guai grossi.»

«Beh, cioè, tu sei fantastica e sexy e voglio mangiarti tutta su base regolare, ma...»

«Ma non on-demand?»

«Sì, scusa, non sono un canale TV in streaming. Non mi piace l'opzione on-demand.»

Lei ridacchiò, poi mise la freccia per uscire dalla superstrada. «Beh, penso che sarebbe più salutare per entrambi prenderci qualche mese di pausa dalla faccenda di fare un bambino. Comportarci normalmente, non cercare di forzare le cose.»

Feci silenziosamente i conti, chiedendomi se la sua accettazione, così pronta, non avesse più a che fare con il pianificare una data che evitare la noia. Forse non voleva avere un bambino proprio a ridosso del Giorno del Ringraziamento o del Natale. E chi poteva biasimarla?

Emilia annuì decisa mentre parcheggiava e spegneva il motore. Si voltò a guardarmi. «Mi piace.»

La fissai, passando gli occhi sulla scollatura prima di tornare su e fermarmi sulle sue labbra. «Okay, ma non tentare non significa tornare a usare i preservativi, vero?»

«Già, non credo che ci sia veramente bisogno di tornare a quelli.»

«E...»

Emilia soffiò fuori il fiato, sapendo già a cosa stavo mirando. «Sì, significa che ogni tanto ti farò un pompino. Dio che frignone.» Aprì la portiera e scese. Io la seguii. Mentre attraversavamo il ponte verso Bay Island, le presi la mano, intrecciando le sue dita con le mie.

«Non sto frignando. Sono solo...» feci un gesto con la mano. Lei sbuffò e si fermò al cancello per togliersi le scarpe col tacco alto mentre digitavo il codice.

Le prese in mano tenendole per il tallone, un lampo di nero lucente con le suole rosse. «Queste cose sono fantastiche da vedere ma sono scomode e ho sempre paura di finire a camminare nell'erba bagnata e rovinarle.»

«A piedi nudi allora.» Oppure, mmm. Dopo aver aperto il cancello, mi voltai e la presi in braccio per attraversare l'isola e portarla a casa nostra.

«Adam! Non farti venire un'ernia.»

Aggrottai le sopracciglia facendo una smorfia. «Non pesi poi tanto. Inoltre, oggi non mi sono allenato sulla forza. Mi farà bene.» Ridendo, Emilia mi diede una manata sul braccio.

«Wow, ti senti molto romantico stasera» disse con un sorriso civettuolo quando la depositai dolcemente nel nostro portico.

Le misi le mani sui fianchi e lei sorrise. Alzò la testa in modo provocante, guardandomi. «È un bel po' che non ti porto in braccio. Meglio così che non buttarti su una spalla come un cavernicolo.»

Emilia alzò una mano e giocherellò con la mia cravatta. «Oh, puoi nasconderlo quanto vuoi, Adam Drake, ma in te c'è ancora parecchio del cavernicolo.»

«Me portare donna carina in caverna, no tirare per capelli. Mia, mia. Umph.» Grugnii poi aprii la porta e le indicai di precedermi.

Non avevo avuto la possibilità di vederla mettersi il vestito, ma mi piaceva decisamente vederglielo addosso. Specialmente quando salì le scale verso la nostra stanza davanti a me ed ebbi la visuale completa di quel sedere perfetto. E, ancora meglio, la parte migliore, fu abbassare lentamente la cerniera e sfilare quel bel vestito lasciando la sua pelle nuda.

Assaporai il suo collo, le passai le labbra sull'orecchio e sussurrai. «Domani è il tuo compleanno, ma sto scartando io il regalo.»

Emilia rise, piegando la testa per darmi più pelle da assaggiare.

E, wow... avevo quasi dimenticato quanto era favoloso il sesso non-per-fare-un-bambino.

CAPITOLO
DICIASSETTE
MIA

SAPETE QUAL È LA COSA PIÙ STRANA? ESSERE DI COLPO sobbligati a rimpiangere una bella serata fuori, specialmente per festeggiare il mio compleanno con il mio maritino. Ma era quello che stavo facendo il lunedì dopo la cena di venerdì sera. Venerdì era stato un turno corto, il che significa che ero uscita dall'ospedale ore prima di un turno lungo. E mi avevano vista tutti lasciare le docce e gli spogliatoi con un bel vestito firmato per andare incontro al cavaliere dalla scintillante armatura che mi aveva portato via per un appuntamento da favola.

La gelosia abbondava.

E riuscivo a sentire una certa freddezza da parte di alcuni dei miei colleghi tirocinanti.

O forse avevano avuto sentore di quanto fosse ricco mio marito e si chiedevano perché fossi lì, a cercare di ottenere la licenza per esercitare la medicina dopo quattro estenuanti anni di università.

Perfino i miei vicini di casa avevano scommesso che avrei lasciato l'università dieci minuti dopo aver sposato Adam.

Non era possibile sbagliarsi sulla strana atmosfera quando entrai nella saletta dopo aver preso il camice bianco e lo stetoscopio dal mio armadietto. C'erano parecchi altri tirocinanti, alcuni con un aspetto men che ottimale dopo quasi sedici lunghe ore di reperibilità.

Mi fissavano, con gli occhi stanchi, e alcuni ebbero la decenza di chiedermi com'era andato il mio appuntamento sexy. Furono abbastanza bonari, ma c'era un filo di tensione nelle loro parole.

E mentre mi congratulavo con me stessa perché ero così fortunata da avere Adam come partner nella mia vita, parlarne in qualunque modo, anche se lo chiedevano, avrebbe fatto sembrare che volessi sbattere loro in faccia la mia buona sorte.

Fortunatamente quella mattina il dottor Iverson non c'era.

Comunque, più tardi quel pomeriggio, cominciarono i commenti sarcastici, mentre sistemavo una flebo su un paziente prima di un intervento.

«Com'è andato l'appuntamento sexy di venerdì?»

Alzai le spalle, diedi un'occhiata di sottecchi al paziente, come per indicare la sua presenza come scusa per non volerne parlare.

Ma, appena fuori dalla stanza, mentre andavo alla postazione più vicina per appoggiare il tablet e inserire le note sulla sua cartella, il dottor Iverson gravitò intorno a me come un globulo bianco intorno a un virus invasore.

«Sono serio, è stato un vero spettacolo venerdì. Al tuo tizio piace quel tipo di cose, eh?»

Sbattei gli occhi senza guardarlo. «A mio marito, intendi dire? Voleva solo fare una cosa carina per il mio compleanno.»

«Allora, da quanto siete sposati?»

«Tre anni.»

«Ah, sapevi che la maggior parte dei divorzi succede nei primi cinque anni di matrimonio?»

Scossi la testa. «Wow, citare le statistiche. Com'è prevedibile da parte tua.» Mi concentrai sulle mie cartelle, prendendo la tastiera pieghevole e mettendola piatta davanti al mio tablet.

Sfortunatamente, Iverson continuò, imperturbabile. «Quando ci pensi, tutto il nostro lavoro è basato sulla statistica. È così che si fanno gli studi medici.»

«L'ultima volta in cui ho controllato, né io né mio marito eravamo topi di laboratorio.»

Lui fece spallucce. «Io ne ho fatto la mia politica e suggerisco a chiunque frequenti la facoltà di Medicina, di non sposarsi come minimo fin dopo l'internato.»

«Interessante. Almeno fa risparmiare soldi.» Stava cercando di stuzzicarmi e diventava palesemente più irritato più io restavo calma nonostante le sue punzecchiature.

«Cioè, perché sposarsi così giovani? A meno che... magari siete stati obbligati?»

Tolsi le mani dalla tastiera e mi voltai a guardarlo, appoggiando un gomito sul ripiano. Gli diedi un'occhiata raggelante che non poté non notare e quando parlai, fu con la voce più severa che riuscii a fare. «Non so che cosa stai insinuando, ma so per certo che la cosa mi mette a disagio. Dovresti decisamente cambiare argomento.»

Lui fece spallucce, completamente tranquillo. «Bene. Devo dire però che dev'essere bello...»

Non avevo tempo per quelle stronzate. Tornai alle mie cartelle, decisa a ignorarlo.

«Volevo dire...» continuò quando indicai chiaramente che non avevo intenzione di ascoltare qualunque cosa avesse da dire, «se la faccenda della medicina non funziona, hai sempre un miliardario come ripiego.»

Mi irrigidii. Quindi lo avevano saputo. Me l'ero aspettato. Adam era una personalità semi-pubblica che qualcuno avrebbe facilmente scoperto con una ricerca su Google e leggendo l'articolo che lo riguardava su Wikipedia o l'articolo sulla rivista *Forbes*. I miei colleghi sapevano già che abitavo a Newport Beach, un distretto dell'Orange County, decisamente non ad affitto basso e nemmeno medio. Ma quando entravamo dalle porte dell'ospedale ogni mattina eravamo tutti alla pari, dottori in medicina che lavoravano sotto la supervisione dei medici strutturati per aiutare la gente.

Cosa che ora mi veniva impedito di fare dal tirocinante senior.

«Non ho bisogno di nessun ripiego» dissi seccamente. «Ora ho un sacco di...»

«Beh, cioè, non *lasciare* necessariamente, ma, se fai un casino, il maritino potrebbe sempre donare una nuova ala all'ospedale o roba simile.»

Inarcai le sopracciglia, e le spalle si bloccarono. «Okay, adesso basta, dottor Iverson. Ho del lavoro da fare, e anche tu. Ti sto chiedendo cortesemente di smetterla. Farai risparmiare a entrambi un mucchio di tempo se non dovrò rivolgermi all'Ufficio del Personale al riguardo.»

Il dottor Iverson spalancò gli occhi e sembrò sinceramente stupito, come se non potesse nemmeno immaginare perché mi ero offesa. «Whoa, whoa. Non è il caso di essere così suscettibile. Sai, come colleghi possiamo anche scherzare un po'. Immagino che il nostro senso dell'umorismo sia diverso. Ti lascerò continuare.»

Strinsi i denti, sentendo le tempie pulsare. Mi divertivo abbastanza scherzando con i colleghi. A volte gli scherzi sfioravano l'inappropriato, ma entro certi limiti. Ma non avevo intenzione di discutere. 'Fanculo a questo tizio. «Mi sembra perfetto. Grazie.»

Lui alzò le braccia con un gesto melodrammatico, come se la mia reazione fosse esagerata e assolutamente inaspettata. Non m'interessava. Avevo esaurito la pazienza, specialmente perché altri stavano cominciando a notarlo. L'ultima goccia era stata quando Adam mi aveva chiesto di lui durante il ritorno a casa dopo la cena.

Basta comportarmi da dottor Dolce Ragazza.

«E quello che cos'era?» Louisa mi arrivò alle spalle proprio mentre finivo gli appunti e rimettevo in tasca la tastiera.

«Oh, ehi.» Mi voltai e le sorrisi, prendendo il tablet. Era in quello stadio della gravidanza in cui stava prestando particolare attenzione a evitare le infezioni, quindi metà della sua faccia era coperta da una mascherina. «Come va la tua rotazione in Cardiologia?» Non avevo nessuna voglia di parlare delle stronzate di Iverson, specialmente in un posto dove gli infermieri potevano sentire le mie lamentele. «Come va il bambino?» le chiesi indicando il pancione rotondo.

«La Cardiologia va bene. Adesso sto lavorando su qualche elettrocardiogramma sotto sforzo. Finirò la rotazione la settimana prossima, prima del congedo per maternità. Poi questo piccoletto può arrivare in qualunque momento, per favore e grazie tante. Devo affiggere un avviso di sfratto per lui, o roba simile, mi sembra di essere più grossa di un gonfio mammut lanoso.» Quella fitta di invidia che sentivo era solo un lieve pizzicotto quella mattina. Probabilmente soffocata dall'irritazione residua per il dottor Testadicazzo.

«Allora vuoi dirmi come mai Craig è appena uscito con un'espressione ferita così da cartone animato che ho fatto una risatina dietro la mascherina quando non mi stava guardando?»

Con un'occhiata significativa verso la postazione degli infermieri, strinsi il tablet e la guidai verso un corridoio deserto, vicino a dove mi stava aspettando il mio prossimo paziente.

Risposi alla sua domanda a bassa voce. «Gli ho detto chiaro e tondo di piantarla con le sue stronzate. Stava insinuando che potrei abbandonare in qualunque momento perché mio marito è ricco. Gli ho detto che non era appropriato.»

Louisa sbarrò gli occhi. «Accidenti, amica. Evvai! Era un anno davanti a me al college in SC e francamente mi ha sempre intimidito.»

«Gli piace pensare di essere autoritario e onnisciente, ma è una testa di cazzo, socialmente imbelle e, a quanto pare, odia le donne.»

«Sicuramente nel *tuo* caso è completamente l'opposto, Mia. Devi averlo capito.»

Feci due passi, esitando, poi mi fermai in mezzo al corridoio, spostandomi verso la parete per permettere agli altri di passare. «Non mi interessano le sue motivazioni. Dire quella roba è inappropriato. *Sempre.*»

Louisa annuì in fretta, d'accordo con me.

«Devo andare. Tutti quelli in rotazione pediatrica hanno una riunione tra quarantacinque minuti e ho tre neonati da visitare prima di andare.» Presi la mascherina chirurgica dalla tasca e me l'agganciai alle orecchie.

«Aah!» disse Louisa con la voce sognante, passando la mano sul pancione. «Spero che tra due settimane ci sarà anche il mio piccolino.»

«Non sarò più in Pediatria, a meno che il tuo bambino arrivi prima, ma puoi scommettere che verrò a trovarti ogni singolo giorno in cui sarai nel reparto Maternità.» Ci sorridemmo e lottai silenziosamente contro il desiderio di allungare la mano e accarezzarle il pancione.

Louisa increspò gli occhi sopra la mascherina. «Ci conto. Nel frattempo, buona fortuna con il tirocinante senior Testadicazzo» sussurrò. Sogghignando, battemmo il cinque e io continuai con la mia giornata.

Fortunatamente il dottor Testadicazzo recepì il messaggio. Pregavo solo che sarebbe durato. Il suo tirocinio sarebbe finito tra poco più di un anno. A meno che intendesse chiedere di fare qui la specializzazione.

L'unica cosa peggiore del tirocinante senior Testadicazzo sarebbe stato lo specializzando Testadicazzo.

Una settimana dopo cominciai la rotazione in Cardiologia, che significava avere a che fare con pazienti che avevano emergenze cardiologiche, infarti del miocardio, angina, in genere dolori al petto. Passavo molto tempo al Pronto Soccorso e le cose si muovevano in fretta.

E anche se eravamo ancora in rotazione insieme, vedevo molto meno il dottor Testadicazzo.

Ma mi sentivo sola con Louisa in congedo di maternità.

Qualche settimana dopo, era il compleanno di Adam e io avevo due intere giornate libere di fila; qualche giorno prima che compisse trentadue anni, quindi decisi di prenotare un bed and breakfast carino ad Arrowhead nelle montagne di San Bernardino, a circa un'ora e mezza di auto da dove abitavamo.

Era abbastanza lontano da assicurarci un po' di pace e tranquillità, goderci passeggiate rilassanti nella natura, buon cibo e tanto tempo per noi. Purtroppo, non ne avevamo molto in quei giorni.

E anche se non lo avevo programmato, finimmo per fare un sacco di sesso. Veramente veramente tanto, come se stessimo usando quei due giorni per recuperare le settimane in cui non lo avevamo fatto.

Perché per fare sesso, bollente o meno, si doveva essere nella stessa stanza e restare svegli abbastanza a lungo per farlo. Vallo a capire!

Dormimmo fino a tardi la prima mattina, saltando la colazione, e non ci importava. Potevamo anche esserci dati da fare la sera prima, prima di crollare addormentati, ma quando Adam mi tirò verso di lui la mattina quando ci svegliammo, mi premette contro la sua erezione mattutina. E bastò per sedurmi di nuovo. Quindi andai in fretta in bagno prima di lui, lavandomi i denti e passando una spazzola tra i capelli.

Quando tornai in camera, Adam era sdraiato sulla schiena, con le mani sotto la testa e fissava il soffitto.

«A che cosa stai pensando?»

«A come sono contento di aver deciso di prendermi del tempo libero per stare qui con te.»

Mi morsi il labbro. «Oh, sei incredibilmente dolce.»

Sulle sue labbra incredibilmente sexy apparve un sorriso malizioso. «Beh, se sapessi le cose sconce a cui stavo pensando, non penseresti che sono così dolce.»

«Ah, c'è roba sconcia? Perfino meglio.» E con quello mi tolsi la camicia da notte e la gettai sfacciatamente sul pavimento. «Adesso ti sto provocando con il mio corpo nudo.»

I suoi occhi scuri esaminarono voracemente la mia pelle nuda, divorando ogni centimetro.

«Vieni qua» disse con la voce roca e bassa. Una voce autoritaria.

«Pensavo di averti esaurito ieri sera. Dopotutto sei un anno più vecchio.»

Adam strinse gli occhi a quella provocazione. «Non obbligarmi a darti la caccia, sugar baby.»

Spinsi insieme i seni per creare un solco, aggiungendo un broncio esagerato. «Vuoi un po' del mio zucchero? Te lo meriti?»

Sul suo viso apparve un sorriso diabolico. «Sai che è così.»

Feci scherzosamente un passo verso di lui, poi un altro, finché le mie gambe arrivarono a toccare il bordo del letto. Adam si mise seduto in un lampo. Mi afferrò intorno alla vita e mi tirò sopra di lui.

Strillai per la sorpresa prima di ridere. «A quanto vedo non perdi tempo, vecchietto.»

«Oh, perderò mooolto tempo in questa stanza, con te.»

Mi chinai e le nostre bocche si unirono in un bacio feroce, appassionato. Le lingue entrarono in gioco e Adam alzò le mani per tenermi la testa ferma contro la sua bocca. Non ce n'era veramente bisogno dato che stavo partecipando quanto lui.

Gli tolsi le coperte e i nostri corpi nudi si fusero insieme, ammorbidendosi e unendosi come due composti chimici destinati a legarsi ogni volta che venivano mischiati.

Dovevo dargli ragione. Il sesso era roba buona, quando non si stava attivamente cercando di fare un bambino.

E nonostante la nostra maratona di sesso della sera prima, quella mattina era perfetto. Mi tirai indietro, allargando le gambe per mettermi a cavalcioni. Adam mi afferrò i fianchi e mi penetrò con un movimento rapido, lasciando andare il fiato che aveva trattenuto.

«Perché è sempre così maledettamente bello con te?»

Mossi i fianchi una volta, lentamente, sorridendo. «Solo fortuna, immagino.»

«Sei la donna più sexy su questa terra e io sono il bastardo più fortunato nel sistema solare» disse con la voce rotta mentre mi spostavo di nuovo sopra di lui. Insieme, emettemmo un lungo sospiro.

Adam tolse le mani dai miei fianchi per appoggiarle sul seno mentre continuavo a muovermi, con gli occhi che si chiudevano, assaporando la sensazione delle sue mani, di averlo dentro di me, della sua pelle contro la mia.

Per lunghi momenti, non riuscii a concentrarmi su nient'altro. Adam era una tempesta, una ruggente forza della natura che non si poteva ignorare e mai dimenticare. Il suo tocco era il tuono e la sua presenza il fulmine. La sua forza di volontà il vento e la pioggia. Ben presto fui felicemente schiacciata tra lui e il letto quando rotolò sopra di me per avere il completo controllo, che fui lieta di cedergli per il momento.

Lo assecondai e assaporai ogni momento, il suo fiato caldo contro la mia pelle, il corpo duro e muscoloso che si spostava sopra il mio. La furiosa tempesta si calmò fino a diventare un costante anche se deciso acquazzone. Io ero la terra assetata che assorbiva grata ogni singola goccia.

Avvolsi le gambe intorno ai suoi fianchi, tenendolo vicino a me, anche quando avrebbe voluto staccarsi e mantenere il suo ritmo. Per qualche giocoso minuto lottammo tra di noi prima che, con uno sbuffo deciso, Adam mi afferrasse la caviglia e allontanasse la mia gamba, libero di nuovo di muoversi.

Avrei riso ma presto dimenticai qualunque cosa avessi trovato divertente, mentre il suo ritmo cambiava davvero. Instancabile, si spingeva dentro di me e ansimai, cercando aria, con gli occhi che si rovesciavano, assaporando la veloce ascesa verso l'orgasmo. La tempesta continuò a martellare mentre raggiungevo il mio orgasmo e subito dopo Adam si immobilizzò, trattenendo il fiato e lo sentii che raggiungeva lo stesso acme un minuto dopo.

Avvolsi nuovamente le gambe intorno a lui, come per proteggerlo, tenendolo lì finché non respirò di nuovo, aspirando il mio fiato.

Aprì lentamente gli occhi e ci fissammo.

«Cazzo» mormorò quasi senza fiato. «Sei incredibile.»

Sorrisi e gli passai le dita tra i folti capelli scuri, stringendo le gambe intorno ai suoi fianchi. «Non sei così male nemmeno tu, amico.» Mi sollevai e gli diedi una beccatina sulla bocca. «Felice compleanno.»

«*Felice* davvero.»

E per il resto della giornata, per la maggior parte passata in quella stanza, da cui emergemmo finalmente all'imbrunire con gli occhi annebbiati per mangiare qualcosa e prendere un po' d'aria fresca.

Ma non si lamentò nessuno dei due. Nemmeno un po'.

Capitolo Diciotto
Mia

Avrei dovuto già da tempo suggerire al consulente finanziario di Adam di investire una parte del nostro portfolio in azioni dei produttori dei test di gravidanza perché in quei giorni stavo da sola facendo aumentare il loro margine di profitto, facendo test precoci e spesso. Io, che capivo la probabilità scientifica di ottenere un risultato inaccurato facendo il test troppo presto, facevo pipì sullo stick giorni prima di quando avrei dovuto avere il ciclo.

Lo sapevo eppure, come una drogata, tolsi l'ennesimo test dalla confezione, lo tenni sotto il flusso di urina e pregai di avere una mira abbastanza buona da non finire di farmi pipì sulla mano... *di nuovo.*

Incidente evitato, appoggiai il test sul ripiano dietro il WC e saltai in doccia.

Non avevo controllato la temperatura basale né calcolato niente per quasi due mesi. E il sesso era tornato a essere più interessante. Grazie al cielo. Era bello non doversi preoccupare, almeno per qualche mese.

A un certo punto, però, avrei dovuto fare un controllo completo della fertilità. Ma non me ne sarei preoccupata per il momento. Forse allora, avrei magicamente avuto più tempo.

La doccia fu lunga, calda, rilassante, proprio come piaceva a me. Mi massaggiai lentamente shampoo, balsamo e un trattamento all'olio caldo sui capelli, poi mi rasai le gambe. Quando mi asciugai e cominciai a prepararmi per andare al lavoro, avevo quasi dimenticato il test appoggiato dietro il WC.

E poiché lo avevo lasciato lì più di una volta, con la governante o Adam che me lo facevano notare, ricordai di prenderlo per buttarlo in pattumiera dopo essermi asciugata i capelli.

Però, dopo averlo preso, *dovevo* guardarlo. E poi, mezza voltata per buttarlo nel cestino, dovetti guardarlo una seconda e poi una terza volta.

Seguita da una quarta e una quinta.

Questa volta sul test c'era una seconda linea.

La fissai, per troppi secondi, senza capire, registrando solo il fatto che c'era qualcosa di diverso. Poi, di colpo e senza pensare, emisi un urlo. *Porca paletta!*

Un test di gravidanza positivo.

Ma... davvero? Questo coso era rotto o che cosa. Controllai la data di scadenza sulla confezione e poi feci subito pipì su un secondo test... questa volta senza riuscire a evitare di farmi pipì sulla mano come effetto collaterale. Immagino che fosse per quello che Dio aveva inventato il sapone chirurgico.

Mentre passavo i due minuti canonici lavandomi le mani con il sapone disinfettante, fissai quel maledetto stick come ti dicono di *non* guardare mai la pentola che dovrebbe cominciare a bollire.

E questa volta vidi quella seconda linea azzurra che si formava davanti ai miei occhi. Come un trucco magico.

Accidenti.

Le probabilità che due test di gravidanza positivi, fatti a pochi minuti di distanza, mostrassero un falso risultato erano praticamente zero.

La prova era incontrovertibile.

Ero incinta.

Ma da buona scettica, che non riusciva a credere alla magia di fare pipì su uno stick, mi prescrissi un esame di laboratorio e mi fermai presso un laboratorio per pazienti esterni dove non mi conosceva nessuno. Non era il caso di dare il via ai pettegolezzi e rischiare che la notizia si diffondesse prima di avere la possibilità di dirlo ai miei familiari. Lo marcai URGENTE e mi promisero i risultati entro le cinque ore seguenti. Andava bene.

Per poter dare la notizia a Adam dovevo assolutamente avere ogni possibile informazione prima che cominciasse il suo interrogatorio. A me bastavano i test casalinghi. Ma, ovviamente, quando l'esame del sangue urgente diede un risultato positivo, con un livello di ormone HcG di 721 ml, qualunque dubbio residuo avessi avuto sparì, decisa com'ero stata a non credere alle buone notizie.

Adam e io saremmo diventati genitori.

Inserii la data del mio ultimo ciclo mestruale nel calcolatore online di gravidanza, venendo a sapere che ero quasi di sei settimane. La data probabile di concepimento, basandomi sulla lunghezza media del mio ciclo, era durante il nostro viaggio ad Arrowhead per il compleanno di Adam.

E poi mi diede la data approssimata del parto.

Il giorno di Natale.

Sbattei gli occhi, attonita. Ovvio, Adam e io dovevamo fare un bambino abbastanza speciale da scegliere il giorno più folle dell'anno come quello del suo ingresso nel mondo.

Accidenti.

Più tardi, durante il turno lungo, in un momento in cui ebbi qualche ora per respirare, andai nella saletta dei tirocinanti per mettermi alla pari con la documentazione. Riempii una tazza alla macchinetta del caffè, ricordando solo in quel momento di fermarmi prima di bere il primo sorso. Con un sospiro di profondo rimpianto guardai mentre quella bevanda dal profumo irresistibile finiva nello scarico, insieme alla caffeina di cui avevo tanto bisogno.

Niente caffè per almeno altri nove mesi, e probabilmente più a lungo, a seconda di quanto avrei allattato. E niente vino, anche se era già un po' che non ne bevevo.

Ma la caffeina… la caffeina era l'unica cosa che mi aveva fatto superare le prove e le tribolazioni dell'internato. Avrei dovuto fare qualche ricerca per trovare qualche altra strategia più salutare per dare una sferzata alla mia energia.

Il primo sintomo che notai, ed era ridicolo notarlo perché era ancora così presto, ma sembrava decisamente che stessi facendo pipì molto più spesso del solito. Ed era un bel problema, con gli orari di un tirocinante al primo anno di internato che non erano propizi per le pause bagno.

Poi c'era l'altro scoglio da superare… trovare un modo per dare la notizia a Adam.

Se avessi voluto annunciarlo con tanto di fanfara e qualcosa di fantasioso e ostentato, avrei dovuto chiedere aiuto a qualcuno, come mia madre o Heath, o perfino rivolgermi al mio esteso gruppo di amiche. E anche se avrebbe potuto essere divertente coinvolgere tutti nel rivelare la bella notizia, significava inevitabilmente che avrei dovuto dirlo a loro prima che a Adam. E non sembrava giusto, dato che era lui quello che sarebbe diventato padre. Avrebbe dovuto essere la seconda persona a saperlo, dopo me, no?

Ma volevo comunque fare qualcosa di memorabile. Volevo che avesse una storia da raccontare ai suoi amici e alla sua famiglia. Una storia da raccontare a nostro figlio (o figlia) quando, una volta cresciuto, una cosa simile l'avrebbe incuriosito. Volevo che fosse una cosa che facesse apparire quell'espressione sognante e distante nei suoi occhi, mentre ricordava quando sua moglie era giovane e bella. Quando entrambi eravamo pieni di speranza, prima che le vicissitudini di decenni di vita da genitori ci togliessero lo smalto.

Accidenti, ero passata in fretta ai pensieri bui.

Ciononostante, quando ero nella sala dei medici in turno di reperibilità per cercare, senza riuscirci, di fare un pisolino, cominciai a cercare qualche idea sui social media, TikTok, perfino Pinterest, per trovare qualche modo divertente per accennarlo. Ogni cosa che trovavo era completamente insipida oppure "*non* noi".

Frustrata, finalmente mi addormentai. Solo per essere bruscamente svegliata dal cercapersone del cellulare in dotazione. Un paziente stava riferendo dei sintomi che dovevo controllare. Intontita, lasciai la saletta con le brandine e vagai nella sala dei tirocinanti, stiracchiando le braccia e la schiena per far circolare il sangue.

«Mmm, hai un aspetto orribile.»

Mi voltai. Il tirocinante senior, il dottor Iverson, già, perché ovviamente quel tizio doveva farsi vivo proprio nel mezzo di questa giornata lunga ma follemente eccitante, giusto per provocarmi. Sembrava godere nel farlo regolarmente.

«Grazie, io lo chiamo l'aspetto di tendenza del "tirocinante in reperibilità". Sarà su tutte le riviste il prossimo autunno.» Sorrisi e poi mi avvicinai pericolosamente a quell'accidente di macchina del caffè. Caffè appena fatto. Inspirai a fondo, sentendo quella strana sensazione di formicolio che provavo ogni volta che odoravo il caffè fresco. *Mmm.* Avevo bevuto tè per quasi tutta la vita prima che diventare una studentessa di medicina mi avesse fatto diventare un'adoratrice del caffè. Le bibite caffeinate o il tè non si avvicinavano nemmeno alla magia che poteva fare il caffè. Ora capivo di che cosa parlasse Adam mentre ne beveva una tazza dopo l'altra ogni mattina.

Se avessi potuto, me lo sarei sparato in vena.

Questo bambino avrebbe fatto bene a essermi grato per tutti i sacrifici che stavo già facendo.

Dovetti ridere tra me e me perché stavo già caricando di senso di colpa lo zigote di cui avevo scoperto l'esistenza solo ventiquattro ore prima.

Iverson si spostò di fianco a me per riempire la sua tazza. Avrei dovuto andarmene allora. Ma per qualche motivo volevo torturarmi guardandolo versare e aggiungere panna e zucchero alla sua tazza.

«Dov'è la tua tazza? Posso riempirtela.»

Sbattei gli occhi. «No grazie, sono a posto.»

«Intendevo dire che non hai un bell'aspetto.»

«Sono solo un po' intontita.»

«Ed è il motivo della mia domanda. Dov'è la tua tazza. Te la riempirò io.»

Feci un passo indietro. «Devo andare a controllare un paziente e poi finire le cartelle. Ci vediamo.»

Prima che potesse rispondere, guardandomi con un'espressione apertamente stupita, uscii dalla saletta e me la diedi a gambe scendendo un paio di piani di scale.

Anche nella calma relativa delle ultime ore di reperibilità, non mi venne nessuna idea.

Quando arrivai a casa, Adam era ancora al lavoro. Saltai nella doccia, mi misi il pigiama di flanella e, inevitabilmente, feci altre ricerche.

Alla fine, mi addormentai sul divano al piano di sotto.

Quando mi svegliai, fuori era buio, qualcuno mi aveva tolto il telefono di mano e mi aveva coperto con un plaid.

Mi alzai, sentendomi assetata e brancolai al buio per trovare l'interruttore fuori dalla cucina, sbattendo gli occhi alla luce forte quando si accese la lampadina.

Presi un bicchiere e andai al frigorifero per riempirlo di acqua gelata. Che ora era? E Adam era già a casa? In casa c'era buio pesto ma non significava molto. Adam aveva l'abitudine super irritante di entrare in casa al buio e illuminare solo la stanza che occupava in quel momento. Significava che spesso arrivavo a casa e non mi rendevo conto per quindici, venti minuti che c'era qualcun altro. Avevamo entrambi il localizzatore sul telefono, ma il mio era sul tavolino nell'altra stanza e non ero abbastanza motivata da andare a prenderlo mentre idratavo il mio povero corpo assetato.

Ovviamente, poi dovetti immediatamente andare a svuotare la vescica.

Stava già diventando irritante e non avevo ancora subito nemmeno una minima parte dei cambiamenti del mio corpo che avrei dovuto sopportare nei prossimi mesi.

Quando uscii dal bagno, quasi mi spaventai a morte a causa dell'uomo grande e grosso in agguato proprio accanto alla porta.

Capitolo
Diciannove
Mia

Risucchiai rumorosamente il fiato, ricadendo contro la porta chiusa del bagno. «Cazzo!»

Adam mi fissò spalancando gli occhi. «Scusa. Ti ho spaventato?»

Gli diedi un'occhiataccia, ripiegando le mani sul petto e appoggiandomi alla porta del bagno. «No, sto solo cercando un nuovo modo per salutarti.»

La sua bocca si incurvò e un sopracciglio si inarcò verso l'alto.

Io strinsi gli occhi. «L'hai veramente fatto apposta?»

Lui fece spallucce. «Forse un po', per vendicarmi, sai.»

Afferrai la sua maglietta, attorcigliandola nel pugno, fingendo di minacciarlo. «Te la do io la vendetta, imbranato. L'ultima volta non cercavo nemmeno di spaventarti. Semplicemente, tu ti spaventi in fretta, come una gazzella nella savana.»

Adam mi tirò tra le sue braccia, chinandosi per baciarmi. «Io non mi spavento facilmente. Semplicemente sei troppo silenziosa, a livello ninja.»

«Beh, ci sono stati ventidue anni in cui non mi conoscevi. Potrei aver fatto qualche addestramento segreto da ninja nel Nanda Prabat, con Shado e Talia al Gul.»

«Esattamente. Hai dei superpoteri. Il potere di spaventare anche l'uomo meno spaventabile. Il potere di ribattere alla velocità della luce. Il potere della seduzione...»

«Niente seduzione in questo momento. Sei al sicuro. Sto veramente morendo di fame.»

Adam sorrise. «Okay, prima il cibo e poi la seduzione.»

Gli diedi un colpetto sul petto e gli sorrisi. «Dovrai guadagnartelo, amico.»

Adam prese il cibo dal frigorifero: un piatto freddo quella sera e niente di terribilmente sofisticato. E anche se non avevo la nausea era sempre meglio fare un pasto leggero. Avrei risolto il problema della fame senza esagerare. Era quasi come se la cuoca sapesse...

Adam, ovviamente, doveva commentare. «Wow, stasera si rosicchia. Hummus biologico e pane pita integrale fatto in casa. Cibo da picnic.»

«Non ti va bene?» Piegai la testa guardandolo mentre prendevo i piatti e le posate. «Abbiamo ancora un po' di quel pane lievitato di ieri. Penso che ci sia del roast beef avanzato che la cuoca aveva affettato per i sandwich, forse...»

Adam fece spallucce. «Se avrò ancora fame mi preparerò un sandwich. Non ci sono problemi.»

Era una serata abbastanza calda, quindi preparammo il cibo sul tavolo nel portico coperto.

Per tutto il tempo, la mia mente stava freneticamente cercando di trovare un modo speciale per rivelargli la grande notizia che non avrebbe richiesto troppa preparazione, dato che morivo dalla voglia di vuotare il sacco.

Prima di quel pisolino estemporaneo, avevo trovato un video su TikTok che mostrava una donna con dei biglietti sparsi per tutto il corpo con le istruzioni per il suo partner di ritagliare i vestiti per mostrare biglietti che portavano ad altri biglietti, fino a toglierle le scarpe, per poi usare una pistola giocattolo per far esplodere un palloncino che conteneva il test di gravidanza positivo.

Ah, maledizione, gli stick. Dove li avevo ritirati? Non ne avevo assolutamente idea, nell'intontimento dopo aver scoperto la notizia e poi scappare al lavoro. Li avevo buttati nella pattumiera del bagno? Se era così, era stato stupido da parte mia e speravo che Cora non l'avesse già svuotata. O forse li avevo semplicemente lasciati nel lavandino e, se era così, allora lei lo avrebbe già saputo e, di conseguenza, lo avrebbero saputo la cuoca e forse chiunque altro si fosse trovato a passare per la casa.

Diavolo, magari lo sapeva già metà di Newport Beach. Non sarebbe stato orribile se Adam l'avesse saputo da qualcun altro, sempre che fossi riuscita a tenergli nascosta la notizia mentre preparavo qualcosa di elaborato.

Quando ci sedemmo a tavola, ero un mucchio ribollente di ansia. Specialmente quando Adam prese una bottiglia di vino e due bicchieri per accompagnare il pasto. Era una bottiglia di vino che avevamo fatto spedire dall'Italia.

Alzai gli occhi, stupita.

«Che c'è che non va?»

«Sai che in questi giorni non sto bevendo.» O anche per i prossimi nove mesi.

Esitò. «Ah, già, giusto.» Fece spallucce, imbarazzato. «Pensavo solo che visto che non stiamo attivamente tentando, potresti berne un bicchiere. Non ho ancora stappato la bottiglia. Possiamo tenerla per un'altra volta.»

Fissai la bottiglia. E se avessi trovato una bottiglia vuota, vi avessi infilato lo stick e l'avessi fatta fluttuare sulla spiaggia in modo che lui la trovasse, come un messaggio nella bottiglia?

Avrei potuto documentarlo con belle foto e metterle su Instagram.

Ora, dove trovare una bottiglia vuota e dove lanciarla in modo che arrivasse proprio sulla nostra spiaggia? Cazzo, stavo veramente pensando di chiamare un oceanografo per farmi aiutare nel mio piano per rivelare a mio marito che sarebbe diventato padre?

Quando finalmente distolsi gli occhi dalla bottiglia e tornai a guardare Adam, lui non stava mangiando. Mi fissava con un'espressione estremamente preoccupata sul volto. «Stai bene?»

Mi strofinai la fronte sbattendo gli occhi. «Sto bene. Sono solo un po' stanca.»

«Più che *un po'* stanca. Ti ho trovata sul divano che dormivi come un sasso un'ora fa. Normalmente non dormi così profondamente. Russavi piano, facendo un suono buffo che non ti avevo mai sentito fare prima. Era carino.»

Misi un po' di pasta di olive su un cracker. «Bugie, fino all'ultima parola. Io non russo, non ho mai russato e non russerò mai.»

«Forse lo stavo immaginando, allora.» Ammiccò e mi rivolse un sorriso che mise in mostra quella fossetta. Quell'accidente di fossetta che aveva il potere di sciogliere le mie mutande. Dio, mio marito era così maledettamente bello che mi faceva mancare regolarmente il fiato quando lo notavo.

Che donna fortunata ero.

Tranne quando affermava falsamente che russavo. Ma per ora gliel'avrei lasciata passare, perché era carino. E perché sarebbe diventato papà e non lo sapeva ancora.

Adam tornò al suo piatto e cominciò ad ammucchiare cibo: sezioni di pane pita, hummus di peperoni rossi arrostiti, qualche oliva. Diedi un morso al mio cracker e masticai prima di inforcare un paio di sottili fette di tacchino freddo e un po' di formaggio svizzero.

«Sai, oggi, quando stavo controllando l'agenda con la mia assistente, mi sono reso conto di non aver programmato niente per la fine dell'anno.»

«Wow, è un miracolo.» E provvidenziale, davvero, tenendo conto che la sua e la mia vita stavano per cambiare completamente proprio intorno a quello stesso periodo.

«Sì, e dato che a entrambi Venezia era piaciuta tanto, pensavo che potremmo staccare e tornarci, se va d'accordo con la tua agenda. Là festeggiano alla grande il Capodanno, con fuochi d'artificio nella laguna e feste nei palazzi. Se l'idea ti piace, posso prenotare il posto dove siamo stati l'anno scorso…»

«Uhm, sì, aspetta a farlo.»

Adam mi guardò stupita. «Okay, non hai giorni liberi oppure non vuoi festeggiare il Capodanno in quel modo?»

Non sapevo che cosa dire, stavo cercando una scusa… Dovevo trovare qualcosa che gli impedisse di fare programmi per il Capodanno. Pensai a tutte le possibilità e sbattei gli occhi, confusa e, stranamente, anche un po' nel panico.

Adam mi guardò preoccupato.

«Emilia, stai cominciando a preoccuparmi...»

«Sono incinta» dissi in fretta, con gli occhi che volevano uscirmi dalle orbite quando la notizia uscì in quel modo dalla mia bocca, quando tutti i miei piani migliori erano giusto quello... piani. Sinceramente non ne avevo nemmeno uno. Solo idee che si perdevano nel pantano di ansia che era il mio attuale stato mentale.

L'espressione di Adam non cambiò minimamente per i cinque secondi più lunghi della mia vita. Poi aggrottò le sopracciglia. «Sei...»

«Sì, sono sicura. Dopo due test positivi e un esame del sangue.»

Sbatté gli occhi. «Da quanto lo sai?»

Quindi, a quanto pareva, non avevo lasciato i test dove poteva scoprirli. Era un sollievo, anche se minimo, dopo il fatto. Oramai glielo avevo detto e non dovevo più trovare un modo carino o elaborato per documentarlo per i social media, o le generazioni future.

«Da ieri, proprio prima di andare al lavoro. Ho ordinato un esame del sangue per confermarlo ed è da allora che mi sto stressando per trovare un modo di dirtelo.»

Ora era solo una storia su quanto fossi sciocca, fare piani e stressarmi su come dirglielo in un modo che proprio non era da noi. E poi, solo per vedere i miei piani sventati dalla mia propensità a vuotare poco cerimoniosamente il sacco.

I buoi erano già scappati, non serviva chiudere la stalla. Mi morsi il labbro e fissai Adam a occhi sgranati, aspettando la sua reazione, sperando, e magari anche incrociando le dita e pensando a qualche altra superstiziosa stupidaggine.

Adam fissava un punto sul tavolo proprio davanti al suo piatto, con le mani appoggiate ai due lati. Non sbatteva nemmeno le palpebre, sembrava un robot che stesse scorrendo la lista di reazioni possibili mentre apparivano nel suo menu interiore. Ci vollero lunghi minuti prima che sembrasse che si fosse finalmente ricordato di respirare. Innanzitutto, sbatté le palpebre, poi si mossero le dita e poi la statua che era diventato tornò lentamente in vita come se qualcuno gli avesse ficcato un cappello magico in testa e lo avesse chiamato Frosty l'uomo di neve.

Scosse la testa. «È... *wow*.»

«Stai bene?»

Adam si passò la mano nei capelli e aveva una strana espressione traumatizzata sul viso. «Sì, sì. Sto bene. Ma, cosa più importante, come stai *tu*?»

Mi morsi in fretta il labbro. «Starei meglio se non sembrasse come se ti avessi appena sparato nelle palle con un facile da paintball.»

Adam rise, poi si alzò dal tavolo e venne dalla mia parte. Mi alzai in fretta, e lui mi abbracciò e mi baciò.

«Quindi stai bene?» mi chiese.

Annuii. «Sono stanca ma probabilmente è colpa delle ore di reperibilità. E devo fare pipì molto spesso. È tutto.»

Adam scosse la testa. «Quando...?»

«Beh... non ci crederai.»

«Intorno alla fine dell'anno, ovviamente, visto come hai reagito al suggerimento per Capodanno.»

Annuii. «Il calcolatore online fissa la data del parto al 25 dicembre. Quindi, sì, decisamente non fare programmi elaborati per la fine dell'anno.»

Adam mi strinse forte e mi tenne abbracciata a lungo. Appoggiai il mento sulla sua spalla e aspettai. Ovviamente aveva bisogno di elaborare la notizia.

Ero sicura che, quando fosse riuscito a parlarne, avrebbe detto qualcosa di emozionante e romantico e ci avrebbe fornito un ricordo di cui godere, e di cui avremmo magari riso affettuosamente negli anni a venire.

Mi immaginai mentre tornavamo a casa dopo aver accompagnato nostro figlio al college, che ci guardavamo teneramente, tenendoci per mano e ricordando il momento, più di diciotto anni prima, quando avevamo saputo che avremmo avuto un figlio…

«Beh, immagino che signifíchi che non dovremo tornare al sesso procreativo. È un sollievo.»

Sinceramente avrei dovuto saperlo. *Oh, Adam.*

Sospirai. Beh, tra me che vuotavo il sacco in quel modo e la sua reazione men che romantica, ci stavamo comportando nel nostro modo tipico.

Capitolo
Venti
Adam

Quando Emilia si staccò dalle mie braccia e tornò a sedersi, restai lì, paralizzato per un momento, riluttante a lasciarla andare, anche se solo a un metro di distanza da me.

Avevo questo feroce, folle impulso di avvolgerla nel pluriball e impedirle di uscire di casa.

Mentre tornavo lentamente al mio posto e mi sedevo, nella mia mente cominciò a formarsi una lista di un milione di cose da fare. Penso fosse il tentativo del mio cervello di zittire l'urlo primordiale che partiva dai recessi più profondi e bui della mia psiche.

Emilia mi guardava radiosa mentre chiacchierava di programmi, di appuntamenti con il medico, chiedendo il mio parere su quando avremmo dovuto dirlo agli altri.

E tutto quello che riuscivo a fare era annuire, rispondere assente prestando il minimo dell'attenzione possibile alla discussione per non farla arrabbiare. Stavo invece usando fino all'ultima briciola di energia per evitare di perdere il controllo.

Perché, mio Dio, quell'urlo primordiale stava diventando così forte da minacciare di cancellare ogni altro pensiero o stimolo esterno… lei inclusa.

Sbattevo gli occhi e annuivo in tutti i momenti giusti ed Emilia non se ne accorse, o finse di non accorgersene. Non vedevo l'ora di rinchiudermi nel mio ufficio appena possibile solo per passare un po' di tempo a riprendere il controllo di me stesso in modo da poter elaborare ogni possibile ripercussione.

Ma lei voleva che ci facessimo le coccole sul divano.

Esitai, tentato di usare una falsa scusa di lavoro solo per poter riprendere il controllo mentale, ma sarebbe stata una mossa da stronzo. Ovviamente Emilia voleva sapere se fossi contento e voleva sentirsi al sicuro. E anch'io volevo che si sentisse al sicuro.

Ma io non mi sentivo assolutamente al sicuro in quel momento. No. Per essere sincero, mi sentivo esposto e indifeso come un bue muschiato senza pelo nel mezzo di una tormenta artica.

Sul divano, Emilia si sedette molto vicina, rannicchiata contro di me e con la testa appoggiata sul mio petto. Le misi intorno le braccia e la tirai contro di me. Come se potessi essere la sua armatura. *Volevo* essere la sua armatura, per difenderla e proteggerla da tutto e tutti al mondo.

E non era possibile. Il mattino dopo ci saremmo divisi davanti alla porta o in garage, come facevamo quasi tutte le altre mattine e lei andava per la sua strada e io per la mia fino alla sera. E non avrei avuto nessun controllo sulla sua sicurezza, sulla sua salute.

E non era solo lei adesso, erano *loro*, lei e una potenziale nuova persona completa. Un'intera nuova persona su cui riversare la stessa preoccupazione, l'ipervigilanza e la preoccupazione.

Lottai con tutte le mie forze per accantonare quella gelida paura primordiale perché aveva tanto voluto cercare di avere un bambino. In un certo senso, comunque, quando era cominciato tutto mi ero aspettato che, una volta arrivati a quel punto, mi sarei sentito meglio al riguardo.

Invece mi sentivo peggio.

Grazie al cielo, Emilia non fece molte domande né insistette per parlare. Dopo una buona mezz'ora in cui ci tenemmo abbracciati, Emilia trovò la scusa di andare a fare qualcuna delle cose della sua lista prima di andare a letto presto. Era stanchissima, anche dopo il pisolino.

Io? Andai silenziosamente nel mio ufficio e chiusi la porta, mi sedetti alla scrivania e accesi il laptop. Pensavo di riuscire a perdermi scrivendo qualche linea di codice per il progetto che avevo in ballo, oppure scatenandomi in qualche videogioco picchiaduro che non avevo progettato io.

Invece, un'ora dopo, mi ritrovai seduto a fissare uno schermo vuoto.

Beh, non completamente vuoto. Era una lunga lista di cose che dovevamo fare, con una lista secondaria di domande da fare al medico durante la nostra prima visita.

Come avrebbero fatto a monitorarla per assicurarsi che il cancro non tornasse ora che era esposta agli ormoni della gravidanza? Perché, fino al momento in cui avevamo preso la decisione di cercare di avere un bambino, Emilia aveva costantemente preso i bloccanti ormonali per prevenire il ritorno del cancro.

Ora, non solo non li avrebbe più presi, ma stava esponendo il suo corpo a una dose superiore al normale di ormoni, in particolare il progesterone.

Dopo tutto quello che avevo letto, ero sulla strada buona per guadagnarmi anch'io una laurea in medicina. Stavo perfino cominciando a capire il *medicalese*, che, secondo me, assomigliava in tutto e per tutto al *legalese*, anche se Emilia sarebbe morta prima di accettare quell'opinione.

In questo, almeno, era molto più contraria al rischio di quanto fossi stato io. Rischiare me stesso? Il mio lavoro? La mia società? Sì, avevo fatto tutto.

Rischiare lei, anche minimamente? *No, assolutamente no!*

Sbattei gli occhi, di colpo avevo la voglia insopprimibile di correre, o di andare da qualche parte dove poter urlare a squarciagola senza che i miei vicini chiamassero la polizia o fossero testimoni del mio crollo semi-pubblico.

O forse avrei potuto semplicemente andare a fare un giro in auto, prendere la Porsche e andare verso l'altopiano desertico, in mezzo al nulla, e guidare veloce come un fottuto demonio, con solo i cactus e i coyote come testimoni.

Cazzo, tutto, ma non tutto questo bailamme di sensazioni e sentimenti che mi giravano in testa.

Era un posto buio dove stare.

Dopo essermi reso conto di aver sprecato un'ora fissando quello schermo, richiusi in fretta quell'accidente di laptop appena Emilia entrò nella stanza per darmi un altro lungo abbraccio e il bacio della buonanotte.

La seguii in camera e le rimboccai letteralmente le coperte come fosse una bambina. Restai sdraiato accanto a lei prima di darle un bacio sulla guancia e sussurrarle che sarei andato a fare una corsa.

Poi mi misi gli indumenti da corsa e, scartando la palestra di casa, andai a correre sulla spiaggia deserta. Dopo mezzanotte, in un giorno feriale, era assolutamente buia e vuota.

Sarei potuto andare direttamente sulla battigia e urlare davanti all'oceano.

Dopo aver corso per una dozzina di chilometri, ero troppo esausto per fare altro che tornare lentamente a casa e fare una lunga doccia calda nel bagno degli ospiti.

Ore dopo, mi infilai nel letto accanto a lei che respirava tranquilla. Il mio corpo e la mente erano esausti abbastanza da farmi scivolare senza sforzo nel sonno.

Eppure, sapevo che non avrei avuto il lusso di poterlo fare ogni sera.

In qualche modo dovevo trovare un modo di affrontarlo e accettarlo. Di essere il partner amorevole e solidale di cui aveva bisogno, e che si meritava. Dovevo mantenere il controllo di me senza farlo apparire. Un giorno dopo l'altro.

Perché, come si dice, l'inverno stava per arrivare. E con lui un cambiamento enorme per cui non ero pronto.

Eppure, *dovevo* esserlo.

Il giorno dopo scelsi di lavorare da casa per poter passare la mattina insieme. E quando fu ora per Emilia di uscire per cominciare un altro turno lungo, dovetti lottare contro l'impulso di impedirle di uscire di casa.

Lei sembrava così... normale. Eppure, non c'era niente di normale.

Avrei voluto pedinarla come un agente segreto, o un viscido stalker, non mi importava come sarei apparso, purché lei fosse al sicuro.

La verità era che non potevo tenerla al sicuro tutto il tempo. Andava al di là del mio potere. E per mantenere un briciolo di sanità mentale, non dovevo continuare a rimuginare su quel pensiero.

Quindi accettai ogni distrazione possibile, gettandomi nel lavoro e accettando ogni evento sociale, anche quelli improbabili, come una lezione di arti marziali a cui in passato non avevo partecipato volentieri.

Mio cugino, Liam, aveva affittato lo studio dove si allenava al combattimento con la spada e aveva insistito che ci unissimo a lui alcune volte al mese. Era un modo quasi divertente di trovarci tutti insieme.

Nei pochi mesi dall'ultima volta in cui ero stato in grado di partecipare, Liam aveva aggiunto alcune nuove persone che lavoravano nell'ufficio: Lucas Walker e Jeremy Holme, entrambi dipendenti della Draco.

Anche se gli altri sapevano che non era il caso di innervosirsi perché c'era il capo, sembrava che Jeremy e Lucas non avessero ancora ricevuto il promemoria. Cercai di ignorare le loro discrete occhiate preoccupate nello spogliatoio e durante il riscaldamento.

Ero quasi tentato di approfittare del fattore intimidatorio permettendo loro di lasciami vincere ogni scontro, come se fossi un qualche re medioevale i cui sudditi non avrebbero osato sfidarlo sul serio.

E poi c'era l'unico che non era un dipendente della Draco, e colui che meno di tutti sarebbe stato disposto ad andarci piano: Heath. Fu proprio il primo a essere abbinato a me per il primo scontro. Liam colse l'opportunità, mentre facevamo il riscaldamento, per circolare intorno a noi e osservare i nostri progressi. Era nel suo elemento: la scherma e dire alla gente più intima che cosa fare; le due cose che preferiva, oltre all'arte.

Mi chiesi se non avesse mancato la sua vera vocazione e avrebbe dovuto invece diventare un insegnante. Anche se bisognava essere una persona speciale per tollerare gli studenti delle superiori per tutto il giorno e dubitavo che Liam facesse parte di quella categoria.

«Adam, smettila di abbassare il braccio quando arretri. Ti stai aprendo al suo attacco.»

Feci spallucce e rivolsi un sorriso malizioso a Heath. «Stavo solo dando una possibilità a questo povero tizio.»

Heath rise sbuffando, ma Liam, ovviamente, non rilevò il sarcasmo. «Dovrebbe essere Heath ad andarci piano, dato che hai mancato parecchie lezioni.»

«Si chiama gestire una società tripla A. Proprio quella che firma gli assegni del tuo stipendio.»

Come sapevo che sarebbe successo, Liam non sembrò impressionato. «Il mio stipendio viene accreditato direttamente in banca. Adesso, non cambiare argomento e smettila di abbassare il braccio in quel modo.»

«Sì, Sir William» dissi facendo un saluto militare, assolutamente anacronistico nel Medioevo.

Heath si lanciò su di me come un uomo in cerca di vendetta. In qualche momento durante il nostro rapporto non proprio tranquillo non mi sarei mai fidato che mi affrontasse con una spada. Ma ultimamente le cose erano andate bene. I nostri rapporti dipendevano interamente da quello che succedeva a Emilia. Dopo il nostro matrimonio, era stato tutto rose e fiori. Mi chiedevo, però, se conoscere il nostro segreto lo avrebbe spinto ad attaccarmi a spada tesa.

Mi aveva già colpito in passato.

«Che cosa ti succede, amico?» chiese infine Heath, dopo la seconda stoccata non così leggera. Anche con un'armatura imbottita, quelle spade di metallo, anche se non affilate, potevano comunque far male.

«Sono arrugginito. È passato un po' di tempo.»

«Non è solo quello.» Si appoggiò la spada alla gamba per risistemare le cinghie di velcro che tenevano insieme le imbottiture. «Sembri veramente distratto.»

Mi spostai, cambiai la postura e diedi un'occhiata impacciata intorno. «Ho un sacco di pensieri, è vero. Stasera volevo solo scaricare un po' di tensione.»

Heath aggrottò la fronte. «Dovresti allenarti con uno dei principianti. Sono veloci, scattanti e giovani, ma senza esperienza. Perfetti per scaricare un po' di tensione.»

Alzai le spalle, imbarazzato. «Okay, amico. Vedo come vanno le cose. Non vuoi concorrenza.» Sorrisi e ammiccai.

«*Oppure...* non voglio dover rispondere alla mia migliore amica quando suo marito arriverà a casa pieno di lividi e io non avevo motivi validi per lasciarglieli.»

Risposi con una risata e finii per allenarmi con Liam, che non aveva gli stessi scrupoli riguardo a lasciarmi coperto di lividi e doverlo spiegare a mia moglie.

Liam scosse ripetutamente la testa. «Non ti stai concentrando, Adam.»

Sospirai per quella che sembrava la ventesima volta. «Mi sto concentrando. Tu sei semplicemente più bravo di me.»

«Sono migliore di te perché mi esercito ogni giorno, mi alleno più volte la settimana e partecipo alle lezioni. Ma normalmente il tuo livello è più alto di questo.»

«Tu e Heath vi state coalizzando contro di me» gli risposi sorridendo.

«Tu e Heath siete alla pari in quanto ad abilità» rispose Liam con la voce monotona, «di solito, ma non ti alleni da oltre un mese.»

«Sì già, sono arrugginito e… okay, distratto.»

«Una pessima combinazione. Avrai lividi dappertutto.»

«L'avevi già detto.» E, giusto per esprimere un po' della mia irritazione nei suoi confronti, gli sbattei la spada di piatto sulla coscia. Un colpo basso. Liam grugnì forte dandomi un'occhiataccia. Alzai le spalle, arretrando agilmente mentre rispondeva con un colpo simile e, fortunatamente mi mancava. «Ehi, tanto vale procurartene qualcuno che dovrai spiegare a Jenna.»

«Oh, è facile» disse Jordan apparendo dal nulla alle mie spalle. «Dille semplicemente che le hai ricevute in un club BDSM dove siamo andati tutti invece che a questo allenamento con la spada da nerd. Lo troverà sexy.»

Liam diede un'occhiataccia a Jordan. «Ne dubito fortemente.»

Jordan fece bonariamente spallucce e mi rivolse un sorriso. «Beh, con April ha funzionato.»

«Già perché che tu visiti un posto simile è molto più credibile di quanto sarebbe per me.»

«Non lo so per certo, ma credo di essere stato insultato» disse Jordan rivolto a me.

Risi ma il nostro signore e padrone si raddrizzò, assumendo una postura rigida. Uh oh, conoscevo quell'espressione. Liam stava perdendo la pazienza. «Voi due avete intenzione di restare lì a scherzare o avete intenzione di migliorare le vostre capacità?»

Senza rispondere, Liam indicò Jordan. «Tu, vai a fare l'ultimo scontro con Jeremy. Adam, tu sei con Lucas.»

Jordan prese un asciugamano e si asciugò la faccia. «Mi toglierei la maglia ma qui non ci sono donne da impressionare. E Jeremy probabilmente mi lascerebbe qualche segno veramente doloroso.»

«Permetto di combattere solo a quelli con le imbottiture. Non c'è posto per le ferite qui» decretò Liam prima di allontanarsi.

Per l'ultimo scontro, combattei con Lucas e, con mio sommo dispiacere, scoprii che era migliorato parecchio quando mi lasciò un livido sulla coscia e poi abbassò immediatamente la spada quasi nel panico. «Cazzo, amico. Mi dispiace. Devo prenderti un po' di ghiaccio?»

Feci un respiro profondo, espirai e camminai un po' sulla gamba ammaccata. Faceva male ma non era una cosa seria. «Sto bene.»

«Posso portarti un bicchiere d'acqua?»

«Sto bene, veramente. Continuiamo…»

«Potremmo prendere le spade di legno da quella rastrelliera invece di usare quelle di metallo» disse interrompendoci un'altra volta.

Lo fissai mentre si agitava a disagio.

«Ascolta, non ho intenzione di licenziarti se mi farai male o mi sconfiggerai, ma se insisti a farmi sentire troppo vecchio per combattere con te, allora dovremo fare una bella chiacchierata.»

«Purché non contenga le parole *sei licenziato*» disse rivolgendomi un sorriso imbarazzato.

Gli puntai addosso la spada. «Alza quell'accidente di spada.»

Finii per vincere quello scontro… Per un pelo.

Mi ripromisi di tornare più spesso.

Avevo la sensazione che per i prossimi nove mesi avrei avuto bisogno di scaricare parecchia tensione e di un gruppo di sostegno per aiutarmi a superarli.

E anche se i ragazzi non sapevano ancora qual era la grande notizia, lo avrebbero saputo presto.

E quel pensiero mi aiutò un po'.

Capitolo Ventuno
Mia

NON SAPEVO FINO A QUANDO LO AVREI SOPPORTATO. ED era inquietante, dato che ero solo a metà del primo trimestre. Perché, logicamente avrei dovuto sopportarlo per mesi e mesi.

A essere sincera, aveva meno a che vedere con i cambiamenti del mio corpo e con i sintomi dell'inizio della gravidanza e più con l'uomo con cui condividevo la vita. Perché, e sì, lo avevo sempre saputo, Adam era una persona difficile.

Difficile.

E Adam da futuro padre era super-extra-difficile.

Ad esempio, di colpo stavo bevendo disgustosi frullati verdi che contenevano il cavolo nero. Aveva comprato un frullatore speciale di alta gamma e si era fatto dare la ricetta da April.

Avevamo deciso di non informare nessuno fino alla fine del primo trimestre, a cui mancava ancora un mese, quindi non avevo nessuno con cui lamentarmi. Nemmeno Heath, la persona a cui ricorrevo di solito.

E i frullati verdi? Mi ero obbligata a ingoiare il primo quando lo aveva preparato per me ed ero, miracolosamente, riuscita a tenerlo giù. Ma non era stata un'esperienza piacevole.

Da allora, la nausea mattutina aveva colpito duro e tenere giù quei bastardi non era così facile. Erano giorni che li vomitavo.

Era diventato spiacevole così in fretta che avevo cominciato a farglieli mettere in una tazza col coperchio "per berli mentre andavo al lavoro". Poi li buttavo nello scarico appena arrivata in ospedale. Non mi piaceva farlo, ma la mia priorità era tenere tranquillo lo stomaco.

E chi era l'idiota che l'aveva chiamata nausea mattutina? La mia durava tutta la giornata.

La maggior parte del tempo non arrivava fino a farmi svuotare lo stomaco dal suo contenuto, ed era solo una specie di sensazione di malessere costante. Bei tempi.

L'unica cosa peggiore della nausea mattutina, però, era nasconderla al mio nervoso marito.

Adam stava a malapena reggendo. Si affaccendava sopra gli ingredienti freschi e lavati tre volte che insisteva a mettere in quei maledetti frullati. Cavolo nero, pera, mango, latte di mandorla, semi di chia e banana. Solo il pensiero di buttarne giù un altro mi faceva rivoltare lo stomaco.

Il cibo era l'ultima cosa che volevo mettere nello stomaco. Ma le fettine di zenzero essiccato e l'acqua frizzante? Quelle erano le mie migliori amiche.

Non mi preoccupavo, dato che era frequente che le donne perdessero un po' di peso all'inizio della gravidanza. Sapevo anche il bambino riceveva tutti i nutrienti dal mio corpo, che io li assumessi o no. Durante la gravidanza, il corpo di una donna dava la precedenza all'embrione quando si trattava di sopravvivenza.

Passarono giorni e perfino settimane così. Mi congratulai con me stessa perché ero riuscita a tenere tranquillo mio marito. Ma un giorno, ero di dieci settimane, mi resi conto del mio errore, ed era troppo tardi.

Mi sentivo poco bene da giorni e, lo ammetto, di conseguenza non mangiavo a sufficienza. Avrei dovuto prendere un antiemetico, che potevo facilmente chiedere al mio ostetrico o che avrei perfino potuto prescrivermi da sola. Ma non mi attirava il pensiero di prendere una pillola e tenerla giù. Mi concentravo sui miei pazienti e ignoravo il mio disagio, cercando di dimenticare come mi facevano sentire miserabile i sintomi dell'inizio della gravidanza.

Una mattina ero a metà della rotazione in Cardiologia. Quattro di noi tirocinanti e un medico strutturato erano in semicerchio intorno a un paziente a letto. Il dottor Smith, il nostro strutturato, salutò il paziente e, invece di aprire la cartella, come facevano di solito gli strutturati, si rivolse a me: «Dottoressa Strong, ci parli del paziente, per favore».

Sbattei gli occhi, non mi ero aspettata di essere chiamata a fare un rapporto completo invece di un semplice aggiornamento. Diedi una breve descrizione, la storia medica, i sintomi attuali e gli esami fatti.

Mentre parlavo, mi sentivo sempre più stordita. Quando finii il mio resoconto, lo strutturato aveva preso la cartella clinica che aveva sul tablet per interrogarmi.

Cosa irritante, anche se sapevo le risposte e le diedi correttamente.

«Stai bene?» Un collega tirocinante mi diede di gomito. «Mi sembri pallida.»

Inarcai un sopracciglio. «Sto bene. Sono solo nervosa.» Non ho alcun ricordo di ciò che successe dopo. Però le gambe cedettero di colpo e cominciai a sbandare, cercando di afferrare la sponda del letto del paziente per restare in piedi.

Ma poi sentii delle braccia intorno a me e subito dopo il pavimento freddo.

Poi persi i sensi.

Non credo di essere rimasta svenuta a lungo, ma abbastanza perché i colleghi mi caricassero su una barella per portarmi al Pronto Soccorso. Eravamo a metà strada quando rinvenni, fissando il soffitto fonoassorbente e le luci fluorescenti sopra di me.

La dottoressa Ochoa, Maria, una collega tirocinante, abbassò gli occhi su di me mentre camminava di fianco alla barella con un assistente infermiere che ci guidava intorno agli angoli. «Ehi, ti senti bene?»

Sbattei gli occhi. «Sì, sto bene. Mi state portando al…? Non ho bisogno di andare al Pronto Soccorso.» Misi la mano sulla sponda come se volessi interrompere quel viaggio surreale.

Maria scosse la testa. «Niente da fare. Regolamento dell'ospedale. Ti devono controllare prima che ti lascino andare. Ma credo proprio che si tratti di affaticamento tipico dei tirocinanti del primo anno.» Maria mi guardò dall'alto, con la fronte aggrottata. Una matura tirocinante al terzo anno, Maria parlava ovviamente per esperienza. «Non sei la prima del primo anno a finire a terra, quindi almeno quello dovrebbe farti sentire meglio.»

Chiusi gli occhi. Perfino il movimento della fottuta barella mi faceva venire la nausea. Ma stare così male da perdere i sensi? Non si trattava solo di affaticamento. Quasi certamente era dovuto a un calo di zuccheri.

Ed era completamente colpa mia. Se avessi ingurgitato quel fottuto disgustoso frullato che Adam mi aveva rifatto anche quella mattina, forse non sarei stata lì, nella sfilata della vergogna verso il Pronto Soccorso.

Ripensandoci, avevo mangiato poco più di qualche cracker e bevuto un po' d'acqua nelle ultime ventiquattro ore. Avevo ovviamente trascurato le necessità del mio corpo, quindi prima o poi doveva succedere.

Stupida, testarda.

«Dobbiamo rilevare i tuoi parametri vitali. Devi andare a casa e riposare un po'. Qualcuno ha chiamato tuo marito per farglielo sapere. Poi...»

«*Cosa?*» Quasi mi misi seduta prima che l'assistente premesse gentilmente sulle mie spalle per farmi sdraiare. «No! Non chiamate mio marito» ansimai.

Merda.

Una volta arrivata in una delle sale visita, la dottoressa Ochoa fece venire una redattrice perché si occupasse della mia cartella. E dovetti vuotare il sacco.

«Sono incinta di dieci settimane.»

Maria sgranò gli occhi. «Prima Bluth e adesso tu. C'è qualcosa nell'acqua?»

Tranne Adam, Maria era la prima persona a saperlo. E anche se sapevo di essere protetta dall'HIPAA, la legge che regolava il trattamento delle informazioni sanitarie, che le avrebbe impedito di rivelare quella notizia a chiunque altro, le feci giurare che avrebbe tenuto la bocca chiusa.

Maria scosse la testa, accigliata. «Certo. Lo prometto. E resterà tra te e me, e la tua cartella clinica, e qualunque strutturato possa arrivare per esaminarti. Sono quasi sicura che Smith verrà a vedere come stai, una volta finito il giro mattutino. Era veramente preoccupato quando è successo.»

Di colpo mi sentii piena di sensi di colpa.

Sospettai che le cose sarebbero peggiorate una volta che fosse arrivato Adam. Il mio povero marito. Potevo solo immaginare che cosa gli stesse passando per la mente in quel momento.

Capitolo
Ventidue
ADAM

S E SI TAGLIASSE IN DUE DEADPOOL, SI OTTERREBBERO DUE Deadpool? Dato che si rigenera immediatamente dalla parte più grande dei suoi resti, se le sue due metà sono grandi allo stesso modo, come farebbe una metà a sapere di lasciare che sia l'altra a rigenerarsi? Cioè, se fosse tagliato in due all'altezza della vita, si potrebbe presumere che la metà superiore, quella con il cervello, sarebbe la parte di lui a rigenerarsi. Ma se fosse tagliato a metà in senso verticale? In due parti esattamente uguali?

Due Deadpool.

«Niente da fare, amico. Adam che cosa ne pensi?» mi chiese uno dei due sviluppatori e il mio cervello smise di pensare a un certo antieroe della Marvel per tornare al presente. Ah, già, la riunione. Eravamo arrivati alla terza discussione della mattinata e la riunione era cominciata solo da dieci minuti.

«Se lo facciamo, dovremo tornare al codice sorgente» spiegò Sara.

Qui in giro la chiamavamo Sarah Connor, come l'eroina dei film di *Terminator*. Era una con le palle, come la sua omonima. E dato il modo in cui gli sviluppatori maschi reagirono al suggerimento di duro lavoro, era chiaro che non aveva paura dell'opposizione.

Qualcuno entrò nella stanza mentre stavo intervenendo per interrompere la discussione. Lessi a Jeremy, che fungeva da segretario, alcuni degli appunti importanti che avevo preso, perché li inserisse nel file di project management mentre lo sviluppatore accanto a lui scriveva gli stessi compiti su post-it da mettere sul nostro tabellone Kanban.

«Adam?» disse Maggie accanto a me, dopo essere entrata silenziosamente nel mezzo di una discussione.

«Non può aspettare? Ho…» Mi voltai e capii immediatamente quale sarebbe stata la sua risposta, solo dall'espressione sul suo volto.

Lei scosse in fretta la testa. «No, è urgente.»

Appoggiai i miei appunti. «Okay allora, di' loro di aspettare solo qualche minuto. Arriverò appena…»

«È l'ospedale, hanno chiamato riguardo a Mia.»

Balzai fuori dalla sedia, gettando il mio elenco a Jeremy. «Occupatene tu.»

Poi seguii immediatamente Maggie fuori dalla stanza, mentre gli sviluppatori mi fissavano, con lo shock e la preoccupazione ben visibili sul volto.

Appena fuori, chiusi la porta e mi rivolsi a lei. «Parla.»

Maggie si stava torcendo le mani. Maggie, la persona più imperturbabile, era, beh, perturbata. «Sta bene, ma è svenuta durante il giro del mattino e l'hanno portata al Pronto Soccorso per esaminarla.»

Sbattei gli occhi, con la gola chiusa da un groppo gelido. «È svenuta?»

«Adesso è cosciente. Non si è fatta male cadendo. L'ho chiesto. Ma vogliono che tu vada a prenderla. Probabilmente avrà bisogno di andare a casa e riposare.»

Mi passai la mano tra i capelli, con l'altra che afferrava stretta la maniglia. Avevo il cuore che martellava. «*Cazzo.*»

Maggie mi porse la borsa del laptop, le chiavi e il portafogli. Io, ovviamente, avevo già il telefono.

«Ho rimandato tutti gli appuntamenti del pomeriggio e quello con il reparto Collaudo.»

Sospirai di sollievo. «Grazie.»

«Vai a prenderti cura di lei. Spero che stia bene.»

Nessuno sapeva delle sue condizioni. Ma una volta che fosse uscita la notizia del suo svenimento, avrebbero pensato tutti il peggio e si sarebbero preoccupati che fosse una recidiva del cancro. Beh, potevano unirsi al club.

Più tardi non mi sarei ricordato niente del viaggio ma probabilmente avevo guidato come un ossesso sulla superstrada piena di traffico. Fortunatamente non mi avevano fermato. Consegnai le chiavi al parcheggiatore dell'ospedale, dato che non avevo intenzione di girare in tondo per trovare un posto. E andai direttamente al Pronto Soccorso e al banco del triage.

Quando arrivai, ero senza voce, nel panico. Non avevo idea di che cosa avrei trovato. Maggie aveva detto che le avevano assicurato che Emilia stava bene, ma poteva significare un mucchio di cose. «Sono il marito della dottoressa Strong. L'hanno portata qui?»

L'addetta annuì in fretta, controllando qualcosa sul computer. «Stanza A-3» disse indicando l'ingresso oltre l'accettazione.

Il labirinto delle sale visita del Pronto Soccorso era tale che non fu facile trovare quella di cui avevo bisogno. Dopo aver fermato una persona che passava e averglielo chiesto, finalmente trovai quella che volevo. Spostai la tenda che era stata tirata ed entrai.

Non ero pronto.

Emilia era su una barella con una flebo nel braccio e monitor che la collegavano a un computer.

Cazzo.

Vederla così mi colpì come un'onda d'urto, come un pugno nello stomaco, riportandomi direttamente a quella notte. La notte in cui era stata così male per la chemioterapia che era svenuta in bagno. Allora, quando l'avevo trovata, lei aveva chiesto disperatamente che scrivessi una lista dei desideri per lei. Poi era svenuta di nuovo. L'avevo portata in braccio, incosciente, attraverso la Bay Island fino all'ambulanza in attesa. Quella notte ero quasi sicuro che l'avrei persa. La notte peggiore della mia vita, fino a quel momento.

Sentivo il polso che batteva in gola e una gelida paura che mi artigliava il cuore. Rivissi tutto in un istante, come se fosse successo il giorno prima.

Emilia mi vide, sgranò gli occhi e cercò di sedersi. «Adam!»

«Resta sdraiata» sbottai, un po' troppo bruscamente. Emilia obbedì senza esitare, accigliandosi mentre mi avvicinavo.

Mi guardò, preoccupata. «Stai bene?»

Guardai la sacca della flebo appesa all'asta sopra la sua testa. «Dovrei essere io a chiederlo a *te*.»

Emilia mi fissò per un lungo momento, poi sembrò reagire e disse: «Sto bene. Era solo un calo di zuccheri».

«Com'è possibile? Quei frullati che ti preparo per colazione hanno parecchi…»

Emilia sospirò, abbassando gli occhi come un bambino che venisse sgridato. «Non li stavo bevendo. Non stavo mangiando molto.»

Chiusi gli occhi e mi strofinai in mezzo agli occhi, cercando di far sparire l'irritazione. Era illogico essere arrabbiato con lei eppure, inspiegabilmente, lo ero. «*Perché?*»

«Nausea mattutina. È cominciata di brutto qualche settimana fa. Non avevo il coraggio di dirti che avevo cominciato a vomitare i frullati.»

«*Settimane* fa?»

Emilia si morse il labbro. «Più o meno.»

Ripiegai le braccia sul petto. «E me lo dici solo adesso perché?»

Lei fece spallucce. «Perché non volevo che ti preoccupassi.»

Indicai la flebo. «Già, *così* è molto meglio, grazie tante.»

Emilia aggrottò le sopracciglia. «Adam, non l'ho fatto apposta.»

Mi passai la mano tra i capelli, mi massaggiai la nuca e camminai in circolo aspettando che la rabbia evaporasse. Non stava funzionando. «Mi stavi nascondendo il fatto che stavi male. Perché?»

«Perché so quanto ti preoccupi. Non volevo essere un peso più di...»

Mi voltai di colpo a guardarla. «Essere un peso? Emilia, siamo una squadra, è una stronzata. Cazzo, non puoi nascondermi cose simili.»

Emilia sbuffò, spalancando gli occhi. «Adam, calmati per favore. Basta imprecare e urlare. Siamo in un ospedale, e non uno qualunque ma quello dove lavoro, quindi per favore...»

Strinsi i denti e alzai un dito puntandoglielo addosso. Quando parlai, tenni la voce il più bassa possibile. «Ne parleremo più tardi, allora. E mi dirai tutto.»

Qualche minuto dopo, entrò il suo medico. Si rivolse a Emilia chiamandola per nome, facendomi presumere che avesse già lavorato con lei. «Il tuo esame del sangue va bene, ma sei disidratata. La flebo aveva un antiemetico, per aiutare a reidratarti. Te ne prescriverò uno in pillole, cosa che, sai, avresti potuto prescriverti da sola.» Si voltò verso di me, come per condividere qualcosa di divertente. «C'è voluto un po' di tempo ad abituarmi al fatto di potermi prescrivere da solo i farmaci, quando ne avevo bisogno.»

Avrei potuto sorridere e stare al gioco, ma non ero dell'umore giusto, ero rintanato nell'angolo di quella sala visite come una nuvola temporalesca, appoggiato rigido alla parete, con le braccia ripiegate sul petto.

«Mia, ho detto alla programmazione di darti un paio di giorni liberi e niente turni lunghi per una settimana…»

Mia si mise seduta. «Ma…»

Mi irrigidii, attirando immediatamente la sua attenzione. Aveva intenzione di discutere con il suo medico? No. *Assolutamente no!*

Grazie al cielo, il medico parlò prima che potessi dire una parola. «Ordini del medico, Mia. Non perpetuare lo stereotipo che i medici sono i pazienti peggiori, okay? Quando la nausea sarà sotto controllo e riuscirai a tenere giù fluidi e nutrienti, tornerai a essere in forma, pronta a guarire altra gente.»

«I miei pazienti…»

«Hai sentito il tuo medico» le disse, rivolgendole un'occhiata di avvertimento. Emilia strinse le labbra ma smise di protestare.

Poco dopo le tolsero la flebo e le chiesero se credeva di riuscire a stare in piedi senza sentirsi stordita. Volle immediatamente usare il bagno e l'aiutai ad andarci. Inviarono la prescrizione alla nostra farmacia, dove avrei ritirato il farmaco più tardi. Fu dimessa dal Pronto Soccorso non molto tempo dopo, non prima che la visitassero almeno altri quattro medici, tutti con il camice bianco corto dei tirocinanti e uno con il camice lungo che, basandomi sulla loro discussione, era lo strutturato con cui stava lavorando in quel momento.

Qualche ora dopo mi chiesero di portarla all'auto con la sedia a rotelle, con un inserviente che ci seguiva per riportare la sedia in ospedale. Emilia più che altro giocherellò col telefono e non parlammo finché non fu in auto.

Ah, giusto, la sua auto.

«Dove hai parcheggiato? Farò venire qualcuno a prendere la tua auto.»

Emilia alzò gli occhi dal telefono. «Posso prendere un Uber per tornare al lavoro dom… Cioè, quando potrò tornare.»

Feci un respiro profondo, lottando contro il calore che mi stava di nuovo invadendo. «*Oppure*, mi puoi dire dove hai parcheggiato in modo che la tua auto non debba restare qui per una settimana.»

«Una *settimana*?»

«O quando la tua ginecologa dirà che è sicuro tornare al lavoro.»

«La mia ginecologa non sa…»

«*Non ancora*. Ma la chiamerai immediatamente e le dirai che cos'è successo, giusto? E se vorrà vederti, andremo a vederla.»

Prima di uscire dal parcheggio, mandai un messaggio all'agenzia che usavo di solito, chiedendo loro di passare da casa per ritirare le chiavi in modo che potessero venire a prendere la sua auto e riportarcela. Emilia fissava in silenzio fuori dal finestrino mentre uscivo sulla via laterale diretto all'entrata della superstrada.

In auto, la tensione tra di noi era palpabile, ma non ero dell'umore giusto per una discussione. Feci partire uno stupido podcast e lo ascoltammo in silenzio. Non avevo nemmeno idea di che cosa stessero parlando e stavo facendo più attenzione al traffico mentre nuvole temporalesche si fondevano in una tempesta nella mia testa.

Non dicemmo niente finché Emilia allungò la mano e abbassò il volume. «Possiamo… parlarne?»

I miei occhi rimasero incollati alla strada. «Non mi sento molto in vena di chiacchiere in questo momento.»

«Perché sei arrabbiato con me?»

Emisi un lungo sospiro mentre mettevo la freccia per cambiare corsia. Era pomeriggio tardi e a quell'ora il traffico dalla città di Orange verso Newport Beach non era terribile. L'altra direzione, al contrario, stava diventando una specie di parcheggio con le auto in fila.

«Non sono arrabbiato con te, sono frustrato. Devi prenderti più cura di te stessa e ho bisogno che non me lo nasconda quando le cose non vanno bene. Oggi avresti potuto farti seriamente male.»

Emilia fece un respiro profondo e allargò le braccia, con le mani aperte. «È nato da un posto pieno di amore e di preoccupazione per te, Adam. So che c'è un trauma che ti è rimasto dall'ultima volta in cui sono stata male. Naturalmente ci saranno momenti in questa gravidanza in cui non mi sentirò al meglio. Semplicemente non volevo che tu…»

Scossi la testa, stringendo il volante. «Non farlo. Non dare la colpa a me. Quello che hai fatto è stato da irresponsabili. Hai ripetuto lo stesso errore dell'ultima volta.»

Quando si era ammalata, lo aveva nascosto a tutti tranne a Heath e aveva affrontato una gran parte del trattamento da sola, respingendo tutti, inclusa la sua stessa madre. Non le era venuto in mente che per me sarebbe stato un enorme problema?

Emilia restò a lungo in silenzio, fissando fuori dal parabrezza. Aveva le mani strette in grembo. «D'accordo, ho fatto un casino. Mi dispiace.»

Feci un respiro profondo. Alleviò un pochino la tensione, ma non sistemò la cosa. Era così che sarebbe andata la mia vita per i prossimi mesi? Spaventato dalle ombre come un appetitoso animale da preda in una giungla fitta di superpredatori?

Spostai la presa sul volante appena mi resi conto che mi facevano male le nocche per averlo stretto troppo. «Non posso proteggerti se non so che cosa c'è che non va. E non ti posso aiutare se tu per prima non ti aiuti.»

«Ma...»

«No, Emilia, niente discussioni. Per l'amor del cielo, io...» Poi mi interruppi, non volevo ricominciare a infuriarmi con lei. Scossi forte la testa. «Maledizione, non ce la faccio.»

Emilia voltò di colpo la testa verso di me. «Beh, è un po' tardi, perché succederà, che tu lo voglia o no.»

Le diedi un'occhiata incendiaria di sottecchi. «Non è quello che intendevo. Non riesco a sopportare *questo*...» Indicai tra di noi. «Potrà non piacerti come sono adesso e certamente non piace nemmeno a me, ma hai fatto una cosa veramente stupida perché pensavi che sarebbe stato più facile per me e, francamente, l'hai reso più difficile. Mi devi promettere di essere aperta e sincera. *E* che chiamerai la tua ginecologa e le dirai che cos'è successo. *E* che non cercherai di discutere gli ordini di restare a casa e riposare per i prossimi giorni. *E* che prenderai i farmaci e mangerai e berrai e ti prenderai cura di te. Devo essere certo di tutte queste cose, e devo potermi fidare di te, altrimenti saranno nove lunghi fottuti mesi per entrambi. Troppi.»

Emilia rimase in silenzio a lungo. Misi la freccia per uscire dalla superstrada alla nostra uscita, con lo stomaco stretto per tutta quella situazione e la conversazione che ne era seguita.

Poteva pensare che stessi esagerando o ne stessi facendo un dramma. Ma la verità era che la paura che mi aveva gelato il sangue quando l'avevo vista stesa su quella barella con la flebo e i monitor attaccati non si era attenuata nemmeno ore dopo.

Feci una breve sosta in farmacia per prendere i farmaci e poi guidai verso casa. Non dicemmo una sola parola finché parcheggiai. Emilia restò seduta in auto finché non andai ad aprire la sua portiera. Allora scese e restò in piedi davanti a me, poi mi afferrò il braccio quando mi voltai per andare.

Mi attirò in un abbraccio, con le braccia intorno alla mia vita. «Ho fatto un casino. Mi dispiace. Ti prometto che ti dirò quello che sta succedendo, anche quando mi sentirò da schifo. Ti prometto che parlerò con il mio medico e prenderò i farmaci e che mangerò. Ma tu mi devi promettere che non mi starai addosso e che non ti preoccuperai e che non sclererai.»

«Non credo di potertelo promettere.»

Emilia sospirò. «Okay, immagino che ci dovremo lavorare.»

Non protestò quando le misi un braccio intorno alla vita tirandola vicina mentre tornavamo a piedi verso casa attraversando l'isola. La osservai da vicino. Anche se era pallida, sembrava che stesse camminando e comportandosi normalmente.

Insistetti comunque che passasse il resto della giornata a letto e, grazie al cielo, non discusse. Le portai la cena, mangiammo a letto insieme sui vassoi e guardammo un po' di TV. Cercai di farlo discretamente, ma contai ogni fottuto boccone che le entrava in bocca.

C'erano abbastanza proteine, abbastanza carboidrati, abbastanza nutrienti? Decisamente non stava mangiando come al solito, misurava ogni singolo piccolo boccone e aspettava minuti tra l'uno e l'altro. Me la presi con me stesso perché non me n'ero accorto prima. Non avevamo mangiato insieme molte volte nelle ultime settimane, a causa dei nostri orari non concomitanti, ma quando l'avevamo fatto, Emilia aveva preso porzioni piccolissime e poi aveva lasciato il piatto quasi pieno.

L'avevo visto ma non me n'ero preoccupato.

E se mai c'era un momento in cui dovevamo stare dalla stessa parte era proprio adesso. Non scherzavo, eravamo una squadra. Quindi se aveva promesso di essere sincera con me, dovevo fidarmi che avrebbe mantenuto la promessa.

Ma non significava che non l'avrei osservata ogni secondo, per quanto possibile.

Non disse niente quando la informai che avevo liberato l'agenda e che avrei lavorato da casa per il resto della settimana. Non disse niente quando le consegnai il suo telefono il mattino dopo e restai ad ascoltare mentre chiamava la ginecologa e le raccontava quello che era successo il giorno prima.

Era calma e arrendevole e accettava tutto quello che le chiedevo. Mangiò perfino gli spuntini che le portai e restò a letto per il primo giorno quando glielo chiesi. Tutto.

Nemmeno una discussione.

Era come se si fosse trasformata in una perfetta moglie robot. Se dovevo essere sincero, se fosse diventata un androide non avrei dovuto preoccuparmi per tutte quelle stronzate sulla salute.

Ma comunque mi rodeva dentro.

Capitolo
Ventitiré
Adam

Mentre Emilia stava superando la disidratazione e la debolezza conseguente, io stavo sprofondando sempre più nel mio privato mondo oscuro. Quello della ipervigilanza nei suoi confronti. Dovevo sapere costantemente dov'era e dovevo tenere d'occhio tutto quello che mangiava e beveva. Dovevo assicurarmi che dormisse a sufficienza, mentre io trascuravo il sonno.

Quando Emilia si addormentava la sera, io camminavo avanti e indietro nel mio ufficio, oppure correvo sul tapis roulant nella palestra di casa finché ero esausto.

Qualunque cosa per evitare i pensieri invadenti che sembravano strisciarmi nella mente ogni minuto in cui ero sveglio e non ero occupato a fare qualcosa.

Ma quando questi pensieri non riuscivano a entrarmi nella mente da sveglio, arrivavano sotto forma di brutti sogni. Sogni in cui stavo andando da qualche parte e mi dimenticavo di lei per giorni e tornavo a casa trovandola incosciente o morta.

Era un posto cupo dove stare e ci stavo sprofondando abbastanza da sapere che presto sarebbe stato difficile trovare il modo di uscirne.

Fu il motivo per cui decisi, con il permesso di Emilia, di parlare con mio zio Peter e chiedere il suo consiglio. Ma chiedere a Peter di non rivelare a sua moglie la notizia che sarebbe presto diventata nonna sarebbe stato chiedere troppo. Quindi significava che l'avremmo detto a sua madre e a Peter prima di quanto previsto.

Quindi li invitammo a pranzo a casa nostra per quel fine settimana. Era una magnifica giornata di fine primavera e la cuoca ci servì personalmente sulla panchina da picnic vicino alla spiaggia. Peter seduto di fianco a me e le nostre mogli davanti. Mio zio fissava lo yacht che ondeggiava ancorato al molo.

«Quando hai intenzione di portarlo fuori di nuovo? Mi manca essere fuori sull'oceano e la mia canna da pesca si sta impolverando.»

Diedi un'occhiata a mia moglie e poi tornai a guardare mio zio. «Dimmelo tu. Che ne dici di liberare un fine settimana lungo e farò in modo che il capitano vi porti a Catalina e giù a Rosarito?»

«Oh, sarebbe bello. Ma sarebbe meglio se potessimo andare tutti e quattro» disse Kim, illuminandosi. Era parecchio che cercava di convincerci ad andare a fare una breve crociera tutti insieme, ma le nostre agende, o forse le stelle, non si erano mai allineate.

Emilia sembrò decisamente impallidire alla prospettiva di uscire in barca, e sapevo che sarebbe successo. Il farmaco antiemetico la stava aiutando, ma si sentiva ancora un po' cagionevole e, anche quando era al top della forma, non era mai troppo felice di uscire in barca per lunghi periodi di tempo. Immaginavo di dover biasimare la nostra luna di miele e i giorni di mare grosso che avevamo dovuto affrontare.

«Non credo che avrò voglia di uscire con lo yacht per un po'» le rispose Emilia. «Ma voi dovreste veramente accettare la sua proposta.»

Kim la guardò stupita. «Perché no? Non ti piace lo yacht?»

Emilia si morse il labbro, poi mi guardò come se cercasse la garanzia che sarebbe stato un buon momento per dare la notizia. Io annuii. Kim lanciò un'occhiata a sua figlia e poi a me, acuta come sua figlia.

«Che cosa sta succedendo?» chiese.

«Beh,» disse Emilia, sistemando la forchetta sul tavolo in modo che fosse perfettamente parallela al coltello, come se stesse allineando i bisturi e gli altri strumenti preparandoli per un intervento chirurgico, «ultimamente non mi sono sentita molto bene perché…»

Kim ansimò, portandosi una mano al petto. «Oh no…*no*. Mi stavo chiedendo perché fossi così pallida. Per favore, non dirmi che sei di nuovo malata.»

Era come se Kim avesse gettato un'ombra scura su tutta la tavola ed Emilia sgranò gli occhi. Quella paura non era mai molto lontana dalle nostre menti e nessuno di noi l'aveva superata. Mia moglie guardò sua madre con aria colpevole. «Sono perfettamente sana. E mi sentirò meglio molto presto. Tra nove mesi, per essere esatti.»

Peter fu il primo a capire mentre Kim fissava sua figlia in silenzio, come se il suo computer interno stesse ricaricando il programma.

Peter allungò la mano e la mise su quella di Emilia. «È meraviglioso! Congratulazioni.»

Kim aggrottò la fronte, poi sbatté gli occhi, poi, lentamente, la verità si fece strada. «Che cosa...?»

Peter si voltò verso di lei, ridendo. «Diventerai una nonnina.»

E adesso mi stava dando delle manate sulla schiena.

Kim fissò suo marito dall'altra parte del tavolo. «Se mi chiamerai nonnina un'altra volta, la faccenda diventerà spiacevole in fretta» disse facendo ridere Peter più forte.

Kim volle avere tutti i particolari, la data prevista del parto, tutto quello che sapevamo sulla salute di Emilia, se avevamo informato il suo oncologo e avevamo ricevuto la sua approvazione. A un certo punto, Peter sospirò pesantemente rivolto a Kim. «Sai che hai a che fare con Adam, vero? Non credo che ci sia il minimo particolare che abbia trascurato.»

Kim spalancò gli occhi. «Beh, come facevo a saperlo. Potrebbe essere stato un incidente.»

Mia moglie si chinò in avanti, con un atteggiamento complice. «Adam non fa errori, mamma. Oramai dovresti saperlo.» Emilia mi rivolse un'occhiata scherzosa, compiaciuta. La guardai a occhi stretti e lei sogghignò.

Parlammo ancora un po', ma quando Kim cominciò a parlare nei dettagli di abitini per neonati, la nursery e come arredarla, Peter mi lanciò un'occhiata che era una chiara richiesta di aiuto.

«Vuoi venire a sgranchirti le gambe con me?» gli chiesi.

«Temevo non me lo avresti mai chiesto» rispose.

Quindi salutammo le nostre belle mogli che notarono appena che ce ne stavamo andando.

Percorremmo l'isola e il ponte per arrivare alla penisola, attraversando il Balboa Boulevard per arrivare alla spiaggia. Era una bella giornata di inizio giugno e i surfisti erano fuori in massa, la spiaggia era affollata di gente che prendeva il sole e famiglie accalcate sotto le tende da sole. Svoltammo a sinistra per spostarci sulla pista ciclabile pavimentata Newport-Balboa che andava a est verso The Wedge. Le biciclette ci passavano continuamente accanto.

Peter percepì il tumulto interiore che stavo provando insieme alla felice evenienza perché arrivò dritto al sodo. «Allora, come sta andando? Sei ancora sano di mente o ci stai rimuginando fino a impazzire?»

Mio zio mi conosceva bene.

Infilai le mani in tasca e lo guardai. «Beh, sì a tutto. Ho pensato e ripensato a tutto da ogni angolazione, ma non necessariamente per le ragioni che sospetti.»

Peter chinò la testa, dandomi un'occhiata interrogativa senza dire una parola. Feci un respiro profondo e continuai. «La settimana scorsa abbiamo avuto... un incidente.» Lui annuì, restando in silenzio. Sinceramente, Peter era l'ascoltatore perfetto. «È stata veramente male. È svenuta al lavoro per un calo di zuccheri e mi aveva nascosto per settimane di avere una fortissima nausea.»

Peter sbatté gli occhi, stringendo le labbra. «Mmm, non va bene, specialmente il fatto che sentisse il bisogno di nasconderti le cose. Sono sicuro che ti abbia riportato a quando stava lottando con il cancro.»

«Esattamente. Sono solo...» Mi interruppi scuotendo la testa. Avevo i pugni stretti ficcati nelle tasche.

Peter mi mise una mano sul braccio. «Adam, respira. Non sta succedendo di nuovo. Sono sicuro che tu le abbia parlato.»

«Più che altro le ho urlato contro.»

Lui annuì. «Comprensibile.»

Scossi la testa. «Comprensibile ma non accettabile.»

Peter fece una risata. «Ogni coppia si urla contro una volta ogni tanto. Nessuno è perfetto. E Mia impara in fretta. Sono sicuro che abbia capito, quando glielo hai fatto notare, che stava ripetendo lo stesso schema del passato. Non ripeterà lo stesso errore.»

«Cioè... capisco da che cosa derivi. Ritiene di dover proteggere tutti, a scapito di se stessa e della sua salute, ma questo va contro il mio bisogno di proteggerla e tenerla al sicuro. Se non me lo permette, non posso farlo. E, devo dire, sono già due strike.»

«Ma questa non è una partita di baseball. Hai problemi a fidarti, vero? Ti sembra che questo possa portare a qualcosa di serio, come a una rottura?»

Scossi in fretta la testa. «No, no. Cioè, non è quello il problema. Ma se non mi posso fidare di lei, beh, mi preoccupo.»

Peter alzò le spalle. «Sono lieto di darti i miei consigli, per quello che possono valere. Ma, sinceramente, penso che dovresti prendere in considerazione di rivolgerti a un professionista.»

Feci un lungo respiro, voltai la testa per guardare le onde che sbattevano sulla spiaggia e si dissolvevano in spuma bianca, portando con loro surfisti e nuotatori. Si era alzata una brezza tesa che odorava di crema solare al cocco, aria salata e pungente e alghe secche. Temevo che avrebbe suggerito la psicoterapia. Francamente quel pensiero mi era già passato per la testa.

Chiaramente avevo ancora problemi irrisolti dalla volta prima. E, sinceramente, visto il mio passato, sepolti nella mia mente c'erano problemi a non finire. Ero pronto ad affrontarli? Mi caddero le spalle.

«Non è così brutto, Adam. Ho visto anch'io una persona per un paio d'anni dopo il mio divorzio. Mi ha aiutato. Sinceramente te lo consiglio.»

Diedi una lunga occhiata a mio zio. «Pensi che io sia bacato, Peter?»

Lui rise senza esitare. «Sei l'uomo più forte che conosca. Ma tutti, perfino i più forti, a volte hanno bisogno di scaricare un po' del loro fardello e lavorare su se stessi come persona. Non stai solo affrontando il ricordo del passato, ma davanti a te hai un cambio epocale. Non posso non sottolineare quanto sarà enorme questa nuova svolta nella vostra vita.»

Annuii. «Sì, mi preoccupo anch'io.»

«Che cosa ti preoccupa?»

«Mi chiedo se sarò un padre almeno decente. Non ho avuto esempi di che cosa significasse per i primi dodici anni della mia vita, finché non sono venuto a vivere con te e i miei cugini. E l'unico esempio di genitore che avevo... beh, tu sai quanto è andato bene.»

Il volto di Peter si oscurò per un momento, come se stesse ricordando qualcosa di quel tempo, forse perfino riguardo ai miei genitori e che si stesse chiedendo se era il caso di dirmelo. Invece di fargli pressione, seguii il suo esempio e aspettai. Era strano, in effetti, avere questo tipo di conversazione con Peter, ma, in parte, anche un conforto.

Lui fece un respiro profondo, guardando diritto davanti a sé. «Tu sei chilometri avanti a loro, Adam, e non dovresti permettere loro di perseguitarti. Tuo padre...» Si interruppe e raddrizzò le spalle. Sapevo che parlare di mio padre emozionava Peter. Erano fratelli e molto uniti. Avevo capito anche quello.

Peter continuò: «Era l'uomo migliore che conosca. Ma il matrimonio dei tuoi genitori stava fallendo ancora prima che cominciasse e so che cosa pensi. Tu e Mia ne avete già passate tante. Avete affrontato cose che la maggior parte delle coppie sposate non ha mai dovuto affrontare e ne siete usciti brillantemente. Non riesco nemmeno a immaginare una donna che sia più adatta a te di Mia.»

Mi rivolse un sorriso rassicurante e quando lo invitai a continuare, lo fece senza esitare. «La cosa fondamentale per mettere al mondo un figlio, ciò che lo rende molto più facile, è avere come base un buon rapporto con il proprio partner. Non è necessario che siano sposati, e nemmeno insieme nel senso romantico del termine. Ho visto coppie divorziate e genitori che non si erano mai sposati accantonare le proprie divergenze ed essere genitori meravigliosi per i figli che avevano avuto insieme. Ma il segreto è comunicare. E non tocca solo a te. Ma parlare con qualcuno, imparare quali sono le strategie per interagire con il proprio partner e, in qualche caso, insegnargli che cosa ti serve vi aiuterà a gestire quelle sfide.»

Continuammo a camminare per qualche metro. Poi Peter si schiarì la voce e continuò a parlare: «Il tuo presente non è deciso dal tuo passato, Adam. Ciò che è successo tra i tuoi genitori non fa nemmeno parte della tua storia. Era la loro e, francamente, è stata tragica per tutte le persone coinvolte. Ma non deve definire il tuo futuro. Una volta ho sentito dire che quasi tutte le persone hanno due rapporti genitore-figlio nella loro vita: quello che abbiamo da bambini con i nostri genitori, sul quale abbiamo molto meno controllo, e quello che abbiamo, da adulti, come genitori con i nostri figli, sul quale abbiamo un controllo molto maggiore. Puoi pensarci come la tua seconda possibilità e con un po' di aiuto, uno sforzo cosciente e sostegno, penso che, come padre, riuscirai addirittura meglio di come sei riuscito in tutte le sfide che hai affrontato.»

Lo guardai, cercando di farmi entrare in testa quello che stava dicendo.

Poco dopo, tornammo sui nostri passi, più che altro in silenzio, riflettendo. Passammo qualche minuto a chiacchierare con le nostre mogli e poi ci salutammo. Peter mi abbracciò a lungo, dandomi una manata sulla schiena e dicendo sottovoce: «Ce la farai, Adam.»

Mi sarebbe piaciuto avere la stessa fiducia in me stesso di quanta sembrava ne avesse lui. Ma mi aveva lasciato con parecchio su cui riflettere. E intendevo farlo.

Capitolo
Ventiquattro
Mia

Passarono le settimane e sembrava che ogni giorno portasse qualche strano cambiamento nel mio corpo. La pancia cominciò a crescere, anche se si vedeva solo se mi guardavo attentamente allo specchio con la sola biancheria intima. Inoltre, il seno cominciò a essere indolenzito, rendendo imbarazzanti gli abbracci.

La nausea restò più o meno sotto controllo, anche se a volte sembrava una compagna costante. Comunque, riuscivo a tener giù il cibo. Mio marito controllava discretamente ogni singola cosa mangiassi o bevessi in sua presenza e potevo quasi sentire le rotelline che giravano quando il suo calcolatore mentale conteggiava ogni caloria che assumevo. La sera mi chiedeva perfino che cosa avevo mangiato per colazione, a pranzo… avevo fatto qualche spuntino? Lo assecondavo perché mi sentivo in colpa per lo spavento che gli avevo procurato.

La sindrome da stress post-traumatico era evidente. Sentivo la sua ansia latente crescere ogni giorno di più. Quindi lo assecondavo, dandogli le rassicurazioni di cui aveva palesemente bisogno. Consumava i libri come un folle: *Che cosa aspettarsi, Che cosa aspettarsi quando si aspetta, L'enciclopedia della gravidanza, Il Manuale Wiki, Il database completo per il marito psicotico maniaco del controllo, Come diventare un tiranno autoritario quando tua moglie è incinta di tuo figlio.* Potrei aver inventato qualche titolo.

Invece di sbottare con lui o esprimere chiaramente la mia esasperazione, decisi invece di divertirmi un po'.

Mi inventavo delle cose. Ad esempio, lo obbligavo a parlare con la mia pancia ogni sera per mezz'ora e, se non voleva parlare tanto a lungo, allora doveva passare dieci minuti cantando. Quando glielo avevo proposto, mi aveva rivolto una delle sue occhiate.

Io l'avevo guardato con un'espressione seria, con le braccia incrociate sul petto. «Amico, se io devo essere costretta a fare tutte quelle cose per te, anche tu devi fare qualcosa per me. Nostro figlio, o figlia, ha bisogno di sentire suo padre.»

Indeciso, aveva risposto: «Ma non ha ancora le orecchie. Ho letto in quel libro sullo sviluppo fetale che...»

Alzai una mano. «Vibrazioni. *Le vibrazioni* della tua voce. Ci sono studi scientifici al riguardo.» Gli rivolsi l'occhiata più seria che riuscii a inventarmi, cercando di non scoppiare a ridere davanti alla sua evidente irritazione.

Finalmente obbedì, da buon soldatino. La prima sera cominciò a parlare di un mucchio di roba che ero quasi sicura fossero stronzate, ma era difficile dirlo perché faticavo a capirle.

Ma mi piaceva vedere la sua mano grande appoggiata alla lieve curva del mio addome mentre parlava: «Il primo passo è la concettualizzazione, dove si definisce il fine e si stabiliscono i temi. Poi si deve cominciare a inserire la meccanica del gioco, le sfide e gli obiettivi del tema delle missioni. Cose come gli incontri di combattimento, i segmenti di azioni segrete, gli enigmi nel dialogo o le sequenze di platforming. Ma è sempre necessario stabilire un equilibrio tra le difficoltà, perché…»

Sospirai. «Penso che ci vorrà un po' prima che il bambino possa seguire le orme di suo padre.»

Adam mi rivolse un sorriso malizioso. «Non è mai troppo presto per cominciare l'indottrinamento.»

«E se il bambino decidesse di seguire le *mie* orme e dedicarsi alla medicina?»

Adam scosse la testa. «Non è possibile. Dovrà mantenerci nello stile in cui siamo abituati quando saremo vecchi. I medici non guadagnano abbastanza.»

Gli diedi un pugno sul braccio. «Divertente.»

I suoi occhi scuri brillarono di malizia mentre spostava la mano sulla mia pancia. Poi chinò la testa e posò un bacio per poi riprendere a parlare: «Un'ultima cosa… sto per fare delle cose veramente sconce alla tua mamma, quindi per favore copriti gli occhi. Sei troppo giovane per guardare.»

Tutto quello che aveva dovuto dire era *cose sconce* e tutto dentro di me si era acceso come un fuoco d'artificio. Erano tre settimane che non facevamo molto a letto, perfino da prima dell'incidente in ospedale, dato che non mi ero sentita molto bene. E Adam non aveva nemmeno accennato a fare qualcosa da quel famigerato incidente. Avevo tentato io di cominciare, una volta che mi ero sentita meglio, ma ero stata educatamente respinta.

Ma quella sera era chiaro che questo futuro padre, sexy da morire, aveva bisogno di scaricare lo stress e io ero d'accordo per un orgasmo o due.

Però, proprio mentre si spostava per sdraiarsi accanto a me e tirarmi vicina, cominciai a ridacchiare a quel pensiero, nel bel mezzo di un bacio oltretutto. Adam si tirò indietro, guardandomi sorpreso. «Ti sto per caso facendo il solletico per osmosi?»

«No, no» risposi sorridendo e ricominciai a ridere. «Sto solo pensando a quanto sei un DILF, un papà con cui farei volentieri sesso.»

«No, no. Niente da fare, a meno che tu voglia che ti chiami MILF.»

«Purché sia io la mamma con cui *tu* vuoi fare sesso. Allora ci sto.»

«Oh, lo so che ci stai, eccome.»

Adam non aveva perso il suo tocco, le mie mutandine sparirono in un secondo netto. Adam mi baciò a lungo sulla bocca prima di staccarsi e scendere lungo il corpo, evitando il seno troppo sensibile senza che dovessi ricordargli che era ancora indolenzito. No, aggirò completamente quella zona andando velocemente verso sud, tracciando i meridiani del mio corpo con le labbra morbide e decise.

Mi rilassai con un sospiro, pregustando il piacere.

La bocca di Adam scese fino all'apice tra le mie gambe e le labbra avvolsero delicatamente il mio clitoride, mentre arcuavo la schiena arricciando le dita dei piedi. Era un po' che non mi sentivo sexy e ricevere tanta attenzione mi fece ansimare e andare in fretta verso l'orgasmo.

«Non. Fermarti» dissi ansimando. E anche se avrebbe potuto fermarsi per stuzzicarmi, Adam non lo fece. I suoi movimenti erano urgenti, risoluti. Imperterrito, continuò verso il suo obiettivo, facendomi stringere le gambe intorno alla sua testa e urlare il suo nome quando venni. Il mio cervello era ufficialmente fritto.

Quando fui in grado di riprendere fiato e rendermi di nuovo conto del mondo che mi circondava, Adam era di nuovo sdraiato accanto a me.

«Cavoli, è stato… impressionante.» Sbattei gli occhi, vedendo ancora colori per cui non avevo un nome, come fuochi d'artificio dietro le palpebre. Mi sentivo molle, delicata e avvolta in un profondo, caldo bagliore.

«Era passato troppo tempo, vero?»

Allungai la mano per toccare la sua erezione che tendeva verso di me. «Decisamente sì. Penso che dovremmo recuperare il tempo perduto.»

Adam risucchiò il fiato quando gli avvolsi le dita intorno e le feci scivolare verso la radice. «Però sono avida. È stato un orgasmo da sballo, ma voglio un po' di C.»

«Un po' di C?»

«Sì, C. Nel senso "usalo per scoparmi, baby".»

Adam rotolò sul fianco e mi tirò contro di lui, coprendo la mia bocca con la sua. «Ogni tuo desiderio è un ordine.»

Ci baciammo a lungo, mentre gli passavo una gamba intorno al fianco, tirandolo sopra di me. Lui mi lasciò fare volentieri, poi esitò, come rendendosi conto di cosa stava succedendo.

«È…?»

Ridendo gli risposi: «È okay. Più che okay. È quello che ha ordinato il medico.»

Adam sorrise malizioso. «Allora è ora di prendere la medicina.»

«Oh, sì. Decisamente.»

Adam ridacchiò mentre rotolava sopra di me e si sistemava tra le mie gambe. Scivolò dentro di me senza un'altra parola e agganciai i piedi intorno ai suoi fianchi. Abbassò il volto sopra il mio mentre restavamo lì per un lungo momento, corpi e braccia uniti, fissandoci negli occhi.

Quegli occhi scuri erano luminosi come la brace per l'eccitazione e la fame che vi vedevo mi fece pregustare quello che sarebbe successo. Il mio corpo avido voleva di più e io ero d'accordo.

«Sei così maledettamente bella» sussurrò Adam in tono profondamente adorante, come un prete che stesse pregando sull'altare.

Chiusi lentamente gli occhi e non riuscii a immaginare un momento più perfetto di questo tra di noi. Avevamo collezionato tanti momenti perfetti in tutti i nostri anni insieme.

Ero così maledettamente fortunata.

Poi Adam cominciò a muoversi, il mio corpo cominciò a ondulare a tempo con lui, per fare insieme una musica tutta nostra.

I suoi movimenti erano lenti, gentili e la sua bocca aperta copriva la mia, con la lingua che entrave e usciva lentamente dalla mia bocca, a tempo con il resto del suo corpo. Si prese tutto il tempo e anche se quella sera ero tesa e avrei voluto che mi scopasse forte e velocemente, non gli feci pressioni perché cambiasse il ritmo.

Mi venne in mente che probabilmente si stava frenando, probabilmente obbligandosi a essere fin troppo gentile per via del bambino, o il mio recente stato di salute men che stellare o per qualche altro motivo che era puramente suo. Ma ero lì per godermelo, per godermi Adam. Le sue mani, la sua bocca, la sua erezione che scivolava dentro di me mentre il suo respiro si faceva più affrettato.

Nonostante fosse attento ad andare piano, non ci volle molto perché arrivassimo all'orgasmo, dato che era passato un po' di tempo. Quando Adam si bloccò sopra di me, con il peso appoggiato ai gomiti, gli occhi chiusi stretti, gli misi le braccia intorno al collo, inarcandomi verso di lui, sentendo l'urgenza e le contrazioni del mio stesso orgasmo che arrivava sulla scia del suo.

Quando riprese a respirare, aveva la pelle coperta di sudore e appiccicata alla mia in un modo che apprezzavo.

Adam si staccò gentilmente, tirandomi poi contro di lui. Mi baciò la tempia.

«La MILF più sexy che avrò mai voglia di scopare. Sono fortunato.»

CAPITOLO VENTICINQUE
ADAM

MENTRE CI PREPARAVAMO AL RITORNO AL LAVORO DI Emilia, cominciai lentamente a essere fiducioso che fosse sincera con me. Ma non ci ero ancora arrivato del tutto e dovevo rammentarmi di non comportarmi da stronzo con lei quando la mia ansia arrivava al picco. Lo presi come un avvertimento di cominciare qualche ricerca online, fare qualche telefonata e prendere un appuntamento. Ero troppo imbarazzato per far sapere alla mia assistente che stavo cercando un professionista della salute mentale. E anche se non sapevo come sarebbero andate le cose, speravo allo stesso tempo che potesse essere una cosa positiva per me, per tutti noi.

E, a essere sincero, in cuor mio avevo parecchi dubbi che mi avrebbe aiutato a cancellare i sentimenti incasinati, la buia, gelida, costante paura che provavo ora.

Trovai una terapista che sembrava promettente. Una donna con l'ufficio non lontano dal mio a Irvine. Mi rimangiai la paura e mi obbligai a prendere un appuntamento. Poi dovetti trovare qualcosa di non imbarazzante da inserire nel mio calendario per bloccare quel periodo in modo che Maggie non sovrapponesse qualche appuntamento per errore. Dovetti pensarci un po', ma optai per RT, Riduzione temporale, un modo fantasioso per indicare uno strizzacervelli. Avrei dovuto cambiarlo dopo un mese o due, magari inserendo lezioni di giocoleria?

E fu imbarazzante come mi aspettavo. Almeno all'inizio.

Il suo ufficio era raffinato ed essenziale, tutto bianco, vetro e cromature. E, grazie al cielo, non aveva il divano da terapista, come da cliché.

«Signor Drake, è un piacere conoscerla. Entri e si sieda.»

Scelsi la poltrona bianca davanti a lei, per fortuna più comoda di quanto sembrava.

La terapista era gentile e professionale, circa dell'età di Kim, con capelli color rame tagliati corti e una corporatura minuta. Sarei rimasto sorpreso se fosse stata più alta di un metro e mezzo.

«Preferirei che mi chiamasse Kendra e mi identifico nel genere femminile. Come posso chiamarla?»

Mi schiarii la voce, agitato, e poi la guardai. «Adam andrà bene. Genere maschile.»

La prima parte dell'appuntamento fu un questionario standard a cui risposi alle domande a raffica con risposte brevi e concise.

Poi arrivò il momento in cui la situazione si fece più personale.

«Allora, perché ha deciso di ricorrere alla psicoterapia, se c'è una ragione specifica?»

Ahi. Nemmeno venti minuti e mi si stava già stringendo lo stomaco e rimpiangevo la decisione di venire.

Sbattei gli occhi, mettendoci fin troppo tempo per rispondere alla domanda mentre mi agitavo sulla poltrona.

Lei sembrò percepire il mio disagio ma mi diede comunque il tempo di formularla.

«Sto per affrontare un mucchio di enormi cambiamenti nella mia vita, anzi, in realtà ho già cominciato. E ho bisogno di liberarmi di questi sentimenti bui che provo. Non so nemmeno se è qualcosa con cui potrà aiutarmi.»

La terapista sorrise piegando la testa. Poi annuì. «Sì, sì. È esattamente quello che posso fare.»

Uscii dal suo ufficio un po' più rassicurato. Sì, era stato solo un appuntamento per conoscerci, durante il quale mi aveva fatto un mucchio di domande e preso un mucchio di appunti, ma sentivo di poter lavorare con lei.

Il prossimo problema da risolvere era mantenere il segreto per il momento, anche con Emilia. Mi sentivo leggermente ipocrita, specialmente perché l'avevo sgridata per avermi nascosto la nausea mattutina. Ma nonostante fossi uscito da quel primo appuntamento sentendomi generalmente positivo riguardo alla strada da intraprendere, non volevo che Emilia, o chiunque altro, ci sperasse troppo nel caso che alla fine fallissi.

E nello stesso percorso di auto-miglioramento, ci iscrivemmo alle classi per futuri genitori. Dato che i nostri orari erano così folli, scegliemmo i corsi online con consultazioni in loco con specialisti personali in diversi momenti del corso.

Come al solito, facemmo diventare un gioco le materie del corso, facendoci concorrenza, basandoci sui progressi fatti attraverso i moduli o i risultati dei quiz automatici per verificare la comprensione.

E quando le materie del corso, come i video, diventavano noiosi, sceglievamo di farli insieme, a volte facendo commenti scherzosi sulle presentazioni video, nello stile della serie TV *Mistery Science Theater 3000.*

L'altro grande progetto in ballo era la faccenda della casa e avevo fatto la maggior parte del lavoro di gambe. Dopo aver contattato l'agente immobiliare che mi aveva raccomandato Dom, controllai le comunità del canyon che mi aveva suggerito, leggendo tutto il possibile su questo posto che sembrava idilliaco, Canyon Hollow. Dalle descrizioni, sembrava un piccolo borgo pittoresco, un'isola circondata dal mare di uno dei sobborghi più popolati nel paese.

Beh, potevamo cominciare a guardare lì e se Emilia lo avesse odiato, avremmo cominciato a cercare in altre zone della contea.

Il primo approccio sembrò promettente, dopo essere usciti dalla superstrada e aver preso la lunga strada che si restringeva fino a due corsie. All'orizzonte sorgevano le montagne di Santa Ana, non proprio impervie, mentre la strada seguiva il terreno, serpeggiando intorno a vecchi boschetti di querce californiane che si inarcavano elegantemente sopra la strada. Creavano un corridoio verde dalla luce soffusa tutto intorno.

Sembrava veramente di viaggiare in un altro mondo. Abbastanza vicino da non richiedere un lungo viaggio per andare al lavoro. «È bello» mormorò Emilia. «Non credo di essere mai stata da queste parti.»

La strada curvava brevemente salendo per poi scendere di nuovo e vedemmo lo spettacolo ininterrotto delle due iconiche cime del Saddleback Ridge, un punto di riferimento importante che torreggiava sull'entroterra dell'Orange County nelle giornate limpide. Il viaggio in sé era rilassante, una distesa panoramica di colline, vallate e aree boschive annidate in grandi sacche di entroterra non edificato che formavano il bordo orientale della contea.

Canyon Hollow era una comunità adiacente ai canyon Silverado e Black Star, non lontana da Modjeska e Trabuco, così chiamato dagli esploratori spagnoli che avevano attraversato questi luoghi secoli prima.

Il nostro agente immobiliare ci venne incontro all'entrata del canyon, facendo un resoconto della storia recente e locale delle piccole comunità. Guidammo accanto a un'accozzaglia di case diverse, la maggior parte nascoste dietro ad alte siepi, altre con i giardini e i cortili disseminati di decorazioni eclettiche e automobili in disuso.

C'erano gigantesche case nuove accanto a piccoli cottage che sembravano essere stati un tempo un capanno dove passare il fine settimana verso la fine del secolo. Erano sparsi dappertutto.

Il nostro agente aveva quattro case da mostrarci e anche se io avevo visto che, con un po' di lavoro, ciascuna di loro sarebbe potuta andare bene, a Emilia non ne piacque nessuna.

«Ho un altro posto, è proprio accanto alla Cleveland National Forest. La proprietà ha bisogno di parecchio lavoro, ma possiamo passarci se vi interessa dare un'occhiata.»

Emilia e io ci demmo un'occhiata. «Perché no?»

Il postino, un uomo robusto di mezz'età, stava giusto finendo di mettere la posta nella cassetta del vicino quando scendemmo dall'auto. Si voltò a guardarci, con un sorriso abbagliante sul volto.

«Salve» disse continuando a sorridere.

Rispondemmo con un sorriso e un saluto con la mano e bastò perché si avvicinasse e cominciasse a chiacchierare con noi.

Conosceva già l'agente immobiliare. «Ehi, Alan, hai visto l'ultima fotografia? Una meraviglia, vero?»

«Oh, salve, Miguel. Come stai?»

«I pilastri della creazione, meglio delle foto di Hubble del '95. Incredibile.» Il nostro agente, Alan, sembrava volerci far allontanare dal postino ma, prima di riuscirci, l'amabile portalettere si rivolse a noi: «Voi due seguite le immagini del telescopio James Webb?» Scossi la testa. «Ne hanno catturato una nella nebulosa Eagle a 6500 anni luce di distanza. Foto sorprendente.»

Alan ci diede un'occhiata imbarazzata. «Miguel è il nostro portalettere ed è anche un astronomo dilettante su all'osservatorio.»

Lo guardai, immediatamente interessato. «C'è un osservatorio?»

«In effetti non è lontano, sulla collina oltre la riserva naturale. La proprietà confina con la riserva, appena oltre il torrente Saddleback.»

«Non ci sono più tanti cieli bui qui, con la civilizzazione che avanza» aggiunse Miguel.

Osservatorio. Riserva naturale. Torrente adiacente alla proprietà. Popolazione locale bizzarra. Questo posto mi piaceva sempre di più. Diedi un'occhiata di sottecchi a Emilia. Se non le fossero piaciute le case esistenti, avremmo potuto comprare il terreno e farne costruire una.

Ma ci sarebbe voluto del tempo e il bambino sarebbe arrivato tra meno di sei mesi.

Ma bastò una sola occhiata alla casa, vuota da alcuni anni, per renderci conto che la proprietà era unica.

«Ci vorrà un po' di lavoro per sistemarla. E ammodernarla» dissi guardandomi attorno e dando un'occhiata a Emilia. Una volta era una bella casa, grande, costruita nel 1920, curata nei particolari con armadi a muro e mobili su misura. Ma era stata trascurata e gli impianti erano vecchi.

La vera perla, però, era il terreno su cui sorgeva. Quasi ottomila metri quadrati di radura boscosa, delimitata da un lato dal torrente, molto più in basso e abbastanza lontano da evitare il pericolo di inondazioni.

Facemmo il giro della proprietà e ci fermammo in un punto che si affacciava al torrente ridotto a un rigagnolo. «Piuttosto piccolo, anche per un torrente» feci notare.

«Siamo nella California del Sud e il clima qui è quello della costiera arida. Il torrente adesso è solo un rigagnolo, ma le piogge in inverno e in primavera lo fanno diventare un corso d'acqua rispettabile.»

«Sembra rilassante solo restare qui ad ascoltarlo» disse Emilia a bassa voce. Sembrava colpita. Che fosse il posto giusto per noi?

Quello che fece scattare la molla, comunque, fu quando Alan ci zittì di colpo mentre il cielo si stava oscurando e il sole era calato in basso sotto le alte pareti del canyon, e disse sussurrando: «Guardate ma non fate movimenti bruschi.»

E proprio dall'altra parte del torrente, vicino alla base della ripida parete del canyon, una cerva e due cerbiatti pascolavano tranquilli nella vegetazione bassa, senza prestarci attenzione. Wow.

Emilia mi guardò e a quel punto lo vidi. Era scattata la molla, per quanto la riguardava era quello il posto.

Finimmo in fretta la visita e dissi all'agente immobiliare che mi sarei messo in contatto.

Ma meno di ventiquattr'ore dopo avevamo fatto un'offerta per l'acquisto della casa.

Le chiamate successive furono per un costruttore che conosceva e di cui si fidava Jordan, che assunsi per ispezionare la casa e cominciare i lavori per la ristrutturazione. Assumemmo anche un'arredatrice d'interni.

Avremmo presto lasciato la spiaggia per diventare abitanti del canyon ed ero pronto. Perché, come aveva detto qualche famoso filosofo defunto, l'unica cosa costante nella vita è il cambiamento. E quando i Drake cambiavano, lo facevano alla grande.

CAPITOLO
VENTISEI
MIA

CHI AVREBBE MAI PENSATO CHE IL DIVERTIMENTO NON sarebbe mai finito quando si era seduti in una gelida sala visita, con nient'altro che un camice di carta aperto sul davanti. Oh, quelle *meravigliose* staffe cromate che luccicavano beffardamente dal fondo del lettino. Uffa.

Era in momenti come quello, quando ero obbligata a essere una paziente, che coglievo l'opportunità per registrare tutto mentalmente. Da medico, era così facile dimenticare che il paziente sul lettino era una persona con paure, ansie e in generale disagio, ad esempio per il camice di carta e le staffe. Erano quelli i momenti in cui avevo bisogno di obbligarmi a essere presente, a ricordare e internalizzare per diventare un medico migliore.

Invece ero obbligata ad ascoltare il chiacchiericcio nervoso di mio marito mentre la sua gamba saltellava su e giù a un milione di chilometri al minuto. Se gli avessi chiesto se era nervoso, avrebbe fermamente negato ansia o disagio. Quindi, invece, lo assecondai, cosa che non favoriva il vivere quel momento.

«Che ne pensi del nome Ada?» mi chiese.

Distolsi lo sguardo dai fori nel soffitto bianco sporco per guardarlo. «Un nome per che cosa? Un personaggio di *Dragon Epoch*?»

Le sue sopracciglia scure si unirono. «No, nel caso avessimo una femmina.»

Lo guardai perplessa. «Da dove diavolo viene il nome Ada? Hai solo tolto la M dal tuo nome, in modo che avesse il tuo?»

Sembrò illuminarsi a quel pensiero. «In effetti non ci avevo pensato, ma lo rende ancora migliore. L'idea in realtà mi è venuta per via di Ada Lovelace. È vissuta nel diciannovesimo secolo ed è considerata una figura chiave della moderna programmazione. Il governo ha chiamato con il suo nome un linguaggio di programmazione e c'è perfino dell'hardware che la ricorda.»

Sempre più perplessa, gli chiesi: «E adesso... nostra figlia, se decidessi tu?»

«Ada Drake. Ha un bel suono, non credi?»

Risi, stupita che non riuscisse a sentirlo. «Penseranno tutti che volevi semplicemente la forma femminile del tuo nome chiamandola così. Quindi, vorresti che un maschietto fosse Adam Drake Jr? Se decidessi di dare a quel povero bambino un secondo nome, non sarebbe uno Junior, vero?»

Adam scosse forte la testa. «No, niente Junior. Sono andato a scuola con un bambino che era uno Junior e tutti hanno finito per chiamarlo solo Junior invece di usare il suo nome. Era un completo stronzo.»

Sospirai, rivolgendo l'attenzione alle impostazioni dell'ecografo. Così presto nella gravidanza, avrei dovuto fare un'ecografia transvaginale, che richiedeva la temuta sonda. Non era tra i miei strumenti preferiti.

«Come funziona questo marchingegno? Onde sonore?» mi chiese Adam.

«Ultrasuoni.» Indicai la sonda. «Questo è il trasduttore. Invia fasci di suoni attraverso il corpo. Sono completamente innocui e il procedimento è molto più sicuro di una radiografia. Il suono rimbalza o si muove attraverso il corpo, a seconda che attraversi tessuti molli o ossa. Quindi l'eco…»

«Che ne dici di Grace?» mi interruppe.

Sospirai. «Adam, non mi stavi ascoltando. Mi hai fatto una domanda e stavo cercando di spiegarti come funziona tutto il procedimento. È effettivamente affascinante quello che si riesce a vedere usando questa tecnologia.»

Ma non mi stava ascoltando. «C'è un'altra programmatrice, Grace Hopper.»

«Beh, immagino che Ada e Grace siano migliori di qualcosa come Padme o Mon Mothma.»

Mi diede un'occhiata divertita. «Beh, passerò ai nomi di *Star Wars* dopo aver esaurito le possibili programmatrici.»

«Passa pure immediatamente ad altro.»

«Niente Leia?» Mi guardò dubbioso. «Okay, che ne dici di Galadriel? È un nome carino ed elegante per una donna forte e potente.»

Sospirai. «Non credo che avrà le orecchie abbastanza a punta per quel nome. Inoltre, Galadriel Drake suona come, non lo so, una cacciatrice di draghi o roba simile.» Fissai la porta. «Accidenti, devo fare pipì, quando arriva?»

«Io aspetto qui, vai in bagno, è proprio vicino…»

Scossi la testa. «No, per l'ecografia esterna devo avere la vescica piena.»

Mi diede un'occhiata stupida. «Dici che vorrei sapere perché?»

Ridendo risposi: «No, si tratta solo di roba anatomica. Mette i miei organi nella posizione giusta…»

In quel momento, grazie al cielo, arrivò la mia ginecologa, la dottoressa Weir, salutandoci con un sorriso. Scambiammo due chiacchiere. Una volta appoggiato il trasponder sulla mia pancia e preso le misure, fui finalmente in grado di usare il bagno prima di passare alla fase successiva.

Quella parte, lo sapevo, sarebbe stata più interessante per Adam. E voilà, dopo nemmeno dieci secondi dal posizionamento del trasponder nell'altoparlante risuonò il tutum tutum tutum del battito fetale.

«Allora, Mia, vuoi mostrarlo a Adam?»

Mio marito sembrò stupito, poi fissò lo schermo, ovviamente completamente all'oscuro di quello che stava vedendo. Ed era comprensibile, perché ai non iniziati l'immagine ecografica doveva assomigliare al codice verde in continuo scorrimento nel film *Matrix*. Ma, in quel caso, ero io Neo. Misi il dito appena sotto il lieve palpitare dentro un cerchio scuro. «Questa è l'asta fetale dell'embrione e vedi quel lieve movimento sfarfallante proprio lì? Quello è il cuore. Il tessuto comincia a fare quel movimento sfarfallante, che emula un battito, intorno alle cinque-sei settimane.»

Adam si chinò in avanti, strizzando gli occhi. «Sì, lo vedo. Che meraviglia.»

«Il tessuto comincia a pompare in quel modo molto presto.»

Adam sbatté gli occhi, piegò la testa e li sbatté di nuovo. Poi, senza dire una parola, prese il telefono. «Posso fare un video?»

Intervenne la dottoressa Weir. «Oh, posso mandarle il videoclip. Normalmente non lo facciamo ma visto che Mia è dei nostri posso fare un'eccezione. Prenderò il vostro indirizzo e-mail dalla cartella e ve ne manderò una parte.»

Le sorrisi. «Grazie. È molto gentile da parte sua.»

Anche lei sorrise. «Nessun problema.» Poi si rivolse a Adam: «E devo dirle che le mie figlie adorano il suo videogioco. In effetti, lo adorano un po' troppo. Alla più piccola abbiamo dovuto limitare il tempo per giocare perché i suoi voti cominciavano a calare.»

Adam le rivolse un sorriso imbarazzato. «Mi dispiace... ma in effetti no?»

La dottoressa fece una risata. «Non so perché, ma sapevo che avrebbe risposto così.»

Io la guardai preoccupata. «Ma adesso va tutto bene? È riuscita a far risalire i voti?»

La dottoressa Weir annuì. «Oh, sì. Ora è tutto a posto.»

«Beh, magari quando sono in vacanza potrebbe portarle nel nostro campus e faremo loro fare un giro, se lo desiderano.»

La dottoressa rise ancora. «Sta scherzando? Penso che impazzirebbero dalla gioia!»

«Magari può usarlo come incentivo per mantenere alti i voti» dissi.

La dottoressa ci pensò e annuì. «È un'ottima idea. Ho la sensazione che le verrà facile fare la mamma, Mia. Sta già pensando da mamma.»

Quando tornai a guardare Adam, sembrava distratto, come se non stesse facendo attenzione a ciò che stavamo dicendo. Guardandolo meglio, mi sembrò pallido. Ma sembrò riprendersi subito e quando fummo di nuovo da soli in auto, era tornato il solito Adam.

Gli diedi un'occhiata di sottecchi e cercai di far sembrare la domanda casuale e improvvisata: «Va tutto bene? Eri sembrato un po'… uhm, distratto verso la fine.»

Adam premette il tasto per far partire l'auto. «Mmm? Sì, stavo solo pensando alle cose da fare prima del lieto evento. Stavo facendo una lista mentale. La roba da prendere, le classi da programmare, scrivere il piano per il parto…»

Appoggiai la mano sulla sua. «Adam, non mettere il carro davanti ai buoi. Mancano ancora parecchi mesi. Va tutto bene.»

«Sì, a proposito. Perché pensano tutti che la gravidanza duri solo nove mesi mentre in realtà sono quaranta settimane?»

«Beh, quaranta settimane se si contano le prime due settimane in cui una donna non è veramente incinta» risposi ridendo. «Immagino che ci si attenga alla tradizione, anche se è basata sulla matematica sbagliata. O forse alle donne non andava l'idea di definire 10 mesi le 40 settimane. Sono sicura che desidererò che sia acqua passata verso la fine, come chiunque altro.»

«Forse è solo un'altra delle grandi bugie che ci hanno raccontato per tutti questi anni» disse Adam scherzando, come gli piaceva fare, sapendo quanto quella roba da cospirazionisti mi facesse rizzare il pelo.

Lo guardai imperiosa. «Ascolta…» E quando lui ridacchiò riuscì solo a irritarmi. «Va bene, unisciti ai cospirazionisti in campo medico. Io mi iscriverò alla società dei terrapiattisti.»

CAPITOLO
VENTISETTE
MIA

DOPO IL NOSTRO PRIMO CHECK-UP E L'ECOGRAFIA, ADAM e io decidemmo che era sicuro cominciare a dirlo ai nostri amici. Cominciai ovviamente con Heath, per tante ragioni. Innanzitutto, era la scusa per passare un po' di tempo insieme, dato che i nostri orari non ce lo permettevano spesso, e anche perché, se mai una persona, oltre a mio marito, ne aveva passate tante con me, quello era Heath. Aveva vinto il primo premio come amico per la pelle. Ci incontrammo per uno yogurt gelato un giorno in cui avevo qualche ora libera, tecnicamente reperibile ma con poche probabilità che mi chiamassero.

«Allora, che cosa c'è di nuovo?» mi chiese dopo averlo ascoltato lamentarsi del cliente con cui stava lavorando in quel momento e quando, a sua volta, aveva sopportato le mie lagne sulle lunghe ore di lavoro.

«Beh…» Affondai il cucchiaino di plastica nello yogurt gelato al caramello salato, mescolandolo con vigore, «ho una notizia da darti.»

«Mmm? Hai finalmente deciso di piantare quel barbone e farti una nuova vita?» disse sogghignando.

Sbuffai. «Tu gli vuoi bene almeno quanto me, quindi non la bevo. E comunque, hai una ragione in più per volergli bene perché sarà presto il padre del tuo nipotino, o nipotina.»

Heath mi guardò con un'espressione vacua, sbattendo gli occhi. Quasi riuscivo a vedere le rotelline che giravano nella sua testa mentre cercava di capire.

Mi morsi il labbro. «Quello che volevo dire è… *tu* diventerai zio, dato che sei mio fratello anche se da genitori diversi.» Aspettai pazientemente che la notizia gli entrasse in testa.

Dopo qualche imbarazzante secondo in cui mi fissò sbattendo gli occhi, finalmente esclamò: «Diventerò zio!» Balzò in piedi e venne a stringermi in un abbraccio da orso, più potente delle parole per indicare la sua eccitazione.

Non potei fare a meno di ridere, con la gioia che mi sprizzava da tutti i pori. «È letteralmente quello che ho appena detto. Stai ripetendo le mie parole.»

«Oh gente, è fantastico.» Finalmente mi lasciò andare e tornò a sedersi davanti al suo yogurt che si stava sciogliendo rapidamente. Ciò nonostante, lo ignorò e continuò a fissarmi.

«Zio Heath… suona bene, vero?» gli dissi sorridendo.

Sorrise anche lui. «A me sembra fantastico. Allora che cosa vuoi? Un maschio o una femmina?»

Perplessa, mescolai il mio yogurt che stava diventando sempre più molle. «Non ne ho idea. Penso che sarà divertente in entrambi i casi.»

Le sopracciglia bionde si mossero su e giù. «O ugualmente dura, a seconda se vedi il bicchiere mezzo pieno o mezzo vuoto.» Fece una smorfia. «Scusa.»

Sorrisi. «No, capisco. Decisamente non sarà facile.»

«Allora, come farai a gestire la gravidanza mentre cerchi di diventare un medico?»

«Beh, tecnicamente sono già un medico, ma l'internato serve per farmi ottenere la licenza per praticare la medicina. È fattibile, ma lo ammetto, anche complicato.»

Heath mi rivolse un sorriso rassicurante. «Tu sei la regina delle cose difficili, Mia. In effetti, ritengo che tu dia il massimo quando le cose cominciano a diventare complicate.»

«Lo zio Heath è così saggio.»

«Sì, è perfetto. Ho sempre voluto essere lo zio saggio. Quindi dovremo indottrinare quel bambino sul fatto che lo zio Heath è quello saggio.»

«Lo zio saggio ed eccentrico.»

Heath scosse la testa. «Eccentrico sarà lo zio William. Io sarò quello divertente.»

«Lo zio divertente, eh?»

«Già, sarà il mio titolo ufficiale» disse ridendo.

Gli sorrisi, felice. Ero assolutamente sicura che non solo sarebbe stato all'altezza del ruolo, ma che fosse anche eccitato all'idea. E poi la cosa migliore: nemmeno una parola che esprimesse preoccupazione riguardo alla mia salute.

Era decisamente piacevole.

Dopo essere tornata al lavoro, le cose procedettero come se il mio piccolo episodio non fosse mai successo, tranne qualche collega che mi chiese se mi sentissi meglio. C'erano stati abbastanza tirocinanti che avevano trascurato il sonno e il cibo perché il mio caso particolare risaltasse. Grazie al cielo, in ospedale le mie condizioni erano ancora segrete. Louisa era ancora in congedo di maternità e i due medici che mi avevano curato durante il mio episodio non avrebbero violato le norme HIPAA per rivelare la notizia.

Grazie al farmaco antinausea ero tornata quasi la vecchia me stessa, se la vecchia Mia si fosse stancata facilmente e avesse dovuto fare pipì molto più spesso. Ma che il mio segreto fosse al sicuro non significava che ero al sicuro da Sua Stronzità, il dottor Craig Iverson, tirocinante senior.

Non ci incrociammo fino al terzo giorno dopo il mio ritorno, il giorno del mio turno lungo della settimana. Erano le prime due ore e ne avevo davanti altre ventotto.

Ero alla postazione degli infermieri a esaminare una cartella prima di entrare in una stanza per controllare una paziente. Il dottor Iverson si mise proprio di fianco a me, appoggiando il suo tablet per prendere degli appunti.

Senza alzare gli occhi, disse: «Presumo che ti senta meglio.»

«Sì» risposi concisamente, scorrendo la cartella per verificare l'ultimo set di parametri vitali. Sapevo che la paziente avrebbe fatto pressione per farsi dimettere, quindi era importante sapere che cosa dicevano i suoi ultimi esami.

«Già, ne parlavano tutti quel giorno. Quando sono arrivato quella sera per il turno lungo, la gente ne stava ancora parlando.»

Esaminai gli esami del sangue, c'erano ancora alcuni parametri fuori dalla norma, ma in generale la paziente mostrava dei miglioramenti. Avrei dovuto consultarmi con il mio strutturato per sapere quando avremmo potuto dimetterla, ma sembrava potesse succedere la mattina dopo.

Lui stava *ancora* parlando. «Sarà una strada lunga, sai, se svieni alla vista del sangue.»

Chiusi lentamente gli occhi. Che stronzo. «Oh, non è poi così male,» ribattei «posso sempre diventare una radiologa e guardare radiografie tutto il giorno.»

E con quello, presi il mio tablet senza più rivolgergli la parola, mi voltai e andai nella stanza della mia paziente per continuare a lavorare. Avevo ufficialmente chiuso con quella testa di cazzo e le sue stronzate. E il suo commento sarebbe finito nel mio piccolo file appena avessi avuto un momento per farlo.

L'occasione di dare la buona notizia a un'amica arrivò qualche giorno dopo.

April entrò in casa mia e appoggiammo i laptop e i taccuini degli appunti sul tavolo nel portico coperto che dava sulla Back Bay, brulicante di attività. Barchette elettriche e velieri ci passavano davanti, la gente si chiamava tra la riva e le barche. Non era il posto più silenzioso dove vivere e cominciavo a pensare con piacere alla quiete e la calma del canyon che circondava la nostra nuova casa.

Adam e io eravamo andati a visitarla alcune volte durante il mese, ispezionando tutti i piani, facendo ipotesi sull'arredamento, provando abbinamenti di colore sulle pareti. Ci eravamo anche incontrati con l'arredatrice d'interni che ci aveva aiutati a scegliere gli schemi di colore.

Dato il mio limitato tempo libero, lei aveva intenzione di seguire il mio stile e le mie preferenze mentre io continuavo a postare immagini sul tabellone che condividevamo per darle delle idee. E a me andava benissimo dato che trasferirsi e arredare una casa prendeva troppo tempo.

Erano le due del pomeriggio, ma April emise un lungo sospiro mentre allargava le carte che aveva preparato perché potessimo lavorare sulla visione della società e i suoi obiettivi. «È troppo presto per aprire una bottiglia di vino? Cioè, so che stiamo parlando di affari ma… è stata una di quelle settimane.»

Gliene versai un bicchiere dalla bottiglia aperta che avevamo in frigorifero e per me acqua frizzante con una buccia di lime. Quando tornammo al tavolo, April fu sorpresa dalla mia scelta. «Quindi sto bevendo il vino da sola alle due del pomeriggio?»

Ridendo le risposi: «Non preoccuparti, non ti giudico. Semplicemente non ti imiterò, anche se ho avuto anch'io una di quelle settimane e mi piacerebbe farlo.»

«Che c'è? Sei in reperibilità stasera?»

«No, ho i prossimi tre giorni liberi in effetti e non vedo l'ora di dormire fino a tardi ogni mattina e vedermi tutti gli episodi di almeno due stagioni di *Ted Lasso*.»

«Oh, okay.» Allungò esitando la mano per prendere il suo bicchiere. Appena prima di bere un sorso, mi guardò con gli occhi socchiusi al di sopra del bordo del bicchiere. «O sei al corrente di qualche recente e oscura ricerca medica che indica che il vino è letale o sei incinta. Qual è la risposta giusta?»

Spalancai gli occhi, sbalordita.

April sembrò divertita dalla mia reazione e continuò a esaminarmi da vicino con la testa piegata. «A dire il vero lo sospetto da un po'. Sembravi pallida e sofferente le ultime poche volte in cui ti ho visto. Ma poteva anche essere colpa del poco sonno per via del tuo lavoro molto impegnativo. Ma non ti comportavi come al solito, quindi ho pensato che una gravidanza fosse una buona possibilità.»

Alzai un sopracciglio. «Beh, a questo punto hai guastato il mio umile ma grato annuncio.»

April batté le mani, con un grande sorriso sul viso. «Oh, sono così felice per voi due.» Balzò in piedi e venne ad abbracciarmi. «Congratulazioni, quando?»

«Il venticinque dicembre.»

April scoppiò a ridere.

«Lo so, lo so, è il giorno peggiore per avere un bambino.»

«Mi dispiace più per il bambino che per te. Che compleanno di merda.»

«Pensavo che potremmo festeggiare il suo mezzo compleanno il venticinque giugno o roba simile.»

«Beh, in qualunque data nascerà, sarà un bambino fortunato. E con i geni tuoi e di Adam messi insieme, sarà anche stupendo.»

Finsi di pavoneggiarmi, battendo le ciglia. «Oh, grazie.» Ridemmo insieme e risposi a qualche altra domanda riguardo ai particolari finché decidemmo che era ora di metterci a fare ciò per cui eravamo lì: la nostra impresa. E più entravamo nei dettagli della documentazione necessaria, gli obiettivi e la visione d'insieme, più ero grata di aver coinvolto April.

«Sarà fantastico.» April alzò gli occhi dal suo schermo una volta completato il documento sulla visione d'insieme. «Un ambulatorio dedicato in particolar modo alle donne e ai bambini a basso reddito.»

«Stavo pensando, vista la tendenza attuale nel nostro paese, a limitare i diritti riproduttivi delle donne. Pensi che sarebbe possibile creare dei rifugi sicuri per donne negli stati dove i loro diritti sono limitati o inesistenti?»

April sorrise malinconica. «Siamo fortunate di vivere in uno stato che non limiterà mai quei diritti.» Scosse la testa. «Mi fa infuriare e mi rende un po' senza speranza pensare che non tutte le donne nel nostro paese godano delle stesse garanzie.»

Annuii. «È lo stesso per me. E pensare che i governi di quegli stati stanno minacciando, illegalmente, di arrestare le donne che si recano fuori dallo stato per ottenere i loro diritti riproduttivi. E alcune muoiono perché non ricevono trattamenti medici essenziali. Quindi stavo pensando che magari potremmo avere, non so, un obiettivo più vasto?»

April annuì. «Un programma di espansione e sì, assolutamente. Mi piacerebbe. Forse potremmo fornire un alloggio e avere un fondo per i viaggi per le donne che devono attraversare i confini del loro stato.»

Unii le mani, eccitata. «Sarebbe fantastico.» Sbattei gli occhi, pensandoci. Un aborto mi aveva probabilmente salvato la vita o, almeno, aveva aumentato parecchio le mie probabilità di sopravvivenza. E anche se avrei sempre avuto sentimenti contrastanti al riguardo, non avevo mai rimpianto di aver esercitato il mio diritto di mettere la mia vita al primo posto. Rendere più probabile che sopravvivessi per diventare madre in un secondo tempo.

Per molte donne, quella era una questione teorica ma per me era stata la realtà. E, nel mio piccolo, mi sarebbe piaciuto aiutare altre donne nella stessa situazione a cui quel diritto era stato tolto dalle leggi fatte da uomini vecchi.

Dopotutto, questo ambulatorio, il nostro progetto speciale, puntava alla giustizia sanitaria per coloro che spesso non ricevevano nemmeno le cure di base: donne e bambini.

Con la nostra piccola squadra: April, Lindsay e io, e più avanti coloro che si sarebbero uniti lungo il percorso, non potevamo cambiare il mondo, ma potevamo migliorare almeno un po' il nostro angolino.

E quel pensiero mi rendeva sia orgogliosa sia eccitata.

Capitolo

Ventotto

Adam

Un giorno di metà giugno, Jordan e io stavamo tornando dal Convention Center di Los Angeles dove avevamo passato un giorno alla Electronic Entertainment Expo. Questo evento, conosciuto anche come E3, era il più importante per i videogiochi sulla costa occidentale, insieme al Pax West e il Comic Con di San Diego. E non mi sfuggiva il fatto che quella sarebbe probabilmente stata la mia ultima E3 come AD della Draco Multimedia Entertainment.

Stavo ancora sperimentando quella sensazione di avere il capogiro e un po' di essere perso che provavo quando contemplavo il futuro. A un certo punto nei prossimi sei mesi, Jordan avrebbe preso il timone della società come AD e io sarei stato solo il presidente del consiglio di amministrazione. Era comunque una posizione di potere dalla quale avrei potuto influenzare l'indirizzo della società. Ma non avrei più avuto a che fare con le decisioni quotidiane. Quello sarebbe stato il lavoro di Jordan. E lui ne era chiaramente entusiasta.

Non avrei potuto scegliere un sostituto migliore, in termini di entusiasmo e competenza generale. Ma quella rassicurazione non faceva niente per placare quello strano cocktail di perdita dolorosa, incertezza ed entusiasmo per la strada aperta davanti a me.

Come per echeggiare i miei pensieri, Jordan, che guidava il suo enorme SUV Rivian, distolse brevemente l'attenzione dalla strada per guardarmi. «Stai bene, amico? Oggi sei un po' silenzioso.»

Per qualche motivo, mi irritava il fatto che lo avesse notato.

Davanti al mio silenzio che si prolungava, spostò la presa sul volante. «Ci stai ripensando? Perché a me sta bene, sai. Non siamo andati tanto avanti da non poter tornare indietro. Voglio solo che sia chiaro che non mi arrabbierei.»

Gli diedi un'occhiata. Forse all'apparenza non sarebbe stato deluso, ma ero certo che, dentro di sé, sarebbe stato risentito. Inoltre, non avevo mai nemmeno contemplato di annullare quella decisione. E il mio stile era di arrivare fino in fondo una volta presa una decisione. E il mio istinto mi diceva ancora che era la cosa giusta da fare.

Feci spallucce. «No, no. Non ho intenzione di tornare indietro. Potrei solo essere un po' nervoso per via del futuro incerto. Ho sempre avuto un obiettivo a cui tendere. Adesso ho solo il vago senso di aver bisogno di fare del bene al mondo.»

Jordan annuì. «Potresti salire sul treno dell'AI. Con il tuo sapere, probabilmente spazzeresti via il resto di quelle società che stanno emergendo in quel campo.»

Gli rivolsi un'occhiata scettica. «Giocare con l'AI in questo momento è un po' come cucire insieme parti di cadaveri, esporre il risultato a una folle scarica elettrica e *poi* preoccuparsi di che cosa fare con la creatura animata che hai creato. Nessuno sa dove ci condurrà o come influenzerà il mondo nel suo insieme. E sembra che nessuno voglia andarci piano, giusto per prudenza.»

Jordan scosse la testa per lo stupore. «Adam Drake che sceglie la via della prudenza. Non avrei mai pensato di vedere questo giorno.»

«A un grande potere corrisponde una grande responsabilità. Alcuni di quelli più potenti non si stanno comportando responsabilmente come mi piacerebbe. L'AI può essere una grande forza per il bene, ma ci sono così tante incognite…»

«Speri di essere più coinvolto con la XVenture Space? Potresti guidarli verso il settore privato dell'esplorazione spaziale. Non sarebbe fico portare astronauti privati sulla Luna, e forse un giorno su Marte? Potresti battere Musk sul tempo. Mandargli un saluto con un drone nella Valles Marineris quando finalmente si farà vivo.»

«Mi piace il tuo modo di pensare» risposi ridendo. «Sì, probabilmente continuerò a lavorare con la XVenture. Non so esattamente in che ruolo. Sto seriamente prendendo in considerazione di prendermi una pausa sabbatica dal lavoro durante la prima parte del prossimo anno.»

«Sabbatica? Mmm. Allora, farai il padre casalingo? Sarà meglio che cominci a lavorare sulle tue capacità di cambio dei pannolini, amico.»

Sorpreso, voltai la testa verso di lui. «Aspetta, lo sai già. Stavo gradualmente arrivando a darti la grande notizia.»

Jordan scoppiò nuovamente a ridere. «Amico, sapevo già tutto dalla settimana scorsa, quando Mia l'ha detto ad April. Dovevi sapere che avrebbe vuotato subito il sacco con me. Non credo che Mia le abbia chiesto di non farlo.»

«Avrei dovuto saperlo? A chi altro lo ha detto?» chiesi ridendo.

«Oh, a nessun altro. Pensava solo che il segreto sarebbe stato al sicuro, o che entrambi voi riteneste che April me l'avrebbe detto.»

Sospirai, e mi scappò una risata. «Beh, immagino che renda molto più facile darti la notizia.»

«Sì, già fatto.» Mi rivolse un sorriso. «Congratulazioni per la bella notizia. Ma, per favore, per amor del cielo, promettimi una cosa.»

«Che cosa?»

«Che anche se diventerai un padre casalingo per un po', promettimi che non indosserai mai una di quelle fasce per portare il bambino sul petto. Sai, quelle che dicono a tutti, senza nemmeno parlare, che le tue palle sono in un barattolo su uno scaffale da qualche parte nell'ufficio di Mia.»

Scossi la testa. «Diavolo, sei sessista.»

«In casi come questi, si tratta del codice di fratellanza. I fratelli non permettono ai fratelli di portare i loro bambini come se fossero un capo di abbigliamento.»

E anche se la sua dichiarazione mi fece sbuffare, tanto era un tipico *jordanesimo*, immaginarlo mi fece comunque ridere. Prima che arrivasse il grande giorno, avevo ben più della capacità di cambiare un pannolino su cui lavorare. Meno male che c'erano quei corsi per futuri genitori. E la terapia, perché dovevo assicurarmi di essere il migliore me stesso in modo da poter essere un padre ancora migliore.

A essere sincero, non mi ero mai reso conto di essermi basato sui Looney Tunes per immaginare come sarebbe stata la terapia. Tipicamente un personaggio come Daffy Duck o Elmer Fudd che entravano in un ufficio rivestito di legno e trovavano un Bugs Bunny con gli occhiali, completo di folti baffi, che fumava una lunga pipa, seduto su una gigantesca poltrona imbottita di cuoio che ordinava al paziente di sdraiarsi su un divano di pelle dall'aspetto altrettanto antiquato mentre prendeva appunti, tirava boccate di fumo dalla pipa e chiedeva al paziente: "Mi dica tutto della sua infanzia.".

La vera terapia non assomigliava nemmeno remotamente a quello, ed era un bene. Non mi serviva un Bugs Bunny freudiano che mi respirava sul collo e mi picchiava in testa con una mazza sovradimensionata ogni volta che cercavo di alzarmi.

O forse avevo solo guardato troppi fottuti cartoni animati durante la mia infanzia, decisamente una possibilità.

Sfortunatamente, l'argomento dell'infanzia venne fuori, dato che si scoprì che quella merda arrivava in fondo alla psiche, e non ero ancora guarito.

Dopo una seduta particolarmente straziante nella quale avevo parlato di mia sorella Sabrina, abbastanza lacerante da farmi spargere qualche lacrima, dovetti ridere di me stesso. Kendra sorrise e mi chiese se mi sentissi abbastanza a mio agio da condividere quello che trovavo divertente.

«Stavo solo pensando che sono lieto che mia moglie non sia qui, altrimenti starebbe gongolando perché aveva ragione.»

«Riguardo a che cosa?»

«Beh, lei è l'unica altra persona a cui ho raccontato tutto e anche se io, per la maggior parte del tempo, pensavo di aver superato tutto, lei sospettava che non fosse vero.»

Kendra mi guardò piegando la testa e annuendo. «È una guaritrice, come mi dice. La professione che ha scelto è guarire il corpo, ma alla facoltà di Medicina ha dovuto imparare qual è il legame tra mente e corpo. Probabilmente ha fatto una rotazione in Psichiatria.»

Annuii. «Sì. È stato allora che ha sollevato l'argomento della terapia per me. Proprio appena finita la rotazione. Non lo intendeva come un insulto, ma temo che sia come l'ho considerato io.»

Kendra annuì. «Può essere un argomento difficile. C'è un tale stigma nei confronti della salute mentale. È difficile, specialmente per i pazienti di sesso maschile. Per qualche motivo viene considerato "poco virile", quando in realtà ci vuole una forza colossale per accettare di cercare aiuto per risolvere i problemi mentali. Le cose stanno cambiando, anche se lentamente. Ma *stanno* cambiando. Emilia ora sa che non è arrabbiato con lei per quel suggerimento?»

Mi dimenai, letteralmente, sulla poltrona. «Io, ah, lei non sa di noi... cioè, di *questo*.» Risi di me stesso per averlo fatto sembrare come una specie di relazione segreta o roba simile. «Cioè, non lo sa nessuno.»

Kendra si mise a ridere. «Sarà meglio che la informi prima che lei scopra che ha dei segreti e sospetti qualcosa di peggiore.»

«Ha mai sentito di qualcuno che si è messo nei guai per essere andato segretamente in terapia?» le chiesi ridendo.

Lei mi guardò alzando un sopracciglio. «Sono successe cose anche più strane. E, mi creda, gliele racconterei se potessi.»

Mi fermai alla casa nel canyon dopo la seduta, per controllare come procedeva la ristrutturazione, che stava venendo bene. C'erano state alcune difficoltà per fare arrivare i materiali lungo le tortuose strade del canyon e il lungo viale, ma c'erano riusciti e si stavano muovendo in fretta.

Ero impressionato.

E mi diede un'idea. Un'idea subdola, proprio da me.

Avrei dovuto parlarne con il costruttore. Avevo la sensazione che avrebbe fatto resistenza, ma ero pronto a mettergli sotto il naso un bel bonus corposo purché ottenessi quello che volevo.

E funzionò. E a Emilia, a cui piaceva tanto lamentarsi della mia propensione a sorprenderla, probabilmente questa sorpresa sarebbe piaciuta tanto da dimenticare di lamentarsi.

CAPITOLO
VENTINOVE
MIA

L A MIA UNIFORME DA LAVORO, PANTALONI E TUNICA informi sotto il camice bianco a tre quarti da tirocinante, aiutava a nascondere la pancia che stava crescendo. E se l'aumento di peso si vedeva sul volto, la maggior parte dei colleghi l'avrebbe imputato a quello tipico del primo anno da tirocinanti.

In effetti avevo appena finito il primo anno di internato, ma mi restavano da completare altri due anni. E significava che le cose sarebbero praticamente procedute allo stesso modo, tranne che ora c'erano dei nuovi tirocinanti nel nostro programma e ora io ero una PGY-2, che indicava l'anno post-laurea. Mi metteva un mezzo gradino al di sopra dei peoni.

Il lavoro continuava a presentare nuove sfide, che normalmente apprezzavo, come enigmi da risolvere. Specialmente quando cominciai la rotazione in Pronto Soccorso. Continuavo a dover svolgere la mia parte di lavoro sporco e lunghi turni di reperibilità. Diventai particolarmente abile nell'evitare il tirocinante senior, ma mi congratulai troppo presto per la mia fortuna.

Perché passammo due rotazioni di fila negli stessi reparti. Ed era *no bueno*. Perlomeno avevo superato il primo trimestre e non avevo più bisogno di farmaci antinausea. Anche se dovevo ammettere che un odore particolare o vedere qualcosa di strano, occasionalmente, faceva tornare di colpo la nausea.

In effetti, sembrava che avessi sviluppato il senso dell'odorato di un segugio. Non era il tipo di superpotere che avrei desiderato, specialmente visto gli odori non così meravigliosi che poteva offrire un ospedale.

«Wow, Strong, non hai ancora sviluppato lo stomaco di ferro? Sei sicura di aver scelto la professione giusta?» disse un giorno il dottor Iverson con il suo tono derisivo, beccandomi appena fuori da una porta che dava sull'esterno dell'ospedale dove stavo letteralmente riprendendo fiato.

Avevamo appena finito una mattinata al PS e un paziente in arrivo aveva vomitato a getto per tutta la sala visite. Perfino l'inserviente che aveva dovuto pulire non era parso entusiasta. E io? Sono certa di essere diventata verde come un frullato alla menta e avevo dovuto combattere contro i conati. Sfortunatamente, il dottor Iverson era arrivato proprio in quel momento. Tempismo perfetto, come al solito.

Ma invece di ignorarlo, quel giorno mi sentivo sarcastica. «Se hai finito di rimproverare ogni altro tirocinante riguardo alla loro scelta della professione e vantare il tuo stomaco superiore, sappi che ci sono molti più lati di questo lavoro che rendono una persona un medico eccellente a prescindere dalla resistenza al riflesso del vomito. In una gara con te vincerei sempre. E sarei professionale e non me ne vanterei perché non ho bisogno di umiliare gli altri solo per sentirmi meglio con me stessa.»

Iverson spalancò esageratamente gli occhi, come se fosse sbalordito. Ritenevo raramente che valesse la pena di ribattere. Ma sembrava che quel giorno avesse scelto il momento sbagliato per stuzzicare questa orsa. Perché ora l'orsa era segretamente una mamma orsa e in natura non esiste una creatura più feroce. E adesso aveva deciso che era ora di contrattaccare.

Fece una smorfia di derisione. «Stavo solo scherzando bonariamente, Strong. Dovresti imparare ad accettare...»

«Oh, accetto gli scherzi. Lavoro con te, no?» Arrossii furiosamente e mi ordinai mentalmente di frenare la rabbia. Ero perfettamente in grado di dirne quattro a questo idiota rimanendo professionale.

O forse no, perché gli ormoni stavano ruggendo e rendevano difficile tenere sotto controllo le mie reazioni emotive.

Lui sbatté gli occhi. «Non è il caso di fare così.»

«Forse è quello che dovresti dirti praticamente ogni volta in cui apri la bocca per parlare con me perché, francamente, il tuo atteggiamento fa schifo. L'ho tollerato fin troppo a lungo. Ma spero che, essendo franca, sarai abbastanza intelligente da capire l'antifona e darti una controllata.»

Iverson mi guardò con sufficienza. «Darmi una controllata prima di andare a sbattere?»

Feci un sorrisetto. «Sì, qualcosa del genere.»

Iverson alzò una mano, ancora con quel gesto passivo-aggressivo che diceva: *Sono io la vittima qui.* «Okay, okay, dottor Strong. Vedo che hai avuto una brutta giornata, quindi...» arretrò facendo spallucce.

«No, mi hai beccato in una buona giornata. Una giornata in cui finalmente mi sento di dire ciò che penso. Cerca di migliorare, dottor Iverson.»

Lui alzò le sopracciglia, con gli occhi che sporgevano per l'indignazione e voltò sui tacchi. Fissai la sua schiena stringendo gli occhi. Sapevo che non era finita. E adesso che avevo gettato il guanto di sfida, la lotta era cominciata. E all'orizzonte incombeva la grande decisione. O il dottor Iverson aveva capito l'antifona e avrebbe accettato il mio consiglio, altrimenti avrei dovuto fare il passo successivo che sarebbe stato disagevole per entrambi.

Ma, cazzo! Perché gli uomini non dovevano mai preoccuparsi di questo schifo? Avevo documentato tutto, come mi aveva suggerito mia madre. Quindi presi il telefono, mi sedetti un momento e digitai la data, l'ora e il contenuto generale della conversazione, e la mia reazione.

Poi ringoiai qualche lacrima di frustrazione , cosa insolita per me. Fissando il soffitto per un momento, soffiai fuori il fiato e cercai di trovare la forza di tornare nella sala dei tirocinanti per aggiornare le cartelle e fare qualche telefonata agli specialisti.

E mentre ero seduta lì in quel momento di immobilità, successe.

All'inizio pensai che quella strana sensazione di sfarfallio proprio alla destra dell'ombelico potesse essere cattiva digestione, o anche uno spasmo muscolare. Sembravano ali di farfalla e il solletico di un vento forte nell'erba alta. Un momento effimero e sfuggente di esistenza, che chiedeva di essere notato, prima di ritrarsi altrettanto velocemente.

Istintivamente la mia mano andò alla pancia. Era… Avevo seriamente sentito quello che pensavo di aver sentito? Ero alla diciottesima settimana, con la pancia che si era nettamente arrotondata, anche se era invisibile sotto la divisa ospedaliera.

E proprio quando stavo cominciando ad avere dei dubbi, successe di nuovo.

Sbattei gli occhi. Porca paletta. *Era* il bambino, o la bambina, che finalmente si stava facendo conoscere.

Presi il telefono, chiedendomi se dirlo a Adam. In quel momento avrebbe dovuto essere diretto al lavoro, affiancando le auto sulla superstrada 73, anche se mi aveva giurato in tutti i modi che non lo faceva. *I tuoi giorni da motociclista stanno per finire, amico.*

Ero incerta se dirglielo subito, con un messaggio, o aspettare quella sera per dirglielo di persona. Scelsi di aspettare, ma aprii un file di appunti sul mio telefono e l'annotai nella lista delle tappe fondamentali della gravidanza.

Poi mi costrinsi ad alzarmi e tornai nella sala dei residenti per fare il mio lavoro, nonostante l'irritante tirocinante senior e il piccolissimo passeggero scalciante.

Capitolo Trenta
Mia

Alla fine, quella sera non vidi Adam fino all'ora di andare a letto. Aveva una cena di lavoro di cui, giurava, mi aveva parlato, ma che non ricordavo. Forse era un caso di cervello da gravidanza, o da tirocinante o una miscela tossica di entrambi.

Solo per accertarmi della sua agenda, controllai di nuovo il calendario che condividevamo. Eccolo di nuovo, quelle ore bloccate nel calendario. Lezioni di uniciclo? Avrei dovuto parlargliene, ma probabilmente avrei dovuto arrivarci per vie traverse. Conoscendo Adam, si sarebbe chiuso a riccio se avessi scelto l'approccio diretto.

Mi presi un po' di tempo extra per rivedere i messaggi e le immagini campione che mi aveva mandato la decoratrice d'interni. Aveva delle idee fantastiche e un software fenomenale che disponeva le stanze e inseriva le sue idee per i mobili e lo schema dei colori.

Quando Adam arrivò a casa, mi stavo già lavando per andare a letto. Sorprendendomi, venne di sopra e si mise il pigiama mentre uscivo dalla doccia e cominciavo la mia routine di cura della pelle.

Entrò in bagno proprio mentre stavo applicando la crema idratante sul viso. Quando stava per baciarmi la guancia, mi voltai. «So di crema idratante.» Quindi puntò sul collo.

Poi si mise dietro di me, mi avvolse le braccia intorno alla vita e appoggiò una mano sulla curva del mio ventre, infilando le dita sotto il top. «E com'è andata la tua giornata, bella signora?»

Mi appoggiai a lui, assaporando la pura beatitudine di essere tra le sue braccia forti. «Mmm, bene, tranne che il mio bel principe non era a casa per la cena e ho dovuto mangiare da sola.»

Le sue labbra si curvarono in un sorriso. «Forse è stato meglio così. Scommetto che eri furiosa per la fame e hai mangiato per due.»

Gli sorrisi guardando il nostro riflesso. «È vero che tendo a essere furiosamente affamata a fine turno questi giorni. E sai che cosa mi ha fatto tuo figlio oggi?»

Adam aggrottò la fronte. «Uh oh, lo stai già chiamando *mio* figlio. Non è un buon segno.»

«Mi ha *scalciato*.»

«Cosa? Davvero? Hai sentito un calcio?»

Mi morsi il labbro per evitare di sorridere come una sciocca, solo per vedere quella reazione da parte sua. Il bambino per lui era ancora solo un'idea. Solo una cosa di cui parlavamo.

Sfortunatamente per lui sarebbe durato ancora un po'. «Ho sentito uno sfarfallio, sì.»

«Sta scalciando adesso?» Mi mise il palmo di entrambe le mani sulla pancia nuda.

Scossi lentamente la testa. «No, e anche se lo facesse, non saresti ancora in grado di sentirlo. Ha le dimensioni di una grande mela.» Fortunatamente non c'era un'espressione chiaramente delusa sul suo volto, ma per sicurezza aggiunsi: «Ci vorranno solo alcune settimane, però, poi potrai sentire i calci anche tu.»

Adam sorrise di nuovo, poi si chinò per baciarmi il collo prima di lasciarmi andare e staccarsi per prendere il suo spazzolino da denti. «Sarà una cosa fantastica.»

Si chinò sul lavandino e cominciò a lavarsi i denti mentre io continuavo la mia routine, massaggiando la lozione sulle mani, le braccia e i gomiti... e ora anche la pancia, nella vana speranza che sarebbe servita per attenuare le smagliature che sapevo sarebbero arrivate. Mentre lo facevo, lo osservavo, il mio maritino sexy.

Mmm. Appetitoso. Seriamente, gnam. Si era allenato per sviluppare le braccia? Le maniche della sua t-shirt fasciavano i suoi bicipiti che si contraevano mentre muoveva lo spazzolino per lavarsi i denti. I miei occhi volarono alla sua faccia, con un accenno della barba scura appena ricresciuta. A Adam non piaceva avere il volto peloso, ma, accidenti, stava così bene. E anche con la bocca piena di dentifricio schiumoso, che lo faceva assomigliare a un cane rabbioso, era ancora l'uomo più sexy su cui avessi mai posato gli occhi.

E quella sera, decisamente lo volevo.

Adam finì in bagno prima di me, più che altro perché decisi all'improvviso di rasarmi le gambe... per qualche motivo.

Quando entrai in camera, Adam era seduto sul letto appoggiato ai cucini e leggeva sul tablet, con quegli occhiali da lettura che gli erano stati prescritti per prevenire il mal di testa. *Quadruplo gnam.* Il genio prodigio con l'aspetto di un nerd e sexy da morire. Quell'uomo era veramente da acquolina in bocca.

Mi lasciai cadere sul letto dalla mia parte, e simultaneamente rotolai goffamente ricadendo a metà sul suo corpo.

«*Uuf*» grugnì forte Adam.

Restai a bocca aperta fissandolo. «Hai appena detto *Uuf*? Che cosa significa?»

Adam aggrottò le sopracciglia scure. «Significa che mi sei appena caduta sulla pancia e mi hai tolto il fiato.»

Lo guardai stringendo gli occhi. «*Che cosa* hai appena detto?»

Adam mi rivolse un'occhiata cauta. «Mi sei saltata addosso. Come diavolo dovevo reagire?»

Irritata e tesa risposi: «Forse stavo cercando un po' di *affetto* dal mio maritino. Ma visto che lui ha creduto bene di rammentarmi che non sono più sexy, immagino di non essere più dell'umore giusto.»

«Emilia, sei saltata e mi sei caduta sullo stomaco. Non era un commento sul tuo peso o qualche tentativo di denigranti per il tuo corpo.»

Lo spinsi via, cercando di trattenere le lacrime. «Okay, se lo dici tu.»

Rotolai dalla mia parte del letto e mi infilai sotto le coperte. Forse c'era un comodo buco nel terreno da qualche parte qui vicino in cui potevo abitare temporaneamente.

Adam appoggiò il tablet e si tolse gli occhiali. «Ehi, che cosa ho detto di male?»

Tirai su col naso, sentendo di colpo quelle lacrime stranamente vicine. Che cosa stupida di cui piangere, ma, in quel momento, non riuscivo a smettere. Maledetti ormoni. «Hai detto *uuf.*»

Adam mi attirò contro di sé. «Significava solo che avevi sbagliato mira.»

Tirai su col naso più forte. «Allora sono una vecchia goffa e grossa zotica.»

«Sbagliato su tutti i fronti.» Mi avvolse stretta nelle braccia per impedirmi di staccarmi dimenandomi, cosa che stavo cercando di fare in quel momento. «Non sei né vecchia né goffa né grossa né zotica.»

Le lacrime mi bagnarono le ciglia. «Quindi sono solo in torto e stupida.»

L'espressione di Adam era di vera preoccupazione. «Emilia...» Voltai la faccia quando cercò di baciarmi la guancia. «Che cosa sta succedendo? Sei stanca?»

Mi asciugai le lacrime, di colpo spompata. «Non mi trovi più desiderabile.»

Adam esitò un momento, con la bocca ancora aperta, cercando cautamente le parole da dire. «Non penso di poter vincere. Perché, se dicessi "non è vero", significherebbe che ti sbagli e dirtelo ti infastidirebbe. Per favore, dimmi che cosa posso risponderti per non peggiorare le cose.»

Nonostante l'improvvisa ondata di lacrime, mi ritrovai a ridere anche un po'. Ma ero ancora talmente emotiva che, allo stesso tempo, mi scendevano le lacrime sulle guance. E quando risi, mi scese il muco dal naso che... accidenti.

Tutto quello che avevo voluto era un po' d'amore, d'affetto e di attenzioni bollenti dal mio sexy maritino e quella sera di colpo si stava trasformando in un disastro.

«Emilia» disse Adam e la sua voce adesso era veramente preoccupata. «Per favore, dimmi come posso migliorare la situazione.»

Feci spallucce. «Non so perché sto piangendo adesso. Io... *cazzo*.»

Quindi Adam mi tirò più vicina e appoggiò il mento sulla mia spalla, aspettando mentre io piagnucolavo finché, finalmente, mi rilassai contro il suo corpo solido, sciogliendomi nelle sue braccia muscolose. Mi calmai con la consapevolezza del suo corpo avvolto intorno al mio e mi godetti il senso di sicurezza che mi dava.

Restammo lì, tranquilli e in silenzio, per lunghi minuti, e sapete una cosa? Era esattamente ciò di cui avevo bisogno. Niente prediche, niente freddezza, niente pazienti sbuffate. Mentre rilasciavo il fiato che non mi ero accorta di trattenere, Adam mi baciò sul collo e sussurrò: «Mi dispiace.»

Alzai la mano e l'appoggiai sulla guancia ruvida. «No, dispiace *a me*. Tu non hai fatto niente di sbagliato. Hai solo fatto *uuf* e non è un crimine.»

«Sono così sollevato. Stavo già cercando di capire come non fare mai più *uuf*.»

La mia risata portò altro muco e Adam allungò la mano, prese una scatola di fazzolettini dal suo comodino e me la passò. Asciugai il disastro di lacrime e muco. Oddio, ero l'esatto opposto di sexy in quel momento. E glielo dissi.

Adam si tirò indietro facendo una smorfia. «A rischio di irritarti un'altra volta, ti sbagli. Per me tu non sei mai stata più sexy.»

Mi bloccai per un breve momento, con la speranza che rinasceva. «Davvero?»

Nei suoi occhi si accese un fuoco inconfondibile. «Voglio toglierti quella camicia da notte proprio adesso e darmi da fare con te.»

Mi soffiai il naso e finii di asciugarmi la faccia. «Non cambiare idea. Torno subito.»

Scesi dal letto, trotterellai in bagno per lavarmi la faccia, poi tornai di corsa a letto, stando attenta questa volta a non finire sullo stomaco di Adam, per evitare di ripetere lo stesso ciclo.

E, wow, come mi dimostrò che mi trovava ancora sexy. Anche se riuscii a convincerlo a risparmiare la distruzione alla camicia da notte.

Mi riempì di tenerezza, prendendosi il suo tempo per esplorarmi, come se non mi avesse mai visto nuda prima. Fece attenzione al mio seno troppo sensibile, ma passò un po' di tempo anche lì, baciandolo piano. Chiusi gli occhi, infilando le dita tra i suoi folti capelli scuri.

«Sei così bella» mormorò contro la mia pelle mentre mi inarcavo per andare incontro ai suoi baci. Mi passò la mano sulla pelle. «Così morbida.»

Poi mi baciò lo stomaco arrotondato, passando la mano anche lì. «Anche più bella di prima, con il mio bambino dentro di te. Come potrei pensarla diversamente?»

Mi aprii a lui, felice delle sue attenzioni. Passai la mano sul suo corpo muscoloso. «Uomo stupendo e delizioso, dimmi di più.»

Lui rise, con la bocca premuta contro la mia pelle. «Non riesci a capire quanto mi ecciti?» Mi premette contro la sua erezione più-che-pronta. «Tutto il tempo. Anche quando sono troppo esausto per fare qualcosa. Sei la donna più meravigliosa al mondo per me. La partner perfetta e sei la madre di mio figlio, la ciliegina sulla torta. Non potrei mai trovarti meno che ridicolmente, magneticamente bella, dentro *e* fuori. A volte è quasi doloroso toglierti gli occhi da dosso.»

La sua testa si sollevò per trovare la mia bocca e le nostre labbra e le lingue si incontrarono, creando il vortice di una tempesta che stava crescendo, di un legame, di eccitazione, il centro di un piccolo mondo in cui abitavamo, solo noi due.

Secoli di civilizzazione e mondi avrebbero potuto sbriciolarsi tutto intorno a noi e non ce ne saremmo mai accorti, lì nella nostra bolla. Solo noi due… noi tre… rinchiusi in un universo che ci eravamo creati da soli.

Appoggiò il palmo della mano sul mio, con le dita allargate, premendole. Le sue labbra continuarono a premere sulle mie e le onde si schiantarono, nuvole scure ruggirono e noi cavalcammo la tempesta.

«Scopami» sussurrai nella sua bocca e potei quasi sentire il suo sorriso sornione contro le mie labbra.

«Oh, lo farò, ma prima voglio adorarti.»

Mi fece venire due volte prima di penetrarmi, una volta con la sua favolosa bocca, una con la mano. Quando stavo ancora assaporando il piacere residuo del secondo orgasmo, Adam rotolò sulla schiena e mi tirò sopra di lui a cavalcioni.

«Voglio guardarti. Voglio vederti tutta mentre sono dentro di te.»

Spostai i fianchi sopra i suoi e lui entrò facilmente. Un'unione perfetta, una metafora della nostra vita insieme. A volte ci potevano essere attriti, tempismo mancato, ma alla fin fine, la nostra unione ci portava solo a livelli più alti di gioia e felicità. Mentre mi muovevo sopra di lui, le nostre mani si strinsero e le dita si intrecciarono per lunghi momenti prima che Adam lasciasse la presa.

La sua mano grande passò sul mio seno, la pancia, i fianchi mentre continuavo a muovermi, lentamente, godendo della sensazione di averlo dentro di me, il suono del suo respiro affannoso misto ai miei gemiti di piacere.

«Sei così incredibile» sospirò, con le mani strette sui miei fianchi per invitarmi a muovermi più in fretta. «La mia compagna perfetta.»

Mi chinai in avanti e i miei capelli lunghi ricaddero sopra la spalla, drappeggiandosi sul suo petto. Risucchiai il fiato e voltai apposta la testa per rifarlo. Una delle sue mani lasciò il mio fianco per infilarsi tra i miei capelli e sentii la famigliare ascesa verso l'orgasmo.

Il mio respiro cambiò e Adam grugnì roco. «Sì… così. Voglio che venga di nuovo. Mi piace farti sentire bene.»

Mi mossi più in fretta, appoggiando le mani sui suoi pettorali duri. «Oh, mi sento bene. *Molto* bene.»

Accelerai nuovamente e Adam ora stava respirando profondamente, come se stesse tentando di ritardare l'inevitabile. Lo sentii venire proprio quando quella tensione si ruppe nell'orgasmo. Inarcai la schiena e tirai indietro la testa, con l'estasi che percorreva la mia pelle e ogni muscolo del mio corpo. L'intensità con la quale colpì. Un orgasmo in tutto il corpo.

Penso di averlo sentito dal cuoio capelluto fino alla punta delle dita.

Proprio quando Adam mi afferrò i fianchi per fermarmi, crollai contro il suo petto, sentendomi solo semi-cosciente quando ricaddi lì.

Adam mi tenne contro di lui mentre ci godevamo il piacere residuo. I nostri volti premuti insieme, con l'accenno di barba che mi graffiava la guancia nel modo che adoravo. Assaporai la sensazione del suo corpo, così diverso dal mio, premuto così vicino al mio.

«Penso già che mi piacerà il secondo trimestre» disse Adam. «Il primo non molto. Ero troppo preoccupato, costantemente. Ma questo? Questo è fantastico.»

Sbuffai, scivolando via lentamente per sdraiarmi accanto a lui. «Ti piace perché sono arrapata come un caprone.»

Adam scoppiò a ridere. «Beh, non negherò che quella parte mi piace. Ma tu, con tutta la tua energia e sai, quando ti guardo... sei luminosa.»

«E sono eccitata e tu benefìci della mia eccitazione.»

«Okay, okay. Sei eccitata come non mai e non nego che questo sesso sia anni luce migliore di quello procreativo.»

«Non è così difficile» risposi ridendo.

Adam mi accarezzò la guancia. «È bello sentirti ridere. Vederti felice. E così in buona salute.»

Ci fu una lunga pausa in cui ci tenemmo abbracciati al buio. Mi schiarii la gola, dando voce a un pensiero inespresso. «Non hai ancora paura, vero?»

Adam ci mise un po' per rispondere e quando lo fece, la sua voce era un po' più bassa. «A volte ho ancora paura, sì.»

Premetti la guancia contro il suo petto, ascoltando il suono del battito del suo cuore sotto la pelle. «Ti ringrazio per essere stato sincero con me.»

Le sue dita trovarono le punte dei miei capelli, afferrò una grossa ciocca e se l'avvolse intorno al dito indice. «Il non sapere. Il fatto che il cancro avrebbe potuto tornare e noi non l'avremmo nemmeno saputo.»

Fermai la sua mano avvolgendoci intorno le dita. «Facciamo gli esami del sangue ogni mese. Finora va tutto bene. So che non è la certezza assoluta di cui hai bisogno, ma niente è mai sicuro, sai. Io mi preoccupo per te ogni maledetto giorno che so che usi quella maledetta motocicletta.»

Adam sospirò. «Hai odiato quella motocicletta fin dal primo giorno.»

«Beh, per me è un enorme spauracchio. Consideralo la mia versione della preoccupazione per te. Inoltre, i papà non vanno in moto.»

«I papà fichi sì.»

«Sei già un papà fico, anche senza la moto.»

Adam restò in silenzio a lungo, così a lungo che pensai si fosse addormentato, finché non riprese a parlare. «Ti dirò una cosa. Quando arriverà il bambino, smetterò di andare a lavorare in moto e la terrò solo per qualche gita di piacere qui e là.»

Gli passai la mano sul petto leggermente peloso e gli baciai i pettorali duri. «Sembra un'ottima idea. Sono d'accordo.»

«Bene. Allora siamo d'accordo. Tu resterai in buona salute e continuerei a prenderti cura di te, anche quando il bambino sarà uscito.»

Sospirai. «Per quanto me lo permetterà il mio calendario. Mangerò in modo sano, dormirò per quanto è possibile e farò esercizio.»

Adam intrecciò le dita con le mie. «Sembra un buon piano.»

Si chinò e poi mi baciò, un bacio lungo e languido sulle labbra. Era pieno di passione e quasi mi chiesi per un minuto se significasse che stava arrivando il secondo round. Anche se, per essere sincera, ero troppo esausta per il secondo round.

Invece Adam sospirò, con il fiato caldo che sfiorava il mio viso e disse: «Hai detto che niente è certo, ma non è vero. Alcune cose sono certe. Questo momento. È reale. Ciò che provo per te è reale... e più solido della Sierra Nevada. E...» la sua mano si mosse per accarezzarmi la pancia, «è certo che amo voi due più di quanto avessi pensato possibile amare un altro essere umano.»

Capitolo
Trentuno
Adam

Emilia era alla trentesima settimana quando arrivò il momento di un'ulteriore "criptografia", come mi piaceva definire la cosiddetta ecografia.

Mi presi il pomeriggio libero e ci trovammo nell'ufficio del medico. Emilia stava lavorando sul laptop con la divisa ospedaliera, dato che aveva appena finito un turno breve, sorseggiando una bottiglietta di succo d'arancia, non il tipo di bevanda che preferiva di solito. Mi preoccupai. «Che cosa succede, non ti stai ammalando, vero?»

Lei scosse la testa. «No, è per l'ecografia. Devo avere la vescica piena, ma il succo d'arancia contiene molti zuccheri che faranno muovere il bambino. Non vorrei che fosse timido e non mostrasse i suoi pendolini.»

«O la loro assenza. Se è una bambina, non c'è niente da vedere.»

Emilia annuì. «Giusto. Ma, comunque sia, ho sentito di gente che fa l'ecografia e il bambino è tranquillo e tiene le gambine chiuse per tutto il tempo e finiscono per non sapere di che sesso è il bambino fino a quando nasce.»

Sorrisi. «Già, al vecchio modo.»

«Sì, non voglio il vecchio modo. Voglio saperlo. Siamo nell'era moderna e questa è la medicina moderna…»

«E tua madre muore dalla voglia di arredare la nursery.»

Emilia annuì, passando una mano sulla pancia curva. La sua divisa era ancora larga ma cominciava a essere ovvio, se la si guardava da una certa angolazione, che il suo corpo stava cambiando. Le diedi un'occhiata. «Lo hai già detto alle persone con cui lavori?»

Scosse la testa, distogliendo gli occhi. «No, non ancora. Presto. Magari quando sapremo il sesso del bambino.»

La guardai sospettoso. «Non hai intenzione di fare una di quelle eccentriche feste o un video su TikTok, vero?»

Emilia inarcò le sopracciglia scure. «Stai scherzando? Né tu né io teniamo a quelle stronzate dei social media da quando ho smesso con il blog. Il pensiero di fare una festa adesso mi fa sentire più che esausta e non siamo nemmeno ancora arrivati al trimestre stancante. Niente festa, niente fuochi d'artificio che rischierebbero di bruciare mezza California. Niente che possa distruggere l'ambiente o che ci faccia apparire idioti davanti a tutto il mondo.»

Beh, almeno quello era un sollievo, anche se speravo che non fosse troppo stanca per la festa premaman che le sue amiche stavano organizzando, con la mia riluttante collaborazione. Ma non sarebbe successo per almeno un mese.

«Nessuno ha tempo per quella roba, specialmente mentre stiamo seguendo quei corsi di genitorialità a livello universitario.»

Emilia cominciò a ridere. «L'ultimo test era folle. Ho una laurea in medicina e ho comunque sbagliato una domanda!»

«Già, hai un vantaggio ingiusto.»

«Oh?» mi guardò altezzosa. «Qual è stato il tuo punteggio?»

«Ho superato il test di pronto soccorso, grazie tante» dissi indignato. Non le avrei mai rivelato nemmeno in un milione di anni quante volte avevo dovuto rifarlo.

Questa volta ci diressero a una stanza diversa e, invece della ginecologa, ci ricevette un tecnico ecografico. L'appuntamento durò di più perché il tecnico stava guardando specificatamente lo sviluppo degli organi e misurando le diverse ossa.

Emilia osservava attentamente e fece qualche commento, notando che il bambino rientrava negli standard di sviluppo, era addirittura nella parte alta della scala. Un bambino grosso.

E, almeno questa volta, avevo un'idea più chiara di che cosa stavamo vedendo, almeno quando Emilia mi indicò il cranio e le ossa lunghe del bambino, tutte le quattro camere del cuore che sembrava battere regolarmente eccetera.

Quando tutto il cliccare e le misurazioni finirono, il tecnico ci chiese: «Volete conoscere il sesso del vostro bambino?»

Emilia sorrise. «Ho già dato una sbirciatina.»

La guardai stringendo gli occhi. «Significa che lo sai già e non me l'hai detto?»

Lei fece spallucce. «Io so che cosa sto guardando.»

Le mie sopracciglia si arrampicarono fino all'attaccatura dei capelli. «Okay, beh, allora parla. Avremo un figlio o una figlia?»

Il suo sorriso si fece ancora più ampio e si voltò verso lo schermo dell'ecografo, indicando una certa area. «Giusto, ecco dove stiamo guardando. Che cosa non vedi?»

Sbuffai. «Emilia, non ho idea di che cosa sto vedendo e, davvero, non c'è bisogno che lo usi come momento di insegnamento, dillo e basta...»

«Qui c'è una vulva, niente pene» rispose semplicemente Emilia.

«Mio figlio non ha il pene?» sbottai, allarmato per un paio di secondi prima di rendermi conto di come suonavano stupide le mie parole. Il tecnico esplose in una risata.

Emilia mi guardò sogghignando. «No, tua *figlia* ha una vulva.»

Sbattei gli occhi, restando a bocca aperta e i miei occhi volarono al punto che Emilia stava indicando. Avrei dovuto accettare la sua parola perché il funzionamento interno del computer e parecchi linguaggi di programmazione erano molto più facili da capire di questa roba.

«Si sta succhiando il pollice, avete notato?» disse il tecnico. «Oh, è così dolce.»

Emilia alzò gli occhi, poi si morse il labbro e si voltò verso di me con le lacrime agli occhi. Mi prese la mano. «Sei pronto a essere il papà di una bambina?»

Feci un grande, profondo respiro e le strinsi forte la mano mentre tornavo a guardare lo schermo incomprensibile. «Esiste qualcuno che sia pronto a essere il papà di una bambina?»

Lei rise. «Se suggerisci Alloreah'ala come nome, metterò immediatamente il veto.»

«Eowyn.»

«No.»

«Daenerys Khaleesi?»

«Assolutamente *non* quello.»

Il mattino dopo lasciai la moto in garage e andai al lavoro in auto.

Perché adesso avevo non una, ma due donne nella mia vita da proteggere.

Circa una settimana dopo aver scoperto che avrei avuto una bambina, eravamo a letto e stavamo leggendo. Io sul mio tablet ed Emilia un cartaceo con una lucina agganciata alle pagine, un altro libro sulla gravidanza. Questo, all'apparenza, era dalla prospettiva medica più hardcore, dati tutti i termini latini di cui era disseminato, come vidi quando diedi un'occhiata alle pagine aperte.

Stavo leggendo per piacere, una volta tanto, un romanzo fantasy abbastanza immersivo da catturare il mio interesse. Era passato molto tempo da quando avevo scelto di leggere un romanzo, preferendo i lunghi, epici libri di storia sull'Impero Romano e altra roba simile. Ma questo romanzo era abbastanza buono da risucchiarmi. Non notai quanto fosse irrequieta Emilia finché il suo girarsi e rigirarsi non scosse il letto per la terza volta.

Dopo il suo ventesimo respiro esplosivo e la quinta volta in cui si girava sul fianco per poi stendersi di nuovo sulla schiena, alzai gli occhi dal tablet. «Va tutto bene? Sembri a disagio.»

Emilia sospirò pesantemente. «Non sono a disagio, in sé, ma la bambina sta scalciando come una pazza. Lo fa un sacco ultimamente. È tranquilla durante il giorno, ma la notte, la sento muoversi in giro come se stesse giocando a *Dance Dance Revolution* o roba simile.»

«Stai automaticamente presumendo che nostra figlia sarà una videogiocatrice?»

«Per favore,» rispose Emilia «per favore, non ha scelta. Guarda chi sono i suoi genitori. È già nel suo DNA.»

«Non inquadrare nostra figlia come una geek già da ora. Potrà essere tutto quello che vorrà.»

«Sì, beh in questo momento o vuole essere una ballerina o una break dancer. Magari anche una calciatrice.»

Non riuscii a resistere alla tentazione di mettere la mano sulla sua pancia arrotondata. «Dove sta scalciando?»

Emilia mi prese il polso e mi riposizionò la mano in alto sullo stomaco. «Le piace moltissimo questo punto, ma non sono sicura che sia abbastanza grande perché tu riesca a sentirla.»

Aspettai un minuto e ci guardammo, ma non successe niente. «Senti qualcosa adesso? Perché io non sento niente.»

«No, si è acquietata di colpo. Forse è il panico da palcoscenico o roba simile.»

Sospirai. Oh, beh, c'era ancora tempo. Tenni la mano dov'era ma premetti il tasto sul tablet per riattivarlo e continuare a leggere.

Emilia sembrò sentirsi più a suo agio e si sistemò in quella posizione, appoggiando la testa sul braccio in modo da riuscire a continuare a leggere il suo libro.

Qualche minuto dopo, un muscolo sul suo stomaco si contrasse. Lei risucchiò il fiato e mi guardò a occhi sgranati.

«I tuoi muscoli si stanno contraendo» le dissi.

«Oh, no. Quella non ero io. Era tua figlia. È tornata, a quanto pare, dopo il pisolino di due minuti. Dev'essere una bestiolina notturna.»

Sistemai la mano in modo che restasse esattamente in quel punto. «Era la bambina?»

«Sì, l'hai sentita. Sta scalciando, o sbattendo la testa, non so.»

Spostai il palmo della mano sul suo stomaco, facendo un po' di pressione sulla superficie, immediatamente incantato. «Forza, dai, puoi rifarlo. Dammi un altro calcio.»

Come se mi avesse sentito, ci fu di nuovo quella sensazione, quella che avevo scambiato per la contrazione di un muscolo.

Emilia spalancò gli occhi. «Ha appena fatto esattamente quello che le hai chiesto di fare?»

Sorrisi. «Già. Promette bene per il futuro, vero?»

Lei scosse la testa, meravigliata. «Non è ancora uscita ed è già la cocca di papà.»

Sorrisi, appoggiai il tablet sul comodino, dimenticando il romanzo. «Voltati» le dissi e, quando appoggiò la schiena contro il mio petto, la premetti contro di me, mettendo entrambe le mani sul punto nel quale la bambina stava scalciando senza sosta. «Fa male?»

Emilia scosse la testa, e i suoi morbidi capelli profumati ricaddero contro il mio naso. Aspirai profondamente. Aveva un profumo così buono. Le mie labbra andarono automaticamente al suo collo e la baciai.

Emilia sospirò felice. «Penso che papà abbia qualcos'altro in mente, a parte dormire?»

«Non so se mi piace che mi chiami papà a letto.»

Emilia sogghignò. «Non ti sto chiamando *papà* in quel modo. O vorresti che lo facessi?» Quando non risposi, Emilia si voltò per guardarmi. «È così?»

Sbattei gli occhi. «Non è una perversione che mi attiri. Ma forse riesco a vederne il fascino… nelle giuste circostanze.»

Emilia arricciò il naso come se ci stesse veramente pensando. «Tu e io non abbiamo già troppi problemi con i nostri padri per esplorarlo? Non ci spedirebbe diritti in terapia?»

Mi sentii di colpo sulla difensiva, senza nemmeno rendermi conto del perché. «Ed è una brutta cosa?»

Lei mi guardò stupita. «Andare in terapia. No, per niente. Stavo solo scherzando, ma...» Emilia fece spallucce, quasi imbarazzata «non c'è niente di male ad andare in terapia. Non era una battuta appropriata.»

«Cioè, tu sei andata in terapia, quindi me lo stavo solo chiedendo.»

«Sì, la terapia mi ha aiutato. Lo stavo solo dicendo per scherzare. E non tutti quelli che hanno problemi con la figura paterna, o una perversione, hanno bisogno della terapia. Quella battuta... ti ha turbato?»

«No, non specificamente, no. Ma...» Feci un respiro profondo mentre mi guardava in attesa. La bambina scalciò di nuovo e questa volta la sua pancia premeva contro la mia, quindi lo sentii direttamente sull'addome. Impressionante, piccola signorina Drake. Impressionante.

Guardai negli occhi sua madre e di colpo stavano entrambi sorridendo come due sciocchi. Dopo un momento, il sorriso di Emilia svanì. «Mi dispiace. Spero che la mia battuta non ti abbia offeso.»

Tornai subito serio. «No. E mi ha fatto pensare e mi sono reso conto che ho una confessione da farti.»

Emilia sembrò lievemente preoccupata. «Che cos'è?»

Ingoiai il groppo che avevo in gola. «È da qualche mese che vedo una terapista.»

Emilia aggrottò le sopracciglia fissandomi, probabilmente cercando di capire se la stavo prendendo in giro o no. Poi scoppiò di colpo a ridere, come se avesse concluso che stavo scherzando. Ma quando vide che non ridevo con lei, tornò seria. «Oh, scusa.

Pensavo stessi scherzando. Io... scusa, stavo cercando di capire.» Si morse il labbro accigliandosi. «Ogni volta che ho tirato fuori l'argomento di vedere qualcuno, in passato, sembrava che resistessi... a volte in modo molto deciso. Mi stupisce che abbia preso la decisione di andare per conto tuo e poi abbia deciso di non parlarmene.»

Sospirai. «Mi dispiace. Non stavo mantenendo il segreto, più che altro stavo... gestendo le aspettative. Nel caso non avesse funzionato. Non volevo che tu restassi delusa se o quando avessi deciso di gettare la spugna.»

Emilia annuì lentamente, sembrando capire. «Lo capisco, ma non sta a me rimanerci male. Il mio compito è di sostenerti nel tuo viaggio. E se non lo sapevo, allora come...» Emilia smise di parlare, come se le fosse venuto in mente qualcosa. Le sopracciglia si unirono e poi di colpo sul volto le apparve un'espressione divertita. «Lezioni di uniciclo, addestramento da circo, lezioni di tessitura canestri sott'acqua e quella strana annotazione RT...»

Risi, capendo quello che le era passato per la mente. «Beh, dovevo mettere qualcosa nel mio calendario in quelle ore, in modo che Maggie non prendesse altri appuntamenti.»

Emilia ridacchiò di nuovo e la bambina scalciò due volte come echeggiando il divertimento di sua madre. «Che cosa significa RT?»

«Riduzione Temporale.»

Emilia scoppiò a ridere. «Strizzacervelli. Furbo.»

Sorrisi. Emilia mi capiva. Questa donna meravigliosa, intelligente, bella e astuta mi capiva veramente. Anche quando facevo stupidi scherzi sul mio calendario. «Non sapevo che controllassi tanto il mio calendario in questi giorni.»

«Ho dovuto farlo, per tutti quegli appuntamenti per la bambina e i tuoi folli impegni. Il tuo calendario è un incubo di fasce orarie alla *Tetris* e abbiamo le lezioni di genitorialità, i controlli eccetera.»

«Esattamente, quindi dovevo mettere qualcosa in quella fascia oraria, e non sono affari di Maggie se sto facendo terapia.»

Emilia mi guardò piegando la testa. «Ma sono affari *miei*.» Mi sorrise dolcemente e mi appoggiò la mano sulla guancia. «E ora che lo so, che cosa posso fare per sostenerti?»

«Beh, forse tra qualche mese potremo andare insieme. La mia terapista ha suggerito che dovremmo farlo, tra un po'.»

Emilia annuì. «Okay. Fammelo solo sapere e lo inserirò nel mio calendario, non così *tetrizzato*.»

Scossi la testa. «Stai mentendo a te stessa se pensi che la tua agenda sia meno folle della mia, dottoressa Strong.»

Emilia mi studiò a lungo. «Allora, sarebbe accettabile se ti chiedessi che cosa ti ha spinto ad andare in terapia?»

Ci pensai per un minuto, riconoscendo il breve accelerare del mio polso come una familiare reazione lotta-o-fuggi al suo desiderio di aprirmi. La riconobbi, capii da dove veniva quel sentimento e rammentai a me stesso che qui ero al sicuro. Con lei, io ero sempre al sicuro. Uh, curioso. Era la prova che la terapia stava funzionando?

Misi la mano sullo stomaco di Emilia. «Lo sto facendo per lei. Voglio essere il miglior papà possibile. Ma voglio anche essere il marito che ti meriti.»

Emilia sgranò gli occhi e li sbatté rapidamente, con la bocca che si addolciva. «Oh, Adam. Sei già piuttosto fantastico.»

Le sorrisi. «Non sono ancora quello che meriti. Ma ci sto arrivando.»

Emilia scosse lentamente la testa. «Beh, questa sera hai posto la sbarra molto in alto, mister.» Si chinò per baciarmi e la bambina scalciò più volte, come se volesse echeggiare le emozioni di sua madre. Questa donna tra le mie braccia, con la nostra bambina al sicuro dentro di lei, tra di noi. Ero l'uomo più fortunato al mondo.

La baciai a lungo ed Emilia partecipò con il fuoco sulle labbra, sulla lingua. Quando mi tirai lentamente indietro, emise un sospiro soddisfatto e si appoggiò a me, approfondendo il bacio. «Sono così eccitata in questo momento, Adam Drake. Sarà meglio che stia attento.»

E quando mi spinse sulla schiena e fece cose fantastiche e deliziose al mio corpo, potei solo crogiolarmi in questa felicità e apprezzarla per ciò che era. Il presente. Questo momento. Ero sopraffatto dalla gratitudine per quello che avevo e avrei combattuto contro un cavaliere in missione per tenere al sicuro ciò che era prezioso per me. E se significava entrare nelle regioni sconosciute e misteriose della mia psiche con una terapista come guida, allora avrei continuato a farlo. A volte quelle regioni assomigliavano alla Palude di Fuoco e a volte laggiù era come l'orrendo Mordor.

Ma non mi sarei arreso.

Perché volevo diventare l'uomo che Emilia meritava. Che *loro* meritavano.

Capitolo Trentadue
Mia

Immagino che non aver mai esplicitamente dichiarato che non volevo una festa premaman non fosse il modo migliore per evitarne una.

Avrei dovuto sospettare qualcosa quando Adam aveva suggerito di portarmi fuori per un brunch domenicale nell'albergo di un resort vicino. Quando gli diedi un'occhiata sospettosa, disse qualcosa sul fatto che ci saremmo incontrati lì con Peter e mia madre. Sembrava più credibile, quindi ci andai senza fare altre domande, probabilmente perché il mio cervello stanco non riuscì a trovare l'energia per farlo.

Ma adesso eravamo lì, su un patio privato che dava sull'oceano con i miei amici e colleghi, fiori, palloncini e centrotavola rosa ovunque. Tanto rosa.

Le mie amiche: April, Jenna, Alex e Katya, le entusiaste organizzatrici mi accolsero con grandi abbracci e buffetti enfatici sulla pancia sempre più sporgente.

Alex saltellava su e giù, a occhi sgranati. Mi assalì, accusandomi: «Non mi hai mai detto che sei amica delle celebrità.»

Sorpresa, le chiesi: «Che cosa intendi dire?»

«Beh, è un grande eroe, immagino che tu non pensi a lui come a una celebrità» si affrettò a dire quando la guardai senza capire.

«Oh!» si inserì Kat. «Si riferisce al comandante Ty. Gli sono passata vicino. Si è ricordato di me dalla demo che ho fatto per gli astronauti un paio di anni fa. È stato fico.»

«Lui e Adam sono amici» dissi ad Alex. «Si conoscono da parecchio tempo.»

A mia volta salutai la sua adorabile fidanzata, la dottoressa Gray Barrett, una nerd che mi somigliava in quanto a idee e interessi.

«Congratulazioni» disse Gray, sottolineando le sue parole sincere con un forte abbraccio. «Sono così felice per voi due.»

«Ben fatto, Adam.» Il suo aitante fidanzato, l'eroe nazionale, il comandante Ryan Tyler, diede una pacca sul braccio a mio marito, con un gran sorriso sul volto. «È dovere tuo e di Mia popolare il pianeta con gente brillante.»

Guardai Adam negli occhi e, anche se sorrise, lo lessi in fondo ai suoi occhi: non avrebbe mai volontariamente affrontato di nuovo questa ordalia né vi avrebbe assoggettato me, quindi il ripopolamento del mondo era probabilmente fuori questione.

Prima che potessi dire qualcosa, Adam ribatté: «Devi darci una mano con questa cosa, Ty. Abbiamo decisamente bisogno di più astronauti nella prossima generazione.»

Ty aggrottò le sopracciglia. «Significherebbe ammettere che sto diventando vecchio e ho bisogno di sostituti.»

«Vieni, stiamo fermando la fila» fu l'unica reazione di Gray alla spacconeria maschile sul ripopolamento del pianeta. Il pianeta era già più che popolato così com'era, quindi meglio evitare.

Poi fu il turno di Lindsay, accompagnata dal suo fidanzato, che dichiarò, con un grande abbraccio, quanto era stato divertente fare acquisti per comprare cose per la nostra bambina.

«Adam, non avevo idea che fossi amico di Dominic Fischer. Perché non me l'hai mai presentato?» chiese semiseria quando il suo compagno era andato a mettere il loro gigantesco regalo sul tavolo apposito. Tipico di Lindsay.

Adam sembrò estremamente divertito. «Mi sembra che te la sia cavata bene da sola. Non hai bisogno del mio aiuto.»

«Vero, vero. Sono abbastanza felice ma, comunque, sei pieno di sorprese, vero? Sempre misterioso, Adam Drake.»

Mi morsi il labbro, nascondendo il mio divertimento. Adam era molto meno riservato rispetto al passato, almeno con me, ma capivo l'origine della battuta di Lindsay. Di regola, Adam non condivideva. Teneva le cose dentro di sé, senza mai rivelare ciò che pensava, cosa che mi fece pensare a come stavano funzionando le cose per lui in terapia. Da quando aveva fatto quella rivelazione bomba il mese prima, non era passato un giorno in cui non me l'ero chiesta.

Come diavolo faceva quella povera donna a farlo aprire, quando era come Fort Knox sepolto in profondità sotto la Lonely Mountain nei confronti praticamente di tutte le persone che facevano parte della sua vita?

Non invidiavo chiunque cercasse di estrargli cose che lui non voleva rivelare. Era come estrarre diamanti rari in una miniera profonda in Sud Africa. Ma il fatto che ci fosse andato da solo, senza essere blandito o forzato, la diceva lunga. Forse adesso era pronto.

La fila per accogliere gli invitati stava diventando un po' tediosa, ma era comunque meraviglioso salutare più amici. Erano venuti anche Louisa, Josh e il loro bellissimo bambino, Wilder.

Louisa ridacchiò. «Forse Wilder e la tua bambina un giorno usciranno insieme.»

All'uomo accanto a me praticamente si rizzò il pelo, con un atteggiamento difensivo. «È un po' presto per parlare di appuntamenti.»

Gli diedi un'occhiata. *Calmati amico.*

Josh si mise a ridere. «Qualcuno sta fissando l'età del primo appuntamento a quarantatré anni, eh?»

«Meglio centoquarantatré» rispose Adam sorridendo.

Poverina questa bambina, una volta raggiunta l'adolescenza e il momento di cominciare a uscire con i ragazzi. Avrebbe dovuto ricorrere ai farmaci, o avrebbe dovuto farlo suo padre. Mi morsi il labbro. Forse avremmo dovuto lavorare lentamente per abituarlo all'idea molto prima di arrivare a quel punto, ma avevamo oltre un decennio prima di dovercene preoccupare.

Poi si avvicinarono Jordan e April che abbracciarono entrambi. Jordan strinse forte la mano a Adam e mi baciò sulla guancia, congratulandosi sinceramente.

Poi disse la cosa più tipica di lui: «C'è qualcosa di alcolico?» Adam e io scoppiammo a ridere.

April gli diede una botta sul braccio col dorso della mano. «È una festa premaman, idiota.»

Jordan le diede un'occhiata. «Quindi… nemmeno la birra? La birra è servita in bottiglie, che assomigliano a biberon, che sono roba da bambini.»

April lo allontanò, scusandosi profusamente con gli occhi che ridevano. Immaginai che quei due ridessero parecchio.

Poi arrivò Dom Fischer. Adam si fece avanti con un grande sorriso. «Wow, siamo contenti di averti beccato mentre non eri su al Nord.»

Dom sorrise. «Sto cercando di passare più tempo qui. Obblighi familiari, sai.»

«Grazie per il regalo. La tua assistente mi ha informato che è stato consegnato alla casa nuova ieri, ma nessuno dei due ha ancora trovato il tempo per andarci e vedere che cos'è.»

Dom Fischer era un uomo di una bellezza sconvolgente. Alto, capelli scuri, occhi grigi, fisico eccezionale. Potevo quasi sentire gli sguardi di tutte le donne su di lui, e anche quelli di qualcuno degli uomini. Lui sorrise misterioso. «Capisco perfettamente le vostre folli agende. Ma spero che vi piaccia e, cosa più importante, che piaccia a *lei*» disse indicando la mia pancia.

Passai la mano sulla protuberanza generosa della mia pancia e sorrisi. «Sono sicura che le piacerà, qualunque cosa sia.»

«Oggi devo passare in ufficio, quindi per favore non pensate che sia scortese se me ne andrò presto. Mi scuso in anticipo.»

«Non l'ho mai sentito dire prima» dissi sarcasticamente dando un'occhiata a mio marito. Per tutta risposta, lui fece spallucce, imbarazzato. «Ti capiamo perfettamente. Non c'è bisogno di scusarsi.»

Dopo aver salutato tutti i nostri ospiti, ci sedemmo ai tavoli nella sala da pranzo adiacente, godendoci il brunch ascoltando musica dal vivo e chiacchierando. In un altro momento sarei stata troppo occupata per notare che Jordan stava macchinando qualcosa. Ma, accidenti, era così ovvio, andava da gente che ero sicura non conoscesse e tirava fuori il telefono ogni cinque secondi.

Mi feci un appunto mentale di chiedere ad April di che cosa si trattasse, ma era occupata a gestire gli stupidi giochi che si facevano a quel tipo di feste, che avrei preferito evitare.

In special modo... il famigerato gioco del pannolino. Disgustoso.

April passò in giro un certo numero di pannolini che contenevano cioccolato fuso e ai partecipanti alla festa veniva chiesto di che tipo di barrette si trattasse.

La prima volta che qualcuno si mise il pannolino sotto il naso per dare una bella annusata, il mio stomaco fece un salto mortale. Uh! Il prossimo avrebbe chiesto se poteva assaggiare.

Me la diedi a gambe prima che succedesse.

Diedi di gomito a Adam, dandogli un'occhiata senza parlare. Poi mi spinsi goffamente fuori dalla poltroncina e mi scusai dicendo che avevo bisogno del bagno, assicurandomi di dare un'ulteriore occhiata significativa a mio marito nel caso si fosse persa la prima perché troppo discreta. Lui piegò leggermente la testa come a indicare che aveva colto il messaggio di raggiugermi fuori.

Stavo stiracchiando la schiena quando arrivò.

Adam si avvicinò con un diabolico, fantastico sorriso sulla faccia. Indicò la piscina lì vicino. «Ehi, sexy, vuoi venire a fare il bagno nuda con me?»

Lo guardai fintamente severa. «Non flirto con gli sconosciuti. Mio marito te la farebbe pagare se lo sapesse.»

Adam sorrise. «Sembra un bruto senza cervello.» Poi mi mise le braccia attorno, tirandomi vicina per un bacio.

«Riesci a malapena a mettermi le braccia intorno alla vita, vero?»

Adam scosse la testa. «Non è vero. Le mie braccia riescono perfettamente ad abbracciare te e il tuo magnifico corpo.»

Sospirai, fingendo irritazione. «Smettila di flirtare, mi stai distraendo.»

Adam aggrottò la fronte. «Da che cosa? Credevo che volessi solo una scusa per allontanarti dal disgustoso gioco della pupù di neonato.»

«Era disgustoso, ma era anche una bella scusa per svignarmela, in modo da poter parlare con te di una cosa.»

«Di che cosa stai parlando?»

«Jordan.»

Adam sembrò sorpreso. «Jordan? Si sta comportando in modo inappropriato? Devo andare a farlo nero oppure, cosa ancora più paurosa, chiedere ad April di farlo?»

Scossi la testa. «No, va tutto bene. Ma si sta comportando in modo strano. Continua ad avvicinare la gente e a uscire dalla sala con loro. Sembra bizzarro, come uno schema di marketing multilivello o roba simile.»

Adam mi rivolse un'occhiata scettica. «Non direi che non è da Jordan in circostanze normali, ma decisamente non durante la festa premaman.»

«Forse potresti scoprire che cosa sta macchinando?»

Adam fece spallucce. «Tenterò. Ma non si sa mai, magari sta programmando una specie di bella sorpresa per noi o la bambina o tutti noi. Non vorresti rovinarla, no?»

Gli diedi un'occhiata scettica. «Sei Adam Drake. Tu detesti le sorprese, ricordi? Perfino quelle eccezionali.»

Adam annuì, sospirando. «Giusto.»

Ci dividemmo non molto dopo quando Jenna venne a cercarmi perché la mia partecipazione all'attività seguente era obbligatoria.

Comunque, non molto dopo, quando stavo legittimamente andando in bagno, Adam mi trovò di nuovo. Questa volta l'espressione sul suo volto era di esasperazione.

«Ho risolto il mistero di Jordan. Ha messo in piedi un giro di scommesse sulla data e ora della nascita.»

Lo guardai esterrefatta. «Che dia... *che cosa?*»

«La gente sta scommettendo e più si avvicinano alla data prevista del parto, più basse sono le quote. Le quote più alte sono per più di due settimane, prima o dopo. Le quote più basse sono intorno alla luna piena di dicembre, per via delle statistiche. Jordan ha preso seriamente in considerazione le variabili per questa roba.»

Scoppiai a ridere, nonostante lo shock. Era proprio da Jordan far diventare una fabbrica di soldi un parto imminente. Qualunque altra cosa sarebbe stata una delusione.

«Mi ha effettivamente chiesto se volevo comprare uno slot il giorno di Capodanno. Gli ho detto che mi avresti ucciso se avessi scoperto che avevo scommesso su un ritardo simile.»

«Non ti sbagliavi. Sarei diventata vedova e madre single in un sol colpo.»

«Già, quindi ho rifiutato, per autoconservazione. Ma il modo in cui ha pensato a tutto dimostra che ha fatto delle ricerche e ci ha lavorato parecchio, quindi almeno c'è quello.»

«Che Dio aiuti April se mai decidessero di avere un figlio perché… wow, si avvicina ai tuoi disgustosi frullati con il cavolo nero.»

Adam alzò un dito. «Non denigrare i frullati. Sono salutari e buoni per te. Allora, va bene, sono un po' disgustosi e ti fanno venire la nausea, ma non è quello il punto.»

Lo fissai stringendo gli occhi. «Per me lo è.»

Adam rise e mi attirò tra le braccia, baciandomi la testa. È così che ci trovò Jordan.

«Prendete una stanza, voi due. Direi anche di procurarvi dei preservativi, ma per quello è troppo tardi.» Rivolse a entrambi il suo tipico sorriso affascinante e malizioso. A volte, nonostante tutta la sua spavalderia, riuscivo a capire ciò che vedevano le donne che gli cadevano ai piedi come tante pedine di un domino. Ma per la maggior parte del tempo lo trovavo amorevolmente irritante. Come in quel momento, per esempio.

«Allora, che cos'è questa storia del giro di scommesse sul momento della nascita?» Incrociai le braccia sul petto, appoggiandole alla pancia sporgente.

Jordan sembrò la proverbiale lepre sotto i fari e diede un'occhiata a mio marito che voleva dire qualcosa come *et tu, Adam?*

«Ehi, amico, dovevo vuotare il sacco. Conosci l'adagio, o potrai capirlo molto presto, comunque: moglie felice, vita felice.»

«Sì, ma miglior amico felice… Oh, non lo so. Non sono arguto come voi due. Sappi solo che qualcuno farà un sacco di soldi sull'imminente arrivo della vostra dolce bambina, e sarà probabilmente qualcuno a cui volete bene.»

«Non sarà così se vincerai tu» ribattei con un sorriso scherzoso.

Jordan si mise la mano sul cuore e dichiarò, con la sua voce più sincera: «Mia, mi ferisci, davvero.»

Sogghignai, ma andai comunque ad abbracciarlo. «Sono sicura di non aver ferito quel tuo cuore nero, nemmeno un po'.»

Jordan scoppiò a ridere, poi si chinò e mi baciò sulla guancia. «Fammi un favore e passa tutto il tuo sarcasmo a tua figlia. Mi farà un gran bene sapere che Adam viene costantemente messo in riga dalle donne a casa sua.»

Ascoltando le conversazioni, scoprii che quasi tutti avevano accettato di scommettere sulla data del parto, inclusa la mia stessa madre. Anche se nessuno voleva dirmi la data su cui aveva scommesso per paura che portasse sfortuna. Come se io avessi un qualche controllo sulla situazione, anche se avevo una mezza idea di scegliere una data che nessuno aveva scelto e fare un cesareo programmato.

E se i miei occhi non mi ingannavano, quando pensava che non stessi guardando, Adam passò un biglietto da venti dollari a Jordan. Decisi di non parlarne, ma sarebbe stato meglio per lui che non avesse scelto lo slot di Capodanno.

Dopo essere riusciti a trasferire i regali con l'aiuto del coordinatore dell'albergo (l'unica cosa che ci era rimasta da fare, visto che le nostre ospiti erano così in gamba), ci avviammo verso l'uscita dell'albergo. Ci stavamo muovendo lentamente, esausti e pronti a rintanarci in casa per il resto della giornata.

Prima che ci riuscissimo, però, Louisa si precipitò verso di me mentre uscivo. Josh aveva già portato Wilder in auto.

La sua espressione era abbastanza seria che mi fermai e chiesi a Adam di controllare il carico dei regali per il trasporto. Poi, Louisa mi riportò nel patio, dove saremmo state in privato e abbassò la voce in modo che nessuno della squadra di pulizia potesse sentirci.

«So che andrai presto in congedo di maternità, ma volevo che sapessi che mi sono imbattuta in un'infermiera veramente sconvolta durante la mia rotazione in Psichiatria.»

Anche Iverson era in quella rotazione con lei. Dissi il suo nome sottovoce e Louisa annuì lentamente, fissandomi. Iverson aveva mantenuto le distanze da me, senza nemmeno parlarmi o guardarmi da quando avevo annunciato ai colleghi che ero incinta.

Mi ritenevo fortunata e speravo che avrebbe significato la fine del suo strano e inappropriato comportamento. Però probabilmente si era solo spostato su un altro obiettivo.

«Lei ritiene che nessuno presterà attenzione a un'infermiera che si lamenta di un medico… anche se è solo un tirocinante. Sai come può essere patriarcale la situazione in ospedale, specialmente con i medici maschi e bianchi.»

Feci un respiro profondo, espirai e diedi un'occhiata all'interno dell'albergo in modo da assicurarmi che mio marito non fosse a portata d'orecchi. «Dovrei dire qualcosa, in modo che prendano sul serio il suo reclamo.»

Louisa mi guardò cautamente. «La aiuterebbe sicuramente. Penso che sia stato particolarmente diretto con lei e potrebbe averle chiesto di uscire con lui.»

Sbattei gli occhi. «Non è assolutamente un comportamento appropriato.»

«No. Pensa a come sarà schifoso con il suo staff in futuro se lo lasceranno fare, visto che è già così orribile durante l'internato.»

Strinsi i denti. «Okay, dille pure che non è da sola. Inoltrerò anch'io un reclamo. Ero pronta a farlo ma continuavo a ripensarci perché questo tizio è come la morte dei mille tagli. Non c'è una cosa che ha fatto o detto che sia sufficiente per un reclamo, ma se si sommano tutte, diventa tutta un'altra storia.»

«Ambiente di lavoro ostile, come minimo. I suoi futuri colleghi e il suo staff ti ringrazierebbero, se mai lo sapessero, cosa che non succederà.»

Annuii, respirando a fondo e sentendo dentro di me una profonda convinzione. «Okay, tutto per aiutare una collega in ambito medico.»

Louisa si chinò e mi abbracciò. «Sono felice che tu sia così coraggiosa, non sono sicura che lo sarei anch'io al tuo posto.»

«Grazie al cielo sei stata risparmiata, almeno in questo caso.» Le restituii l'abbraccio e mi allontanai. Louisa andò incontro a Josh e Adam che mi stavano aspettando accanto al bancone della ricezione.

Adam mi diede un'occhiata curiosa e io mi limitai a fare spallucce. «Aveva qualche consiglio da darmi.» Mi accarezzai la pancia per depistarlo. Non era una vera bugia e non mi serviva che Adam entrasse in modalità "bestia furiosa" come sarebbe successo se avesse saputo tutti i particolari.

Non avevo intenzione di dare al padre di mia figlia un motivo per farsi sbattere in galera prima ancora che lei nascesse.

Quella sera, presi il mio laptop e composi un'e-mail descrivendo il comportamento del dottor Iverson. Mi si formò un groppo gelido di timore mentre descrivevo brevemente le sue parole e le sue azioni, consultando il file che avevo tenuto. E sinceramente mi chiesi perché avessi aspettato fino a quel momento per farlo, a sostegno di qualcun altro invece di provare la stessa indignazione per me stessa.

Sembrava che avessi parecchio da imparare come donna in un mondo ancora patriarcale e, sfortunatamente, dubitavo che sarebbe stata l'ultima volta in cui sarei stata in quella posizione.

Speravo solo che servisse a qualcosa.

Capitolo

Trentatré

Adam

Il giorno prima della Vigilia di Natale, Emilia era agitata come pochi e fu irrequieta per tutto il giorno, incapace di restare seduta. Era in programma che inducessero il parto il giorno dopo Natale, dato che la bambina stava diventando grossa e a quel punto lei avrebbe superato il termine. Ma mancavano ancora due lunghi giorni.

Per quel motivo avevamo programmato un Natale tranquillo, semplice, e non avevamo fatto promesse ai parenti. Nel frattempo, mi mordevo la lingua e mi sforzavo di fare tutto quello che chiedeva senza parlare perché, a quanto pareva, il suono della mia voce, inspiegabilmente, la faceva infuriare.

Non capirò mai le donne incinte, anche se avevo passato gli ultimi nove mesi vivendo insieme a una, e la diceva lunga.

Avevo lavorato lunghe ore per facilitare la transizione di Jordan ad amministratore delegato, più che altro da casa nell'ultima settimana, aspettando che mia moglie entrasse spontaneamente in travaglio. Sfortunatamente per lei, non era ancora successo e lei era stanca di essere incinta. Jordan a io avevamo deciso che la nascita di mia figlia sarebbe stata la linea di demarcazione tra la mia gestione e la sua. Oppure, come lo definiva lui, il suo "pre-lancio" come AD. Per quanto ne sapevano i dipendenti e il pubblico era il mio congedo di paternità, ma per noi era la prova di fattibilità. Avrebbe gestito la società e quando mia figlia avesse avuto tre mesi, sarei tornato al lavoro per il tempo necessario di passare ufficialmente il bastone del comando, fare l'annuncio pubblico e avallare il mio miglior amico con una cerimonia pubblica.

Jordan era disposto ed era pronto. E, per Dio, se non vedeva l'ora. E avevo la sensazione che se lo fosse aspettato, almeno nell'ultimo paio di anni, e si fosse preparato di conseguenza. Avevo scelto bene il mio rimpiazzo.

La notte prima della Vigilia di Natale, dopo non aver dormito a sufficienza per settimane, mi addormentai presto e, cosa insolita, prima di Emilia. Lei aveva scelto di dormire nella camera degli ospiti per la maggior parte delle notti e avevo cercato di non offendermi. In un breve momento in cui non era irascibile, mi aveva spiegato che la preoccupava che mi avrebbe svegliato con il suo continuo girarsi e rigirarsi.

Comunque, quando mi svegliai alle due del mattino, la trovai seduta in fondo al nostro letto, accasciata e che respirava pesantemente.

Mi ci volle un minuto per elaborare quello che stava succedendo. Scesi dal letto, mi fiondai in bagno, sbattendo gli occhi quando accesi la luce. Ero a metà di una lunga pisciata quando mi resi conto che cosa significavano quel respirare pesante e la postura accasciata. Trasalendo, finii, mi lavai le mani e tornai di corsa da lei.

«Che cosa sta succedendo? Stai bene?»

Le ci volle un minuto per rispondere, quindi mi sedetti sul letto accanto a lei e le misi un braccio intorno alle spalle. Lei scrollò le spalle per farmelo togliere. «Non toccarmi» sbottò, poi fece un respiro profondo. «Scusa, non intendevo essere così brusca.»

«Va tutto bene. Tu stai bene?»

«Sì e no. Sono in travaglio e fa un male cane.»

«Stai avendo le contrazioni adesso?»

Emilia sospirò e capii di aver detto la cosa sbagliata. Mi feci forza, pronto a diventare il cattivo nella sua storia per le prossime ore. Ne avevo letto ed ero pronto a farmi scivolare tutto di dosso. «Sì, Adam. È quello che significa il travaglio. Contrazioni.»

«Okay. Quindi, qual è l'intervallo?»

«Non lo so. Non ho controllato. Sto solo respirando per superarle. Decisamente non sono ancora abbastanza ravvicinate per preoccuparsi... oh...» La voce divenne tesa. «Ecco che ne arriva un'altra.»

Balzai in piedi e andai al mio comodino, prendendo il telefono. «Prenderò il tempo delle prossime, giusto per essere sicuri.»

Emilia si massaggiò la pancia, dondolandosi e inspirando profondamente. Un minuto o due dopo sembrò respirare di nuovo normalmente. «Mancano ancora ore prima di dover andare all'ospedale.»

E aveva ragione, le contrazioni arrivavano a undici minuti di distanza. Avevo imparato abbastanza dai corsi preparto che avevamo frequentato da sapere che eravamo solo all'inizio del percorso.

Alle cinque del mattino, le contrazioni non erano più ravvicinate. Adesso mi ero messo gli occhiali e stavo attentamente ricercando ogni sito che conoscevo che parlasse di parto per scoprire se l'inizio del travaglio procedeva sempre così lentamente, e se fosse normale che non progredisse praticamente per niente in tre ore.

E, tanto per non aumentare le preoccupazioni, molti dicevano che le *primipare*, lo strano termine medico per le donne che diventavano madri per la prima volta, tipicamente avevano travagli lunghi. Sembrava che Emilia avrebbe fatto parte di quel gruppo.

Ma quando uscì dal bagno, aveva un'espressione sorpresa sul volto e la mano premuta sull'addome sporgente. «Sono piuttosto sicura che mi si siano appena rotte le acque.»

Prima di dire qualcosa, registrai l'orario nel file sul mio telefono, poi alzai gli occhi. La metà inferiore della sua camicia da notte era bagnata.

Saltai fuori dal letto, mi infilai il telefono in tasca e afferrai la borsa con i nostri vestiti e quello che avevamo preparato la settimana prima.

«Okay, vediamo di vestirti…»

Emilia andò al suo spogliatoio. «Mi posso vestire da sola. Vengo subito.»

«Okay, vado a caricare l'auto e riporterò un golf cart dal ponte. *Non* scendere le scale senza di me.»

Emilia sospirò. «Sono in grado di fare le scale da sola, Adam.»

«So che sei in grado di farlo, ma ti aiuterò comunque, nel caso scivolassi o arrivasse una contrazione mentre stai scendendo o roba simile.»

Emilia sbuffò ma non disse niente, sparendo nello spogliatoio. Mi dissi che quell'atteggiamento era solo temporaneo ed era provocato dal disagio e dal dolore. E, per aiutarla a superarlo, ero disposto a essere il suo simbolico e magari anche letterale sacco da box.

Dopo aver caricato l'auto, parcheggiai il golf cart davanti alla porta d'ingresso e rientrai in casa, salendo le scale due gradini per volta. La portai dabbasso e la caricai sul golf cart senza incidenti.

«Camminare fino all'auto sarebbe stato un bene per far procedere il travaglio» protestò debolmente Emilia.

«Risparmia l'energia. Ne avrai bisogno più tardi» insistetti e lei non discusse. Se i miei sospetti erano corretti, sarebbe stata una giornata molto molto lunga per entrambi.

Finalmente, con l'aiuto di un farmaco per via intravenosa, Emilia riuscì a progredire velocemente verso la fase di travaglio attivo. E, Dio, anche se sapevo che quel percorso era necessario, era dura guardarla in quello stato. In effetti lo odiavo e avrei voluto prendere il dolore su di me.

In tutta la storia, sono sicuro di non essere stato l'unico uomo a desiderarlo. Noi, il cui istinto era di proteggere, potevamo solo restare lì, impotenti e osservare la natura fare il suo corso. Grazie al cielo, vivevamo in un periodo in cui il parto era un evento molto più sicuro di quanto fosse nei secoli passati, anche per una donna che aveva avuto problemi medici significativi.

Mi sedetti accanto a lei, sostituendo il panno bagnato sulla fronte quando me lo permetteva. E lasciando immediatamente la stanza quando lo ordinò. Anche se questa volta non si trattava di rabbia. Era preoccupata che non mangiassi.

Ma avevo giurato che non avrei mangiato finché non avrebbe potuto farlo lei.

«Sei ridicolo» disse Emilia. «Vai nella caffetteria e mangia qualcosa di nutriente, per l'amor del cielo.»

«Ma...»

Emilia mi rivolse uno sguardo truce. «Se ti può essere di conforto, non ho la minima voglia di mangiare. Se sarai qui, affamato, quando arriverà la prossima contrazione, ti prenderò a calci. E guarda che sono seria.»

Le obbedii, ma finii per aspettare appena fuori dalla sala parto, senza il desiderio, no, veramente, senza essere capace di allontanarmi nonostante i suoi ordini. Un'infermiera ebbe pietà di me e inoltrò un ordine al servizio che forniva i pasti.

Restai vicino alla macchina del caffè, a circa cinque metri di distanza, e ingurgitai un sandwich di formaggio grigliato in forse cinque bocconi. Non era il modo migliore di nutrirmi, ma era l'una del pomeriggio e non avevo mangiato niente dalla sera prima, quindi ero affamato.

Gli infermieri erano seduti alla loro postazione e mi osservavano, sussurrando tra di loro e ridendo piano. Mi resi conto che sembravo un animale famelico o un cavernicolo che stesse cercando di ingurgitare il cibo prima di essere attaccato da una tigre dai denti a sciabola. Ma non avevo intenzione di tornare dentro con il cibo in mano e mangiare davanti a Emilia. Non quando il suo stomaco era altrettanto vuoto e mancavano ancora ore prima che potesse mangiare.

Una delle infermiere dal volto gentile mi avvicinò. «Signor Drake, può mangiare in sala parto, sa. Oppure abbiamo la nostra sala pausa con un tavolo appena dietro l'angolo.»

Deglutii l'enorme boccone che stavo masticando e mi voltai a guardarla, chiedendomi come mai conoscesse il mio nome. «Sto per finirlo e non voglio davvero mangiare davanti a lei.»

Lei sorrise, annuendo. «Lo capisco, ma mi permetta di rassicurarla che, in questo momento, sua moglie non sta veramente pensando al cibo. Ciò che sta succedendo ha tutta la sua attenzione, è stanca e affamata, ma in questo momento non si rende conto di nessuna delle due cose.»

Mi fermai un attimo, riflettendo. «Sì, so che dovrebbe farmi sentire meglio, ma non è così. Inoltre, mia moglie ha insistito che scendessi in caffetteria, quindi se tornassi dentro con del cibo in mano, capirebbe che non l'ho fatto e non vorrei veramente farla arrabbiare in questo momento.»

L'infermiera scoppiò a ridere. «Mi dispiace doverglielo dire, signor Drake, ma il solo fatto che lei esista è sufficiente a farla infuriare oggi.»

Le sorrisi. «Lo so e me l'aspettavo.»

Proprio in quel momento, uscì l'infermiera che stava seguendo il travaglio e la fermai. «A che punto siamo?» le chiesi.

Lei mi rivolse un sorriso un po' tirato. «Sta facendo pochi progressi. Sei centimetri ed è decisamente in travaglio attivo adesso. Quindi le cose dovrebbero muoversi un po' più in fretta. C'è sua madre con lei adesso. Perché non scende in caffetteria?»

Scossi la testa e tornai nella stanza con una bibita in lattina, assicurandomi di appoggiarla in un punto in cui Emilia non potesse vederla. Probabilmente aveva sete e non volevo aggravare la situazione. Il che mi ricordò... «Vuoi che vada a prenderti dei pezzetti di ghiaccio?»

Emilia grugnì. «Al diavolo i tuoi pezzetti di ghiaccio.» Chiaramente era nel bel mezzo di un'altra contrazione, quindi chiusi la bocca e diedi un'occhiata a Kim, che fece una smorfia.

Sarebbe tornata razionale tra qualche minuto e sarebbe durato qualche minuto.

Ma, maledizione, le cose si stavano muovendo troppo adagio per i miei gusti. A quanto pareva, quella bambina si stava già comportando come una diva, e se la stava prendendo comoda per fare il suo debutto in questo mondo.

Capitolo
Trentaquattro
Mia

Ero a malapena cosciente della gente intorno a me nella nebbia di dolore che arrivava a ogni contrazione. Ogni muscolo del mio corpo si contraeva, risucchiandomi il fiato dai polmoni. Ero intrappolata in una morsa invisibile e si stava stringendo tutto intorno a me. Avevo i capelli sudati impastati sulla fronte. L'infermiera e il medico entravano e uscivano dalla stanza. Adam non si allontanava mai eppure… ero a malapena consapevole di questi fatti.

Nelle ultime ore, tutto il mio mondo era diventato dolore.

Avevo scelto di fare un'epidurale ma, dato che il travaglio progrediva così lentamente, avevano aspettato finché era cominciato il travaglio attivo, rendendo la procedura molto più difficile.

Ciononostante, ero accasciata sul letto, cercando di stare più ferma possibile e sperando che non arrivasse un'altra contrazione mentre l'anestesista aveva un ago infilato nella mia spina dorsale.

Ma l'epidurale portò il ben noto effetto collaterale di rallentare la progressione del travaglio. Quindi il sollievo dal dolore non durò a lungo. Finirono per decidere di evitare ulteriore anestetico nella speranza di stimolare la bambina.

E così, dopo essere stata sveglia per oltre quaranta ore con le contrazioni per oltre sedici, ero virtualmente una zombie.

L'unica cosa che mi faceva andare avanti? Sapere che dall'altra parte di tutto questo dolore avrei visto la mia bambina. L'avrei tenuta in braccio. Avrei sentito il suo profumo. Sentito la pelle morbida sotto le mie labbra quando le baciavo la testa. Sarebbe assomigliata più a me o a Adam? Lottai come una tigre per aggrapparmi a questi pensieri mentre il travaglio continuava e le cose si mettevano male.

Ed ero quasi sicura di essere un'acida stronza nei confronti del mio povero, esausto marito. Ma visto che continuava a tenermi la mano, anche quando la stringevo spasmodicamente, ero piuttosto sicura che non me ne facesse una colpa. Dopo tutto era la sua bambina che stavo spingendo fuori dal mio corpo devastato dal dolore.

Quando finalmente arrivò il momento di spingere, ero esausta oltre la possibile comprensione. Certo, ero stata sveglia per altrettante ore, e anche di più, in passato. Il periodo di internato di medicina non era uno scherzo. Ma non ero mai stata sveglia così a lungo mentre cercavo attivamente di gestire le implacabili contrazioni di uno dei muscoli più potenti del mio corpo, affrontando il dolore che le accompagnava.

Sedici ore erano tante per provare dolore.

Ma non era la luce alla fine del tunnel che avevo sperato.

Dopo un'ora, ero coperta di sudore e quasi incoerente. E la bambina non era scesa nel canale del parto più di quando avevo cominciato. Dopo una contrazione particolarmente atroce, mentre il medico controllava la posizione della bambina, i miei occhi vagarono verso la finestra. Quando era diventato di nuovo buio? Che ora era? Voltai in fretta la testa verso l'orologio sul comodino accanto a me. Erano passate le nove di sera.

«La bambina è ancora al punto zero, Mia» disse l'ostetrica, guardandomi tristemente.

Sbuffai esasperata. «L'infermiera aveva detto che era a più uno.»

«Si sbagliava. La testa della bambina di sta gonfiando, quindi pensava che volesse dire che si era mossa nel canale del parto, ma non è così.»

Sbattei la testa contro il cuscino, frustrata. «*Cazzo.*»

La dottoressa sospirò. «La bambina è nel canale del parto da un bel po', senza progressi. Penso sia ora di prendere in considerazione un cesareo.»

Scossi la testa, con le lacrime che mi bruciavano gli occhi. Non volevo subire un intervento di quella portata. Specialmente dopo tutto quello che avevo già passato. Il recupero dopo l'intervento era abbastanza duro e doloroso. E ingiusto, dopo aver subito i dolori del travaglio per la maggior parte del giorno.

Adam si spostò vicino a me. «Emilia, penso che la dottoressa possa avere ragione.»

«Non voglio l'intervento. Non è giusto!» gridai, dando voce ai miei pensieri in merito. Alcune persone male informate pensavamo che le madri che avevano un cesareo non avessero sperimentato un vero parto, ma erano degli idioti. Un parto era un parto. Quello che non volevo era una grande, dolorosa incisione in basso sull'addome da cui guarire mentre mi occupavo di una neonata.

Adam allungò la mano per asciugarmi le lacrime.

Era un gesto così tenero e ne avevo veramente bisogno. Lo guardai negli occhi e lui mi scostò dolcemente i capelli dalla faccia sudata, fissandomi negli occhi. Anche i suoi brillavano di lacrime. «Sono così fiero di te… sei una guerriera. Ma penso che la dottoressa abbia ragione. Tu che cosa ne pensi?»

Deglutii, accasciandomi sul letto anche mentre arrivava un'altra contrazione. Quando mi afferrai la gamba per cominciare a spingere, l'infermiera mise gentilmente una mano sopra la mia. «Respira e basta, Mia. Non spingere per un po'. Puoi fare una pausa mentre decidi.»

«La bambina…?» chiesi senza completare la frase.

«Per ora non è in sofferenza. Ma potrebbe cambiare molto in fretta. Stai spingendo da quasi un'ora e mezza e non si muove. Sospetto che sia girata dalla parte sbagliata.»

«A faccia in su?»

«Che cosa significa?» chiese Adam.

L'infermiera rispose alla domanda di Adam mentre respiravo durante la contrazione. «Normalmente i bambini escono a faccia in giù. La forma della testa porta a navigare più naturalmente il canale del parto in quella posizione. Ma non tutti i bambini ricevono il memorandum e alcuni nascono perfino a sedere in giù, il parto che chiamiamo podalico. Il tuo non è podalico, ma la bambina sta ovviamente facendo fatica. O magari ha solo la testa un po' troppo grande per passare dalle pelvi di Mia.»

Chiusi gli occhi. Mi sarei perfino potuta addormentare se non fosse stato per quelle maledette contrazioni che arrivavano ogni tre minuti. Deglutii, sforzandomi di mandare un po' di saliva in gola per poter parlare. «Allora fatelo.»

«Scusa, non ho capito» rispose la dottoressa.

«Preparatemi per il cesareo. Firmerò il consenso.»

«Okay.» La dottoressa annuì. «Manderò qui qualcuno. Nel frattempo, farò preparare una sala operatoria. E farò venire un pediatra dal reparto.»

E, miracolosamente, avvenne tutto in mezz'ora. Mi portarono sul lettino in sala operatoria dove mi aspettava Adam, in completa divisa chirurgica. Avevo appena respirato durante una contrazione particolarmente dolorosa, lottando contro il bisogno quasi istintivo di spingere.

Mio marito mi sorrise da dietro la mascherina chirurgica. «Come va?» mi chiese dolcemente.

«Meglio adesso. Sei sexy con la divisa chirurgica.»

Adam mi rispose ridendo: «Penso che tu abbia una strana mania per i medici.»

«Beh, anche tu, altrimenti non avresti sposato me.»

Si formarono le piccole rughe agli angoli degli occhi quando sorrise. «Giusta osservazione.»

Poco dopo arrivarono la squadra chirurgica e quella pediatrica e cominciarono il loro lavoro. Mi chiesero di distendere le braccia ad angolo retto, per aiutare a mettere i miei organi nella posizione adatta al parto. Avevo assistito a parecchi cesarei alla facoltà di Medicina durante la rotazione in Ostetricia, quindi sapevo che cosa stava succedendo dall'altra parte del telo che mi separava dal lavoro che stavano facendo nella parte bassa del mio addome.

Anche mentre la mia ginecologa raccontava quello che stava facendo, sapevo che cosa aspettarmi. L'incisione esterna, quella interna, la sensazione di trazione quando estrassero la bambina e la placenta.

Dato che non avevo nessun altro posto dove guardare, fissai la faccia di Adam. Aspettavo di vedere la trasformazione quando sarebbe diventato padre. Non guardava il lavoro dei medici, ed era comprensibile. In pochi avrebbero veramente voluto vedere le viscere della moglie in bella mostra. Ma quando la dottoressa sollevò la bambina perché la vedesse, vidi i suoi occhi che si spalancavano prima che la abbassassero di nuovo per occuparsi del cordone ombelicale.

Ero sicura che mi sarei risentita in eterno perché era stato lui il primo a vedere nostra figlia. Ma era solo questione di secondi prima che potessi vederla anch'io.

Anche se non avrei potuto tenerla in braccio ancora per parecchie ore.

Ma andava bene anche così…

Era silenziosa quando la sollevarono in fretta sopra il telo di divisione in modo che potessi vederla. La fissai negli occhi blu scuro. La testolina aveva solo una spolverata di capelli neri. E, oh mio Dio, si vedeva fin da adesso. Era Adam in miniatura. Assomigliava esattamente a lui.

Un attimo dopo avermela mostrata, la portarono via di nuovo per farla visitare dalla squadra pediatrica e pulirla mentre la squadra chirurgica lavorava su di me.

Adam si allontanò da me per avvicinarsi al tavolo dove stavano esaminando la bambina.

Ma tornò indietro quasi altrettanto in fretta con la fronte aggrottata.

«Che c'è che non va?»

«Le stanno infilando un tubo in gola.»

Sbattei gli occhi. «Deve aver ingerito un po' di meconio.» Gli presi la mano. «Va tutto bene, a volte succede quando il travaglio è lungo.»

E in effetti ce la portarono, dopo aver lavorato qualche altro minuto su di lei e averla pulita. Era questo fagottino dalla faccia rossa, avvolta in una copertina ospedaliera. Date le due ore di spinta, aveva temporaneamente la testolina a cono. L'infermiera la mise delicatamente nelle braccia di Adam.

«Eccola. La piccola Drake» disse sorridendo il pediatra, poi si rivolse a me. «*Era* a faccia in su e abbiamo dovuto liberarle le vie aeree, ma adesso sta bene.»

Lo ringraziai.

«Non sta ancora piangendo.» Adam fissava il fagottino che aveva in braccio con un'espressione di meraviglia.

«Sta solo cercando di capire dov'è» gli dissi. «Ti sta fissando, vedi? Ti sta dicendo: "Ciao, papà, sono qui".».

Adam fece un respiro tremante e la guardò mentre sbadigliava. «È bella» disse. «Proprio come la sua mamma.»

«Già, non mi assomiglia per niente» gli risposi ridendo.

Adam tornò a guardare la bambina anche mentre arrivava un'infermiera con una culla mobile per portarla nella nursery. «La metteremo in una culla termica mentre lei sta recuperando e poi starà nella sua camera quando la trasferiranno lì.»

«Vai con lei» dissi a Adam. «Dovranno monitorarmi mentre svanisce l'effetto dell'anestesia, quindi dovrò restare qui per un'oretta.»

Non avevo mai visto quell'espressione sul suo viso. Tutta meraviglia e stupore e sembrava anche un po' sperduto. Annuì e seguì la culla fuori dal reparto.

Io? Mi arresi alla stanchezza e mi addormentai. Un'ora e mezza dopo mi dichiararono pronta a essere trasferita nella mia camera e non vedevo l'ora di tenere in braccio la mia dolcissima bambina.

Mezz'ora dopo ero nella mia stanza e me la stavano portando nella culla, questa volta con un minuscolo pannolino, un morbido cappellino di maglia e avvolta in una copertina.

Già come un vero professionista, Adam la tolse dalla culla e adesso, quasi a mezzanotte del giorno più lungo della mia vita, avevo finalmente la mia bambina in braccio.

«Oh, mio Dio, sei così preziosa» tubai guardandola mentre Adam mi passava un braccio intorno alle spalle e guardava la sua bambina da sopra la mia spalla.

Si chinò e mi baciò i capelli. «Lo è davvero.»

La tenni nell'incavo del mio braccio sinistro e allungai la mano destra per toccare la sua. Quel piccolo pugno si chiuse immediatamente intorno al mio dito. Fu tutto quello che servì perché mi innamorassi subito irrevocabilmente. «Come si chiama?» chiese Adam. «Non abbiamo mai risolto quel dilemma.»

Ma adesso, dopo averla vista, nel mio cuore non avevo dubbi su quale sarebbe stato il suo nome. «Si chiamerà Sabrina, se sei d'accordo.»

Adam rimase in silenzio per un po' e l'aria era piena di emozione, speciale, intensa. Eravamo avvolti in una nuvola d'amore, noi, questa piccola, nuovissima famiglia. Sentii le lacrime che mi bruciavano in fondo agli occhi e sapevo che Adam stava lottando contro le stesse emozioni, anche se non potevo vederlo perché era alle mie spalle.

Infine, dopo essersi asciugato in fretta gli occhi ed essersi schiarito la voce, disse piano: «Penso che sia perfetto. Sabrina Eloisa?»

Scossi la testa ridendo. «Niente nomi dal videogioco, per quanto mi tenti. Stavo pensando di chiamarla coi nomi di tua sorella e di mia madre... Sabrina Kimberley.»

«Perfetto, perché Kimberley è anche il tuo nome.»

Annuii. «Sì, funziona. È il nome giusto per lei.»

«Sabrina Kimberley Drake.» La sua mano grande scese ad accarezzare la testolina quasi calva di sua figlia. «La più bella principessina al mondo.»

E quel momento? Era magico. Desiderai fortemente di poterlo fermare nel tempo. Solo noi tre, lì, da soli e ammantati d'amore.

Ma non durò a lungo.

Entrò la consulente per l'allattamento e dovetti affrontare la sfida di far succhiare la bambina per la prima volta, con una sconosciuta che mi tirava la tetta per far attaccare la bambina e aiutare tutta la procedura.

Ma alla fine Sabrina e io imparammo insieme e andò tutto bene. Ci volle un po' di lavoro ed ero assolutamente esausta ma, prima di rendermene conto, la bambina succhiava come una campionessa.

Capitolo Trentacinque
Mia

IL SOGGIORNO IN OSPEDALE, PROLUNGATO PER VIA DEL parto cesareo, fu quasi altrettanto stancante del travaglio. Avemmo una tregua il primo giorno dopo la nascita perché non molti riuscirono a svicolare dalle festività del Natale e quindi ci godemmo il silenzio. Ma dopo? La parata di famiglia e amici entrava e usciva dalla mia stanza privata durante le ore di visita come se fosse una festa nazionale.

La maggior parte di loro portava un regalo, ma non erano per noi. La bambina si prese tutto il bottino. Heath si presentò con un enorme drago di peluche, grande quasi come lui, come omaggio per la sua linea familiare di videogiocatori. Jordan e April si presentarono con un enorme, favoloso mazzo di ortensie rosa pallido. April chiese di prendere in braccio Sabrina, e la tenne come una vera professionista, come se si fosse occupata di bambini per anni.

Quando vide la sorpresa sul mio volto, spiegò: «Mia sorella e mio fratello sono rispettivamente dodici e quattordici anni minori di me. Mi sono già occupata di bambini.»

William e Jenna venivano tutti i giorni, portandomi cibo dal fast food quando lo chiedevo. Il secondo giorno, il cugino di Adam mi mostrò uno schizzo meraviglioso a matita che aveva fatto della nostra bambina.

«William,» dissi, a bocca aperta mentre studiavo con attenzione la somiglianza, «è incredibile.»

«È solo uno schizzo a matita. L'ho portato per vedere se ti piaceva in modo da poter fare qualcosa di più permanente.»

Lo guardai stupita. «Certo che mi piace. Lo *adoro*. E voglio anche questo schizzo. Sono avida.»

«Avrò bisogno dell'ora esatta della nascita, per preparare la sua mappa stellare» disse Jenna con un sorriso radioso. Evitai di guardare negli occhi Adam perché sapevo che non credeva all'astrologia. Non che ci credessi molto anch'io, anche se non avevo ancora deciso del tutto.

E Jenna aveva una laurea in fisica e la insegnava alle superiori. Ma serviva solo a renderla molto più diversa dallo stereotipo dello scienziato scettico. Se glielo avessero chiesto, sarebbe stata la prima a lanciarsi nel rapporto tra la fisica quantistica e la metafisica. Non credo di aver mai conosciuto qualcuno con la mente più aperta e disponibile di Jenna.

La mamma, ovviamente, passava ore e ore ogni giorno con me all'ospedale, solo fissando sognante la sua nipotina e chiacchierando con me. Quando Adam andava a casa per prendere qualcosa o solo per passare brevemente in ufficio, lei era lì per me. In effetti, durante il mio soggiorno in ospedale, non rimasi mai sola.

Mai.

E quello, in sé, era stancante.

Di notte, Adam restava accanto a me su un lettino che si trasformava in divano durante il giorno. Ma nessuno dei due riusciva a dormire molto. Appena la bambina cominciava ad agitarsi, Adam balzava fuori dal letto prima che io potessi muovermi e, a volte, perfino prima che mi svegliassi. Le cambiava il pannolino come un vero professionista. Io non avevo ancora provato una volta, in effetti. Poi me la passava dolcemente dopo aver preso il cuscino da allattamento e poi, ovviamente, l'allattavo io, perché a lui mancava l'attrezzatura giusta.

Erano le due del mattino del terzo giorno, quello in cui speravo mi avrebbero dimessa. Adam aveva appena appoggiato la bambina sul cuscino da allattamento e si era sistemato nel suo letto provvisorio. Anche se sembrava chiaramente esausto come mi sentivo io, si limitò ad appoggiare la testa sulla mano e ci guardò mentre l'allattavo. Io quasi mi addormentai a metà della poppata, ma quando mi riscossi, lo trovai che ci guardava con un sorriso stanco sulle labbra.

«Dormi,» gli dissi, «posso rimetterla io nella culla quando avrà finito.»

Lui scosse la testa. «No, è compito mio e lo prendo sul serio. Inoltre, mi piace guardare voi due insieme. Sei così bella e una mamma così brava.»

Lo guardai ironica. «È troppo presto per dirlo. Sono una mamma da soli tre giorni.»

Lui fece spallucce. «Io riesco già a dirlo e sono un giudice eccellente.»

«E completamente obiettivo, anche» dissi sorridendo.

«Certo. La mia opinione, completamente imparziale, è che sono nella stanza con due delle donne più belle al mondo.»

Sapevo che avrei potuto non ricordare lunghi periodi di questo tempo passato noi tre da soli, una nuovissima, piccola famiglia. Ma ero perfettamente e completamente conscia, anche in quel momento, che avrei apprezzato ogni secondo di ciò che un giorno avrei ricordato con tenerezza.

Ma, per il momento, non era un crimine desiderare di poter dormire di più.

Quando arrivò il momento di lasciare l'ospedale, Adam aveva assunto un autista con un SUV completamente sanificato per portarci a casa, in modo da potersi sedere dietro con noi. Fui sorpresa, finché non vidi il telefono in mano a Adam mentre scattava una serie infinita di foto e video dell'occasione. Il primo viaggio in auto della bambina. Il primo ovetto portinfante. Il primo ruttino in auto. Il primo pisolino in auto. Seguito immediatamente dal primo pisolino della mamma. Non ho dubbi che avesse fatto delle foto di me accasciata contro il finestrino dell'auto, beatamente addormentata.

Quando mi riscossi, fu perché eravamo usciti dalla superstrada e non c'era più il fruscio costante a ipnotizzarmi. Ma ero disorientata. Non avevo idea perché stessi vedendo colline e la cresta delle Santa Ana Mountains che si avvicinavano invece della distesa piatta del promontorio che scendeva verso la costa e casa nostra.

click

Avevo il telefono di Adam davanti alla faccia, mentre scattava un'altra foto. Gli rivolsi una smorfia. «Che sta succedendo. Questo tizio sa almeno dove viviamo?»

«Sì.»

«Allora perché siamo diretti... Oh, stiamo andando nella casa nuova? Devi firmare qualcosa o roba del genere?» Secondo i programmi, per finire la ristrutturazione ci sarebbe voluto un altro mese, e ci saremmo trasferiti poco dopo.

«Sì, devo firmare l'accettazione di qualche lavoro nella casa. Spero che non ti dispiaccia la deviazione.»

«Se la bambina dorme per tutto il tempo, a me sta benissimo. Potrebbe farmi bene fare due passi.»

«Ti fa ancora male?» mi chiese.

Feci spallucce. «L'incisione duole un po', ma va tutto bene.» Ero un bel po' più che "indolenzita" ma non avevo intenzione di dirglielo. Avrei dovuto affrontare il dolore per almeno un'altra settimana o due. Ma, oltre a quello, c'era il puro affaticamento del mio corpo che stava usando il novanta percento della sua energia per produrre il latte e guarire dall'intervento chirurgico.

Non glielo dissi, ma non vedevo l'ora di fare un lungo pisolino nel mio letto. Oh, pazienza. A quell'ora del giorno questa deviazione, se fosse stata veloce, non sarebbe durata più di tre quarti d'ora.

Dopo il breve viaggio attraverso il canyon, svoltammo nel lungo viale che saliva verso la nostra nuova casa. La prima cosa che notai fu la mancanza di automezzi. Forse gli operai avevano preso un giorno libero. Ma perché chiedere a Adam di passare a firmare delle carte proprio quel giorno quando non stavano lavorando in cantiere?

Però, quando l'auto si fermò, Adam mise una mano in tasca e ne tolse una chiave. Me la consegnò. «Benvenuta a casa.»

Sbattei gli occhi, ancora un po' lenta a capire (secondo me la colpa era degli antidolorifici). «Non...»

Adam sganciò l'ovetto portinfante, prendendolo per la maniglia. Fece un cenno verso la mia portiera. «Vai a dare un'occhiata. A lei penso io.»

Scesi dall'auto e li lasciai indietro mentre percorrevo il vialetto verso la porta d'ingresso. C'erano giovani alberi e piante fiorite in vaso sul davanti. Il giardino era nuovo e in quello stadio che sembrava un po' spoglio ma che prometteva di diventare fantastico tra un anno o due. Quindi avevano già finito con l'esterno, ma all'interno?

Aprii la porta e poi la spalancai, sorpresa. Il lavoro dentro la casa era completamente finito... fino alla tinta avorio caldo delle pareti che avevo scelto mesi prima.

La casa era arredata in modo perfetto, ma non con mobili che riconoscessi. Era come se qualcun altro vivesse lì nella stessa casa in stile ranch californiano, con lo stesso schema di colori: terracotta, verde salvia, arancio pallido che avevo scelto io.

I pavimenti di legno erano rifiniti e la moquette nelle camere era nuova e perfetta. Ero stata in contatto con l'arredatrice d'interni ogni tanto, quando ci riuscivo, e avevo risposto a tutte le sue domande, ma non avevo mai sognato che prendesse quello che le avevo dato, lo schema di colori che avevo scelto e creasse questa casa favolosa, elegante ma accogliente.

«È stata arredata come fosse per una presentazione» spiegò Adam quando arrivò da me. «Possiamo comprare i mobili e tutto il resto, così com'è, oppure la nostra arredatrice può fare tutti i cambiamenti che vogliamo. Ma non volevo sommergerti di particolari con tutto quello che avevi in ballo.»

Scossi la testa. «È incredibile. Ha veramente colto il nostro stile ma anche il tono del canyon e della natura che ci circonda. Sono veramente basita.»

Adam sorrise, piuttosto soddisfatto di sé. «E in questo modo non abbiamo dovuto traslocare qui il nostro vecchio arredamento, quindi ho potuto preparare tutto senza che lo sospettassi.»

Gli lanciai un'occhiata di traverso. «Ti piace fin troppo farlo.»

La bambina cominciò ad agitarsi e Adam appoggiò l'ovetto sul divano, tolse le cinghie e la sollevò delicatamente. «Si tranquillizzerà di nuovo. Non deve avere la poppata per almeno un'altra ora e dieci minuti.»

Mi morsi il labbro, rammentandomi di non sorprendermi che Adam avesse già in testa tutti gli orari della bambina. Stava perfino prendendo nota di tutte le volte in cui si scaricava e quante volte bagnava il pannolino... per evitare il pericolo di disidratazione, ovviamente.

Mi spostai in cucina: perfetta, grande e con ogni possibile nuovissimo elettrodomestico che potevo immaginare. Poi lungo il corridoio nel resto della casa: il suo ufficio, il mio, il soggiorno. Non c'era ancora una sala video, non ancora, ma era quella che Adam chiamava "fase due" della ristrutturazione, la costruzione di una dépendance dedicata al divertimento e per alloggiare gli ospiti.

Entrai nella nursery e Adam mi raggiunse dopo due minuti. Lo guardai, con gli occhi sgranati per la meraviglia. «Mi stavo stressando perché la nostra non era ancora pronta e la bambina sarebbe tornata a casa e avrebbe trovato una stanza generica invece della camera sul tema dei libri che desideravo tanto. Ma eccola... come per magia.»

«Qualcuno ha sempre sospettato che io in segreto fossi un mago. Ricordi qualche mese fa, che ti rivolgevo tutte quelle strane domande? Erano un questionario che mi aveva mandato l'arredatrice.»

Erano rappresentati tutti i libri che avevo amato durante l'infanzia: *Le cronache di Narnia, Winnie the Pooh, Anna dai capelli rossi*. E i suoi: *Lo Hobbit, La tela di Carlotta, Il giardino segreto*. Nelle piccole librerie contro le pareti c'erano le edizioni rilegate in pelle di questi libri, non solo, ma sulle pareti c'erano stampe e citazioni da questi libri nei colori della nursery: rosa polvere, beige e avorio.

Adam aveva Sabrina al sicuro nell'incavo del braccio. Seguì il mio sguardo sorridendo. Fu allora che lo notai. Sulla parete, in grandi lettere di legno rosa polvere, c'era il nome della bambina.

«Co-come hai fatto? Non sapevamo nemmeno come l'avremmo chiamata quando siamo andati in ospedale.»

Adam appoggiò gentilmente la bambina in una splendida culla di legno, con il baldacchino di tulle avorio. A quanto pareva, si era riaddormentata immediatamente. Poi venne da me, mi avvolse le braccia intorno stando dietro e mi tirò contro di lui. «C'è questa fantastica invenzione chiamata telefono, se ricordi. Tu tendi a essere infastidita dal mio rapporto con lui.»

«Mmm» dissi, appoggiando la testa sulla sua spalla. «È tutto lavoro della tua magica arredatrice?»

«Esatto. Era motivata a finire presto, date le festività in arrivo. E ha usato tutti i tuoi suggerimenti. L'altra nostra casa è completamente intatta, tranne i nostri effetti personali che sono stati portati qui mentre eri in ospedale. I vecchi mobili sono ancora in quella casa e possiamo far portare qui qualunque pezzo tu voglia. Ma dormiremo qui stanotte.»

Sospirai di sollievo. «Non sai quanto sono lieta di non dover preparare gli scatoloni e poi sistemare tutto.»

«Niente da fare, oltre a tutto quello che fai già: nutrire una bambina vorace ventiquattro ore al giorno mentre recuperi dopo un duro intervento chirurgico.»

Come diavolo avevo fatto a essere così fortunata? Non ne avevo idea. «Quindi, perché hai deciso di far accelerare i lavori e trasferirci qui adesso?»

Adam restò in silenzio per un momento, poi si spostò, continuando a tenermi tra le sue braccia, fino ad arrivare a guardare la nostra bambina addormentata. «Volevo che la principessa fosse portata direttamente nel suo nuovo scintillante castello. Merita una stanza pronta per accoglierla.»

«Sono passati solo tre giorni, ma sei un papà meraviglioso. Questa bambina è molto molto fortunata. E anche la sua mamma.»

Né Adam né io avevamo avuto l'opportunità di conoscere i nostri padri, ma ero piuttosto sicura che la mia opinione fosse giusta perché ogni cosa che intraprendeva Adam la faceva con impegno, con tutto il cuore e tutta la sua energia. E l'amore puro che emanava da lui ogni volta che la guardava… Beh, quella bambina sarebbe cresciuta circondata dall'amore, e lo avrebbe saputo, ogni secondo della sua preziosa vita. Era una bambina fortunata, molto fortunata.

«È tutto perfetto» sospirai. «Questa è *casa nostra*.»

Adam mi baciò e lasciammo la bambina addormentata nella nursery. Per un po' l'avremmo fatta dormire nella nostra stanza, ma poteva fare dei pisolini nella sua camera speciale. Adam mi accompagnò nella stanza padronale e fui nuovamente impressionata. Era bella, arredata in un modo che mi fece immediatamente sentire calma e tranquilla, verde salvia e panna e piena di piante. Il rifugio perfetto nel quale rilassarsi tra i lunghi turni da tirocinante.

Ma non avrei dovuto preoccuparmene fino alla fine del congedo di maternità, fra tre mesi. Fino a quando Adam non fosse tornato al lavoro, avevamo il tempo per creare un vero legame, solo noi tre in un rifugio tutto nostro.

E cominciare lì una nuova, eccitante vita insieme.

Capitolo Trentasei
Mia

ADAM TORNÒ A LAVORARE PER QUATTRO ORE AL GIORNO quando Sabrina aveva quattro settimane. Fu un bene per noi, francamente, perché stare insieme tutto il giorno, ogni giorno, senza una pausa stava cominciando a diventare irritante.

E adesso Adam era occupato con i comunicati stampa, l'annuncio ufficiale e il passaggio a Jordan, il nuovo AD della Draco Multimedia, di tutte le faccende che riguardavano il lavoro, mentre Adam faceva la sua transizione come presidente del consiglio di amministrazione.

Ci dava qualche ora al giorno da passare per conto nostro. Sabrina dormiva ancora moltissimo, anche se non ancora per tutta la notte, dato che aveva bisogno di due poppate nelle prime ore del mattino. Il risultato era una costante carenza di sonno. Ma stavo cercando di imparare a usare un tiralatte per potermi prendere una pausa di notte. Era un procedimento lento, ma i corsi fatti e il tirocinio in ospedale mi avevano aiutata a essere pronta per le prime fasi della maternità. In generale, la vita era bella.

E mia madre era di enorme aiuto. Mi sostituiva per qualche ora nel primo pomeriggio in modo che potessi fare un pisolino. Era gennaio, quindi la locanda era chiusa e Peter era quello sempre occupato. All'arrivo della primavera si sarebbero trasferiti ad Anza, avrebbero aperto il bed and breakfast per l'alta stagione, e Peter avrebbe lavorato da remoto.

E dato che Adam lavorava solo mezza giornata, usciva la mattina tardi e tornava dal lavoro poco prima di cena.

Una settimana da quando Adam aveva ripreso a lavorare, avemmo una notte particolarmente difficile con la bambina, facendo a turno a camminare in giro con lei in braccio finché finalmente si era addormentata, poi occupandoci della poppata solo poche ore dopo. Quel giorno, la mamma aveva potuto dedicarmi solo un'ora a causa di un appuntamento.

Quando Adam arrivò a casa, ero troppo esausta per pensare a mangiare. Volevo solo che prendesse lui la bambina in modo da poter dormire prima che tutto ricominciasse quella notte.

Ma anche lui era esausto. Quando si diresse in camera per cambiarsi e non riemerse dopo venti minuti, andai a cercarlo.

Dormiva profondamente, a faccia in giù sul letto, con ancora gli abiti da lavoro addosso.

«Avevi intenzione di cenare?» chiesi a voce alta, senza preamboli.

Adam aprì lentamente gli occhi, con la faccia ancora premuta sul cuscino. «No, sto bene così. Ho solo bisogno di dormire per un po'.»

Strinsi i denti, incrociando le braccia sul petto. «Beh, mi dispiace, perché volevo veramente dormire un po' anch'io.»

Adam non si mosse. «La tua mamma non è venuta oggi?»

«È dovuta andare via presto perché aveva un appuntamento dal dentista.»

«Mhmm.»

Aspettai che dicesse qualcos'altro. Niente. Ecco tutto ciò che ottenni. Mhmm.

Piegai la testa e lo osservai, poi notai il ritmo del suo respiro. Si era addormentato di nuovo. Che stronzo.

«Ehi, sono stanca anch'io. Non è giusto che tu arrivi a casa e perdi letteralmente i sensi a faccia in giù sul letto e lasci che tocchi a me fare tutto.»

«Mhmm» fu la sua unica risposta.

Il sangue cominciava a ribollire.

«Adam» dissi a denti stretti, e lui non si mosse. Che cazzo? «*Adam*» dissi un po' più forte.

Adam si svegliò di colpo con un sonoro russare, sbattendo gli occhi. «Che, che cosa è successo?»

«Ti sei addormentato, di nuovo.»

Adam si strofinò gli occhi chiusi. «Mhm, sì, era fantastico.»

Sbuffai, disgustata. «Se solo io sapessi quanto era fantastico. Riesco a dormire più di così durante un turno lungo. Forse dovrei tornare prima al lavoro, per poter dormire di più.»

Adam sbatté gli occhi e si voltò sul fianco, ma non abbastanza per guardarmi direttamente. «Sei arrabbiata con me per qualcosa?»

Strinsi di nuovo i denti, con il calore che mi saliva sulle guance. Com'era possibile che non ne avesse idea?

«Non riesco a pensare al motivo per cui dovrei essere arrabbiata con te» dichiarai mentre sentivo praticamente il fumo che mi usciva dalle orecchie.

Adam si voltò sulla schiena e mi fissò. Oh, Dio, aveva un aspetto orribile. Pallido, occhiaie scure.

Sospirai nonostante la mia irritazione. «Hai dormito almeno un po' la notte scorsa?»

«No, non sono riuscito a tornare a dormire anche se ti occupavi tu della bambina.»

«Beh, quella è colpa tua, amico. Qui, ognuno deve pensare a se stesso. Non aspettarti che io resti sveglia quando sei con lei, perché non succederà.»

Adam si passò le dita tra i capelli e fissò il soffitto. «Dobbiamo capire chi è il vero nemico, qui. Quella che ci sta privando del sonno. È un mostro» dichiarò sospirando. «Sta sottoponendo i suoi prigionieri alla tortura della privazione del sonno, in modo che ci scagliamo l'uno contro l'altro. Stiamo facendo il gioco del piccolo tiranno.»

Malgrado tutto mi misi a ridere, strofinandomi la fronte. «È un genio del crimine. Una mini Dottor Male, perfetta, fino alla testa calva.»

«Io voto per cominciare a chiamarla Burattinaio o, meglio ancora, Baby Palpatine.»

Nel mio stato di privazione di sonno, lo trovai esilarante. «Baby Palpatine, Palps in breve.»

E quasi come fosse un segnale, dal baby monitor che avevo in mano arrivarono i suoi lamenti.

«Sua altezza imperiale richiede la cena» dissi con un sospiro.

«Mi dispiace molto di non poterti aiutare in quello. Mi dispiace veramente molto.»

«'Fanculo» gli dissi con un'espressione feroce, ma ancora il riso nella voce.

Adam si mise seduto. «Se mi darai un'ora o due per dormire, posso stare sveglio con lei stanotte, fino alla prossima poppata.»

Ero già per metà fuori dalla porta. «Affare fatto.» E spensi la luce in modo che riuscisse ad addormentarsi prima

Per giorni, dopo quella sera, ci riferimmo alla bambina come Sua Altezza Imperiale, oppure Baby Palps. Adam arrivò perfino a ordinare un mantello nero col cappuccio della sua taglia, per completare l'effetto.

Ma le cose migliorarono. Assumemmo una tata che venisse di notte per permetterci una tregua quando la bambina cominciò ad accettare il biberon con il latte che avevo tolto col tiralatte. Otto settimane dopo il parto cominciai a sentirmi più umana. L'incisione era guarita e avevo recuperato l'energia. Mi premurai di fare attenzione al mio stato di salute mentale, dato che la depressione post-parto era una minaccia comune per le neomamme. Fortunatamente riuscii a evitare il peggio.

Una sera, ci sentimmo abbastanza in forze per giocare un po'. Quindi invitammo Heath e Kat da noi per dare una spolverata ai vecchi personaggi di DE e correre virtualmente in giro nel gioco, come ai vecchi tempi.

Sinceramente, quei giorni sembravano lontani mille anni, ai tempi in cui ancora non sapevo chi fosse realmente FallenOne e Kat era solo una voce che arrivava dal Canada via Internet.

Ora eravamo tutti lì insieme nella stessa stanza, una delle stanze degli ospiti che avevano designato come "stanza dei giochi", seduti intorno a un tavolo con i laptop davanti a ciascuno di noi. Ma niente cuffie quella sera, dato eravamo tutti presenti di persona.

«Okay, abbiamo ben due ore prima che Sabrina debba mangiare di nuovo. Cerchiamo di fare qualcosa di buono.»

Heath si acciglò, scorrendo il log delle missioni del suo personaggio. «Beh, c'è quel boss irritante, lo Slayer, che non siamo mai riusciti a battere, ma ha un bottino notevole di cui potremmo impossessarci.»

Sospirai. «Non è quel tizio che ci ha spazzati via un sacco di volte?»

Kat confermò. «Sì, abbiamo tentato di far fuori quello stronzo tutte le sere per quasi una settimana. È impossibile.» Diede un'occhiata illeggibile a Adam che distolse in fretta lo sguardo.

Li guardai sospettosa. «Aspettate… Kat, come fai a non sapere come sconfiggerlo? Tu collaudi questo gioco ogni giorno per lavoro. Non dirmi che non sei mai stata tentata di…»

Kat scosse la testa. «Stavo facendo i collaudi strutturali per quest'ultima espansione, quindi non ero in trincea a lottare contro i boss.»

Heath aggrottò la fronte. «E non sei stata tentata di entrare e trovare una scappatoia o un espediente o anche una strategia legittima su come sconfiggere questo tizio? Diavolo, era frustrante.»

«Beh» dissi, rivolta a Adam con le sopracciglia inarcate, in attesa. «Hai intenzione di condividerlo?»

Adam fece spallucce. «Come faccio a saperlo? Credi che sia lì a progettare i nuovi boss di un'espansione mentre cerco di gestire tutta la società?»

«Non ti è venuto in mente di indagare?» insistetti.

Adam e Kat si guardarono in faccia entrambi alzando le spalle. «Sarebbe barare» disse Kat.

«Sì.» Adam indicò Kat. «È come ha detto lei. Cioè, sarebbe noioso per me giocare con voi se conoscessi tutte le risposte.»

«È l'unico motivo per cui ti teniamo con noi» ribattei bonariamente.

Nel frattempo, Heath era curvo davanti al suo schermo, scrutando qualcosa. «Sono sul canale YouTube di GameJunkie. Hanno l'intera procedura dettagliata per sconfiggerlo.»

«Baro» disse Adam in tono di scherno. Detestava quei siti di spoiler. Non che ci potesse fare molto, perché spuntavano come funghi in una pila di cacca in una caverna appena ore dopo aver messo online l'espansione.

Heath lo ignorò e poi ci passò qualche suggerimento su come affrontare i criminali senza darci la spiegazione passo a passo che aveva rivelato il sito.

Eravamo al nostro terzo tentativo ed eravamo arrivati veramente vicini a prendere questo tipo a calci in culo quando la bambina cominciò a piangere.

In effetti, eravamo così presi che ci volle un minuto e fu Heath quello che disse: «Non è la bambina?»

«Lo Slayer è al trenta percento, gente. Ci siamo» disse Kat eccitata.

Adam si voltò a guardarmi. «Sua altezza imperiale ti sta convocando.»

Ma io ero china in avanti, pronta per il mio momento. «Quando arriva al venti percento, il boss crea tutti quegli orchi» gli risposi. «Devo essere qui per controllare quella folla. Vai tu a prenderla e portala qui. Puoi farlo con una mano sola.»

Adam sospirò. «Non ho nessuna delle mie macro su questa macchina. Non posso giocare con una mano sola.»

Heath era occupato a svolgere il suo ruolo di difensore, cercando di fare in modo che lo Slayer fosse abbastanza infuriato con lui da non attaccare qualcuno dei personaggi più deboli.

Specialmente Kat. Come guaritrice, era quella più importante da mantenere in vita.

«Uno di voi vada a prenderla e la riporti qui. Possiamo farcela» disse Kat, quasi senza fiato.

«Non portatelo al venti percento finché non sarò tornata» gridai, mezza in piedi mentre premevo un paio di tasti, poi correvo nella nursery per prendere la bambina e portarla lì.

«Okay, Palps è tornata» dissi, rientrando con la bambina in braccio. La prossima poppata era tra un'ora, quindi potevo solo immaginare che si trattasse del cambio di pannolino oppure semplicemente irritabilità. Un veloce controllo rivelò che il pannolino era ancora pulito.

A volte era semplicemente stufa di dormire e voleva essere tenuta in braccio, oppure sotto la giostrina mobile.

Adam aveva angolato il mio laptop in modo che ci arrivassi e potessi premere qualche tasto. Soffiando forte, chiesi: «L'avete già portato al venti?»

Adam guardò preoccupato il mio schermo. «Metti Palps sulla sua altalena. Dovrebbe tenerla tranquilla finché avremo finito. Lo tengo ancora per qualche secondo, come minimo.»

«Gestire il DPS *e* il controllo della folla.» Kat scosse la testa. «Massimo rispetto per te, Adam.»

«Se Eloisa non torna qui entro il prossimo minuto, le cose non saranno così straordinarie» rispose Adam con la voce tesa.

Appoggiai con cura Palps nella sua altalena e allacciai le cinghie per tenerla al sicuro. La accesi e la giostrina cominciò a suonare una musichetta, stelle e luna cominciarono a girare sopra la sua testa e l'altalena dondolò lentamente avanti e indietro.

Poi corsi in fretta a sedermi, riprendendo il laptop da Adam. «Aspettate, cosa? Non dirmi che hai sparato il mio incantesimo per stordirli in gruppo. Dovevo tenerlo per il cinque percento.»

«Ero disperato» rispose Adam, pestando sulla sua tastiera per tenere FallenOne davanti a tutti e in centro, a fare danni con veloci movimenti ed eleganti manovre del suo bastone, con l'abito marrone da monaco che svolazzava mentre scalciava e girava intorno allo Slayer.

E io? Io dovevo concentrarmi per tenere sotto controllo i servi orchi che lo Slayer aveva evocato, in modo che non si scagliassero su di noi e ci sopraffacessero.

E, a quanto pareva, la bambina non era interessata all'altalena perché cominciò a frignare.

«Tocca a te. Devo tenere sotto controllo questi orchi» dissi a Adam.

Lui non rispose e la bambina continuò a frignare.

«Uno di voi due la prenda. Non voglio sentire la mia nipotina piangere perché è a disagio» disse Heath, fissando intensamente il suo schermo.

«Non è a disagio, vuole solo essere presa in braccio e Adam può fare il suo lavoro con un braccio solo» replicai.

Di nuovo, mio marito non si spostò dal suo computer. «Riesce a sentire la tua rabbia. Abbatti quegli orchi con tutto il tuo odio e il tuo percorso verso il lato oscuro sarà completo.»

Ridacchiai. «Tutto ciò che accade nasce da un suo progetto, non lo sai?» Premetti il refresh sull'incantesimo di stordimento appena tornò disponibile. Adam aveva fatto un lavoro decente giocando come Eloisa, l'incantatrice spirituale, mentre ero stata assente, ma non capiva le sottigliezze di quella classe. E aveva senso, dato che io giocavo saltuariamente in quel ruolo da oltre cinque anni.

Adam tornò dopo aver tolto Palps dalla sua altalena e la fece saltellare sul suo braccio mentre la mano libera volava sulla tastiera per continuare le manovre. «Falla arrabbiare ed emanerà il Protocollo Clone 66 e saremo tutti fottuti.»

Heath alzò la testa e ci fissò entrambi a occhi stretti. «La mia bella nipotina non è un Lord Sith, dittatore della galassia.»

«Dalle una ventina di anni e vedrai che lo diventerà» ribatté Adam. La bambina, da parte sua, sembrava perfettamente contenta dov'era, appoggiata al petto di suo padre mentre la teneva in equilibrio sul braccio muscoloso.

Adam papà era la versione più sexy di Adam. Non lo nascondo.

Ma non permisi a quel pensiero di distrarmi a lungo e, alla fine, uscimmo vittoriosi dal combattimento contro lo Slayer e la sua orda di orchi.

Poi, mentre controllavamo il bottino, presi la bambina da Adam e lei si mise immediatamente a piangere.

La guardai accigliata. «Beh, non la prenderò sul personale. O forse sì.»

Adam ridacchiò ma non chiese di riprenderla.

Heath apparve al mio fianco. «Da' qua, chiaramente vuole lo zio Heath.»

E, accidenti se la bambina non smise di piangere appena Heath la prese in braccio e si mise a camminare per la stanza cullandola. A quanto pareva, in quei giorni io ero solo il camioncino del latte.

Vendemmo la nostra vecchia casa e le barche furono spostate al molo di uno yachting club vicino, in modo che potessimo continuare a usarle quando volevamo. Nel frattempo, ci abituammo alla vita nell'adorabile piccola città di Canyon Hollow e ci integrammo con le persone gentili, a volte strane, a volte *veramente* strane, che l'abitavano.

E io avevo ancora dei mondi da conquistare, quindi April e Lindsay e io ci incontrammo la settimana dopo per controllare i progressi della roba legale e la fondazione della nostra organizzazione no-profit. Ci sarebbero voluti anni prima che l'ambulatorio fosse in funzione, ma ci stavamo arrivando.

Lindsay stravedeva per la bambina e sembrava stupefatta da quanto assomigliasse a Adam. «Dico, non vedo assolutamente niente di te in lei. I geni di Adam non si integrano con quelli degli altri? Perché sarebbe tipico.»

Ci fece ridere. Sospettavo che, man mano che cresceva, Sabrina avrebbe mostrato qualche mio tratto, qui e lì. O almeno lo speravo.

Quando Lindsay se ne andò, April stava raccogliendo i suoi taccuini e il laptop per riporli mentre stavo dando a Sabrina il secondo pranzo. Forse avremmo dovuto soprannominarla Bilbo o solo Lo Hobbit?

Ma il nomignolo Palps le restò attaccato, almeno per un po'.

April si chinò verso di me e chiese piano. «Ehi, puoi dirmi che non sono affari miei, ma mi stavo chiedendo… come si è risolta tutta la faccenda con il tirocinante senior?»

La guardai sorpresa. «Beh, il mio congedo di maternità finirà tra due settimane e a lui mancano tre mesi per finire l'internato. L'ospedale ha optato per non chiedergli di restare qui per la specializzazione.»

«Oh, wow, e tu che ne pensi?»

«Non so esattamente che cosa provo. Farà comunque una bella carriera, visto che, da quanto ne so, ha ricevuto offerte altrove. Spero solo che abbia imparato da questa esperienza e riconosca i suoi errori, correggendoli.»

April annuì. «E sei abbastanza a tuo agio per discuterne con lui?»

Feci spallucce. «Non tocca a me e francamente non ritengo di dover fare più di quanto ho già fatto. Tocca a lui migliorare.»

April sorrise. «Sei coraggiosa, amica mia. Più coraggiosa di quanto sarei stata io.»

Scossi la testa. «È uno schifo che le donne lavorino da tanto e che debbano ancora affrontare stronzate come questa. La situazione sta migliorando, o almeno è quello che spero.»

«Migliora quando impariamo ad alzare la voce e sostenerci l'un l'altra per sovvertire il patriarcato dove è possibile. È per questo che amo tanto questo progetto. Tu, io, Lindsay. Tutte donne formidabili. Donne che si sanno far valere.»

Sorrisi. «Esatto. Tocca a noi rendere questo mondo un posto migliore per le donne che ci seguiranno.»

April guardò la bambina che poppava e sorrise. «Oh, sarà sicuramente una dura, proprio come la sua mamma.»

«O anche migliore, spero.»

«Dimmi, come hai fatto a impedire a Adam di diventare una furia scatenata quando gliel'hai detto?»

Esitai. «Aahh.»

April arrossì di colpo. «Oh, mi dispiace, presumevo che glielo avessi detto. Però probabilmente è stato un bene che non glielo abbia detto.»

E mi fece riflettere... Non ritenevo che mio marito lo sapesse senza agire di conseguenza? Che cosa diceva di me e del nostro rapporto?

Adam venne a casa quella sera dopo il suo ultimo giorno ufficiale in ufficio. In futuro, ci sarebbe andato solo "al bisogno" e solo per le attività del consiglio di amministrazione.

Quando entrò e mi diede un bacio, lo abbracciai stretto. «La cena è quasi pronta ma volevo parlarti di una cosa.» Lo feci sedere accanto a me sul divano.

«Okay» disse, incuriosito.

«Bene, prima che dica qualcosa, voglio che sappia che voglio solo informarti di una cosa che è successa e di cui mi sono già occupata. Ma, nell'interesse di essere aperta e sincera, penso che dovresti saperlo.»

Adam mantenne l'espressione notevolmente impassibile, ma vidi un barlume di preoccupazione nei suoi occhi scuri. Non disse niente, chiedendomi di continuare con un cenno della testa.

«Ricordi quel tizio che avevi notato al ricevimento e quando sei venuto in ospedale per il mio compleanno, l'anno scorso? Il tirocinante senior, il dottor Iverson.»

«Sì.»

«Bene, okay. Beh, le cose non andavano molto bene con lui. Non so che cosa lo motivasse e francamente non m'importa, ma non perdeva occasione di essere uno stronzo con me al lavoro.»

«Ricordo che ti lamentavi su come impostava i turni e avevo capito mesi fa che aveva a che fare con lui, visto che è compito suo.»

Annuii. «Si tratta di qualcosa di più.» Poi gli raccontai brevemente alcuni degli incontri. Adam non mostrò emozioni, tranne stringere brevemente gli occhi o un lieve rossore che gli saliva sul collo.

«Ricorda, ti ho detto che me ne sono occupata io.» Aggiunsi la parte in cui aveva fatto delle avance a un'infermiera, facendomi decidere di rivolgermi all'Ufficio del Personale dell'ospedale.

«Lavora ancora all'ospedale?» chiese Adam con la voce tesa.

«Sì, ancora per qualche mese, ma gli hanno revocato l'incarico di decidere i turni e lo status di tirocinante senior.»

«E tu tornerai al lavoro tra una settimana. Dovrai lavorare con lui.»

Annuii. «Non avrà alcuna autorità su di me e saremo in rotazioni diverse. Gli è stato ordinato di stare alla larga da me. In effetti, erano mesi che mi ignorava, prima che andassi in congedo.»

Quando Adam mi guardò con una domanda inespressa negli occhi, risposi. «Io penso che, beh, penso che abbia cambiato il suo atteggiamento quando ho informato i colleghi che ero incinta.»

«Sembra che avresti dovuto vuotare il sacco prima, se ha finalmente fatto capire a quella testa di cazzo che eri già impegnata. Ma avrebbe dovuto già farlo il tuo anello nuziale. A parte il tuo status, che cosa gli dava innanzitutto l'idea di avere il diritto di farlo?»

«In un mondo perfetto, io non me ne dovrei preoccupare, ma alcuni uomini non hanno idea...»

«Stronzi.»

Sorrisi e poi lo guardai negli occhi. «Allora, sei arrabbiato?»

«Furioso che qualche medico testa di cazzo abbia pensato che avrebbe potuto farcela con mia moglie. Diavolo, sì, sono furioso.»

Fece una risatina. «No, non riguardo a quello. Sei arrabbiato perché non te l'avevo detto?»

Adam fece un respiro profondo, poi voltò la testa per distogliere lo sguardo, come se cercasse qualcosa nella memoria. Mi mise la mano sul braccio per rassicurarmi, accarezzandomi dalla spalla al gomito. Quando tornò a guardarmi era mortalmente serio. «Capisco perché non me lo avevi detto, visto il passato e il mio bisogno di... prendere il controllo. Sono fiero di te perché hai avuto il coraggio di occupartene. Comunque, sono anche arrabbiato di non aver potuto essere lì a sostenerti perché ritenevi di non poterti fidare della mia reazione.»

Mi morsi il labbro. «So che hai lavorato molto su te stesso. Nessuno di noi è perfetto e stiamo sempre imparando. Ma grazie. E mi dispiace di non averti informato in modo che potessi sostenermi.»

Adam allungò la mano e mi passò il pollice sulla guancia. «Promettimi che me lo dirai se fa qualche altra stronzata prima che se ne vada.»

Sorrisi, voltando la testa per baciargli il dito. «Lo prometto. Non solo lo dirò a te, ma ne informerò ufficialmente anche l'Ufficio del Personale.»

Adam mi tirò vicino per premere le labbra sulla mia tempia. «Bene.»

Sorrisi, appoggiandomi a lui. «Sono grata che tu sia come sei.»

Adam mi strinse più forte. «Emilia, sei tu che mi hai reso l'uomo che sono. Quindi... puoi ringraziare anche te stessa.»

E con quello cominciammo a baciarci e oltre... e quasi bruciai la cena.

CAPITOLO
TRENTASETTE
ADAM

«QUESTO COS'È?» CHIESE EMILIA QUANDO LE portai una tazza di caffè nel suo ufficio.

Era seduta alla sua scrivania, con il laptop aperto. Davanti a lei c'era la scatola regalo che avevo messo lì la sera prima di andare a letto. Le passai la tazza che aveva la scritta: *Abbastanza carina da far fermare il cuore, abbastanza abile da farlo ripartire*, con il disegno di un elettrocardiogramma. Un regalo della sua collega, Louisa, durante la sua rotazione in Cardiologia.

Accennai alla scatola. «Beh, è incartata, quindi, se vuoi realmente saperlo, dovresti aprirla, sai.»

Emilia mi guardò sopra il bordo della tazza di caffè. «A dire il vero, non ti stavo chiedendo che cosa c'è nella scatola. Volevo chiederti qual era l'occasione. Il mio compleanno era mesi fa. Mi hai già preso una cosa per la Festa della Mamma. Oggi qual è l'occasione per viziarmi?»

Sorrisi. «Ci deve essere un'occasione?» E prima che potessi rispondere, continuai. «È il regalo di spinta.»

Emilia sembrò confusa mentre deglutiva il primo sorso di caffè, poi appoggiò la tazza. «Regalo per *che cosa*?»

«Le mamme del corso *Genitore e io* stavano parlando di quello che avevano ricevuto come regalo di spinta e io non sapevo che esistesse.»

Lei sbatté gli occhi. «Spiegami che cos'è un regalo di spinta.»

«Il regalo che fa un marito alla moglie per aver spinto fuori un bambino, a quanto pare.»

Emilia sembrò progressivamente più incredula. «Esiste davvero?»

Feci spallucce. «Sì, secondo le mamme di *Genitore e io*. Ero stato negligente per non avertelo fatto.»

«Quel corso non si chiamava *Mamma e io*?»

Le rivolsi un sorriso imbarazzato sopra il bordo della mia tazza di caffè nero. «Beh, si chiamava *Mamma e io*, ma hanno deciso che avrebbe dovuto essere più inclusivo quando ho cominciato a portarci Sabrina. Quindi l'hanno cambiato in *Genitore e io*.»

Emilia si mise a ridere. «Non ti ho mai chiesto se ti piace essere l'unico papà in quel corso.»

«Va bene. A Sabrina piace e non permetterò alle mie inibizioni di impedirmi di fare qualcosa che va bene per lei.»

Emilia mi sorrise quando il suo volto si illuminò. «Sei il migliore dei papà.»

Bevvi un altro sorso, alzando una spalla e schermendomi: «Ci provo.» Poi puntai la tazza verso il regalo. «Aprilo.»

Emilia appoggiò la sua tazza e scartò con gusto il regalo. «Pensavo non me l'avresti mai chiesto» disse ridendo.

Una volta scartato, tolse il coperchio della scatola. Dentro c'era una scatolina rossa portagioielli. «Mmm» disse stringendo gli occhi quando l'aprì. Dentro, a fare il paio con quello che le avevo regalato per il nostro primo anniversario, c'era un altro braccialetto dell'amore di Cartier in oro rosa, tempestato di diamanti. I suoi occhi si illuminarono ma mi guardò. «Adesso ne ho un set.»

«Beh, ho notato che ti piace portare l'altro. Ma leggi l'iscrizione su questo. È diversa.»

Quello per il nostro anniversario aveva l'incisione: *EKS + AD = Nat 20*, oltre alla data del nostro matrimonio. Su questo braccialetto c'era *Sabrina Kimberley Drake* con la sua data di nascita, l'ora e la latitudine e longitudine precise fino al secondo del posto dov'era nata.

Emilia balzò fuori dalla sedia e mi diede un bacio sulle labbra al sapore di caffè. Ma mi piaceva il sapore di caffè, e di Emilia, quindi era perfetto.

Si tirò indietro, continuando a tenermi abbracciato. «Sei pronto per il nostro grande giorno? A quanto pare, Canyon Hollow srotola il tappeto rosso a ogni festività.»

Le mie mani scivolarono sui suoi fianchi e risi. «Perfino una festa innocua come il Memorial Day. Ho letto i volantini. Sembra che sia una faccenda che durerà l'intera giornata.»

Il giorno del Memorial Day era un assolato lunedì di fine maggio e percorremmo i due chilometri che c'erano tra la nostra parte del canyon e la piazza, spingendo il passeggino di Sabrina, che portammo più per contenere tutta la sua roba che la bambina stessa.

Diedi un'occhiata alla borsa dei pannolini e a tutte le cose che avevamo portato con noi, inseriti sotto il sedile del passeggino, chiedendomi per l'ennesima volta come fosse possibile che un esserino così piccolo avesse bisogno di tanta roba. Dovunque andassimo, trasportavamo almeno cinque volte il suo peso in roba varia. Non mi meravigliava che i neogenitori passassero ai minivan. Non era tanto per i bambini in sé, quanto per tutta la roba che comportava spostarli.

Passammo lungo la fila di chioschi e camion allestiti sotto le querce ombrose lungo il percorso principale, una piazza di forma vagamente trapezoidale. Era una radura relativamente piatta, completa di palco per la banda coperto da un grande pittoresco gazebo. Vicino c'era un campo pianeggiante adibito agli sport a cui tutti potevano partecipare, alcuni negozi e punti di ristoro lungo i bordi. Avevano tutti delle bancarelle aperte e campioni gratuiti dei piatti che offrivano sotto le tende.

La gente era arrivata dalle *flatlands*, le terre piatte, come definivano lì il resto della contea. Cercai di non prenderla sul personale, da recente *flatlander* importato. Dappertutto c'erano auto parcheggiate con l'eccedenza relegata appena fuori dalla bocca del canyon, che contribuiva al flusso costante di gente che entrava e si sistemava ai bordi della piazza aspettando la parata.

Ma prima di quella, la gente voleva qualcosa da mangiare ed Emilia dichiarò che stava morendo di sete, una lamentela comune da quando aveva cominciato ad allattare. Quindi eravamo lì, aspettando in una lunga coda davanti al chiosco delle limonate. Sabrina cominciò a piangere, ma prima che potessi reagire, Emilia l'aveva presa in braccio e la faceva rimbalzare.

«Non ha ancora bisogno di mangiare, vero?» le chiesi.

«Oh, mio Dio! Sta diventando così grande!» La proprietaria della locale panetteria/pasticceria, Marianne, era uscita sul portico con un vassoio di piccoli muffin da regalare e si era fiondata su di noi.

Si avvicinò e cominciò a riempire di attenzione la bambina e riempirci di dolcetti mentre chiacchierava senza sosta dei suoi nipoti. Mentre arrivavamo, ci eravamo imbattuti in Miguel, il postino/astronomo nel suo giorno libero. Come al solito ci aveva raccontato alcuni fatti nuovissimi riguardo al telescopio James Webb. Non si era ancora ripetuto una sola volta finora, cosa che trovavo impressionante.

Cinque mesi dopo esserci trasferiti qui, potevo dire con sicurezza che Canyon Hollow era da sballo e diversa da ogni altro posto dove avevo vissuto, popolata da personaggi eccentrici ma interessanti.

Marianne si era appena allontanata per andare a sistemare il suo vassoio di mini-muffin davanti al suo negozio quando si avvicinò Stacia, una delle mamme del gruppo *Genitore e io*.

«Ehi, Adam, bello vederti con baby 'Brina.»

Si chinò e diede un buffetto sulla guancia alla bambina, salutò brevemente Emilia e poi si rivolse nuovamente a me: «Hai letto l'articolo che ti ho mandato? Che ne pensi?»

Confermai: «Era molto interessante». E pieno di roba senza base scientifica che trovavo ridicola, ma tenni per me quell'opinione.

«Sì, è roba veramente filosofica. Io l'ho adorato.» Esitò quando non aggiunsi nulla. Ero sicuro al cento percento che non le sarebbe piaciuto quello che avevo da dire sull'articolo e la filosofia su cui si basava. Per non dire poi del fatto che non mi ero nemmeno preso la briga di passare il link a Emilia perché ero sicuro di quello che avrebbe detto.

Stacia chiacchierò ancora per un po' prima di dichiarare che doveva scappare per andare da suo marito e i suoi figli.

«E *quello* cos'era?» mi chiese Emilia parecchi minuti dopo, quando avevamo preso da bere e stavamo andando a sederci a uno dei tavoli allestiti per i rinfreschi.

Feci un cenno indifferente. «Oh, un ennesimo articolo su come essere genitori. Roba senza senso.»

Emilia inarcò le sopracciglia e bevve la limonata, e capivo dal suo atteggiamento che c'era parecchio che avrebbe voluto dire e che non stava dicendo.

«Che c'è?»

Emilia cercò di non sorridere. «Non credo che volesse veramente parlare con te dell'articolo, visto il modo in cui sbatteva le ciglia e sporgeva il petto verso di te.»

Scossi la testa. «No, davvero. È veramente appassionata di questa roba.»

«O veramente attratta da te» sbuffò Emilia.

«Continua a raccontarmi di questa roba...»

«Ma non lo fa con le altre mamme?»

Cercai di ricordare. Stacia predicava le stesse cose alle altre mamme?

«Era sicuramente troppo occupata a flirtare per rendersi conto della *mia* esistenza» aggiunse Emilia. La guardai, percependo una vena di divertimento anziché gelosia.

Scossi la testa. «Parliamo del tempo in cui i bambini devono restare a pancia in giù e di come abituarli al ritmo del sonno. Niente flirt.»

Emilia si mise a ridere. «Adam, so che cosa significa flirtare. Sembra che sia tu quello completamente cieco.»

Le rivolsi un sorriso. «Non sono cieco quando sei tu a flirtare con me.»

Il sorriso di Emilia divenne abbagliante. «È vero. Decisamente. Ma non posso fare a meno di chiedermi se tu non sia il partecipante più popolare al corso di *Genitore e io*.»

«Se lo sono, è solo perché sono la curiosità, essendo l'unico papà.»

«Sì, e il papà sexy. Il DILF, vuoi dire.»

«Io sono il tuo DILF, di nessun'altra.»

Emilia si chinò verso di me e mi diede una beccatina sulle labbra. «Sì, esattamente come piace a me.»

Mentre finivamo le nostre limonate, Emilia mi passò la bambina per poter frugare nel passeggino per cercare qualcosa tra tutto quell'armamentario. Dall'altra parte della strada, vidi Dom che usciva dal supermercato con una busta di carta in mano.

Quando mi vide, gli sorrisi, indicandogli di avvicinarsi. Anche se vivevamo entrambi nel canyon ed ero praticamente il suo vicino di casa oramai da mesi, lo avevo visto solo poche volte e non aveva ancora accettato il nostro invito fisso a venire a cena da noi. Non potei fare a meno di notare le occhiate curiose che gli dava la gente del posto. Avevo sentito alcune voci e qualche accenno di pettegolezzo qua e là riguardo questo misterioso ed enigmatico personaggio in mezzo a loro. Ma appena la gente si era resa conto che eravamo amici, nessuno mi aveva più detto niente. E, francamente, a me stava bene così.

«Ehi, Adam» disse appena fummo abbastanza vicini. «Ho dovuto fare una scappata a prendere qualcosa al supermercato. Non posso restare a lungo.» E come per sottolinearlo diede un'occhiata al suo orologio. Sorrise a mia moglie. «Mia, ti trovo bene. E com'è cresciuta la mia signorinella.»

Il sorriso di Emilia divenne radioso. «Dom, grazie mille. E sì, da un giorno all'altro Sabrina sarà grande abbastanza da giocare con la casetta dei giochi che le hai regalato. È semplicemente meravigliosa... diavolo, a volte mi viene voglia di entrarci io.»

Il regalo di Dom per la festa premaman era effettivamente stato fantastico e unico, una casetta dei giochi di legno, fatta a mano con splendidi dettagli. *"Viene direttamente dal vecchio paese"* mi aveva detto, che dava solo una sottile indicazione del posto da cui veniva. Sapevo che lui e i suoi genitori erano emigrati dalla Romania quando era ancora molto piccolo, il che spiegava la mancanza di un accento quando parlava inglese.

Forse la casetta era stata costruita in Romania? Era sicuramente un regalo ponderato, unico e lussuoso.

«L'hai già messa in lista per l'Accademia? Ho sentito dire che la lista di attesa è molto lunga» chiese Dominic.

«Oh, intendi dire la Helena Modjeska Academy?» Ci voltammo entrambi a guardare dall'altra parte del centro della cittadina verso un complesso di edifici più vecchi situati in parte in alto sulla parete del canyon, su un promontorio che dava sulla valle.

A quanto pareva era molto esclusiva.

«Non sarà nemmeno pronta per andare a scuola per...» dissi ridendo.

«Mettila in nota adesso. Sono serio. Ne vale la pena. Io mi sono diplomato lì.» Dom seguì il nostro sguardo verso il complesso dell'Accademia e negli occhi gli passò per un momento una strana espressione, come un fantasma.

«Vieni a cena da noi il prossimo fine settimana» disse improvvisamente Emilia.

Dominic sorrise. «Grazie, Mia, ma dovrò rimandare. Sarò fuori città, al Nord.»

«Beh, facci sapere qualche data in cui sarai disponibile. Ci piacerebbe averti come ospite.»

Dom annuì, sorridendo. «Lo farò. Devo andare prima che cominci la parata, altrimenti si bloccherà tutto per chilometri. Arrivederci.»

Lo guardai allontanarsi e poco dopo, come aveva detto, cominciò la parata, con la banda dell'Accademia, gente del posto in costume a cavallo, e il consiglio comunale di Canyon Hollow su una semplice piattaforma che altro non era che un golf cart che aveva assunto steroidi .

Emilia sollevò la bambina perché potesse vedere. La bambina agitò eccitata le braccia quando i cani del locale rifugio passarono davanti a noi, tenuti al guinzaglio. Forse, a un certo punto, avremmo dovuto adottare un cane. Comunque ne avevo sempre voluto uno. E se Sabrina si eccitava tanto solo vedendoli... avrei dovuto pensarci.

Sorrisi guardandola e di colpo ricordai la mia ultima sessione con la terapista. Mi stavo chiedendo quale sarebbe stato il mio ruolo, la cosa che avrei dovuto fare nella vita. "*Non le è venuto in mente che forse lo sta già facendo?*" mi aveva chiesto Kendra, con le sopracciglia inarcate sopra gli occhiali. "*Non sto facendo molto a parte parlare e fare da consulente qui e là, però*" avevo risposto. "*No, non intendevo parlare della sua carriera. Non ho dubbi che deciderà qualcosa molto presto. È troppo un uomo d'azione per restarsene tranquillo e fare il pensionato. No, sto solo dicendo che forse il suo prossimo ruolo nella vita è uno che sta già svolgendo.*"

L'avevo guardata stringendo gli occhi. "*Intende dire il mio ruolo di padre?*"

Un sorriso le aveva fatto brillare gli occhi. Mi ricordò un insegnante che finalmente avesse visto un progresso in un allievo un po' tonto.

Mi ero messo comodo sulla grande poltrona e avevo sospirato. *"So solo che voglio essere il padre migliore che posso essere. E lo voglio per lei. Per loro. Sono il protettore di questa bambina. E sa una cosa? La cosa mi rende immensamente felice."*

Tornai al presente, stava cominciando a fare caldo ed eravamo stanchi. Ed era quasi ora della poppata di Sabrina. Quando Emilia cercò di rimetterla nel passeggino per il ritorno a casa, però, la piccola miss Drake non ne volle sapere.

«La prendo io» dissi, allungando le braccia.

Emilia si voltò, chiedendomi: «È una camminata lunga. Vuoi la fascia?»

«Certo, passamela.» Dato che l'ultima volta l'aveva indossata Emilia, dovetti sistemare le cinghie. Poi Emilia mi passò la bambina e mi aiutò a sistemarla nella fascia. Emilia ritirò tutto l'armamentario nel passeggino e lo spinse mentre camminavamo.

Sabrina si calmò appena cominciammo a muoverci. Emilia e io salutammo alcuni dei vicini che gironzolavano lì vicino, non che conoscessimo già i loro nomi, ma erano così amichevoli.

Arrivati quasi all'inizio del nostro viale, mi tornò in mente una cosa che Jordan mi aveva detto. Qualcosa circa promettergli che non avrei mai portato la mia bambina sul petto, come un capo di abbigliamento.

«Che c'è?» chiese Emilia quando mi fermai per estrarre il telefono e accendere la telecamera per un selfie.

«Devo solo mandare un messaggio a Jordan.» E con quello, allargai le braccia per comprendere la bambina e la fascia e scattai una foto. Poi premetti il tasto per mandare la foto e come didascalia scelsi solo un emoji. Ovviamente il dito medio.

Beccati questo, Jordan. Stavo indossando la mia bambina e non avrei accettato cazzate da nessuno.

Poi, presi per mano mia moglie e tornammo a casa. Noi tre insieme.

Capitolo

Trentotto
Mia

RO TORNATA AL LAVORO DA CIRCA TRE MESI E STAVO PER finire il mio secondo anno di internato quando il dottor Iverson finì il suo tirocinio.

Evitai per quanto possibile il piccolo rinfresco che avevano organizzato per lui. Qualcuno aveva portato una torta e qualche bibita nella sala dei tirocinanti. Inoltre, non firmai il biglietto di auguri. Nessuna sorpresa. Non ero la sua fan più accanita.

Dopo aver finito il giro serale, tornai nella saletta per prendere di nascosto un pezzo di torta quando Louisa, che aveva un turno lungo, si allontanò dalla postazione degli infermieri per chiedermi se potessimo scambiare due parole in fretta.

Trovammo una sala visita vuota.

«Ehi, so che sei al corrente che oggi è l'ultimo giorno di Iverson qui. È ancora qui in agguato da qualche parte. Volevo avvisarti, nel caso decidesse di sparare l'ultima cazzata.»

La ringraziai.

«Ricordi l'infermiera in Psichiatria? Voleva che ti ringraziassi per aver fatto rapporto. È così contenta che non sarà qui come specializzando.»

Le sorrisi. «Quello che ha passato è veramente una vergogna. Specialmente perché riteneva che non avrebbero ascoltato la sua voce. Vorrei solo aver fatto di più per aiutarla.»

Gli occhi di Louisa si illuminarono e si chinò verso di me, abbassando la voce in tono complice. «Beh, che resti tra di noi, ma ha deciso di assumere un avvocato, perché ce ne sono altre che avevano delle lamentele. Vogliono fargli causa per danni, quindi ci saranno conseguenze serie per lui invece di un semplice richiamo. Sono in cerca di vendetta, capisci?»

Speravo che il piano per vendicarsi non implicasse violenza e scaricare un corpo nell'oceano o roba simile. *Uhm, non male, ma… no.*

«Che cosa posso fare per aiutarle?»

«Si chiedevano se potessi testimoniare. Stanno mettendo insieme il caso.»

«Ma quello che ha fatto a me non è niente a confronto…»

«Continua a essere sbagliato. È presuntuoso e ritengo che continuerà. Sai che finirà per essere primario di medicina da qualche parte e tratterà nello stesso modo le donne con cui lavorerà.» Gemetti tra me e me, dato che avevo sospettato la stessa cosa, eppure mi ero sentita impotente, senza la possibilità di fare qualcosa. Forse questa sarebbe stata la mia opportunità.

Louisa mise la mano in tasca e ne estrasse un biglietto da visita. «Mi ha chiesto di darti il biglietto da visita del suo avvocato. Se vuoi aiutarla, chiamalo. Pensaci, comunque.»

Spalancai gli occhi e mi morsi il labbro. «Farò tutto quello che posso.»

Louisa di chinò verso di me e mi abbracciò. «So che ci vuole coraggio per mettersi contro un collega, specialmente dato che sei in una posizione vulnerabile, come tirocinante. Sei una dura, Mia.»

«Non mi sento molto una dura in questi giorni, ma voglio aiutare dove posso.» E avrei firmato un assegno per aiutare il fondo per le spese legali una volta che avessi capito come poter contribuire in modo anonimo.

Qualche minuto dopo, entrai nella sala dei tirocinanti per completare dei documenti e finire la giornata. Ignorando le decorazioni poco sentite, un cartello e un mazzo di palloncini, gravitai verso i resti della torta, tagliandone un pezzo per me. Era la mia preferita dopotutto: torta gialla ripiena di crema con la glassa al burro.

Ero lì, che la stavo ingurgitando mentre finivo le cartelle, quando il dottor Iverson entrò nella sala. Alzai gli occhi, lo guardai e poi tornai a guardare lo schermo. Era la portata delle nostre interazioni da quando avevo inoltrato il mio reclamo all'Ufficio del Personale.

E mi andava bene così. E avrebbe potuto continuare così, se, dopo aver svuotato il suo armadietto, non si fosse avvicinato fermandosi alle mie spalle, con tutta la sua roba in una enorme borsa appesa alla spalla.

«Uhm, salve» disse imbarazzato quando alzai gli occhi dallo schermo.

«Salve» risposi, intrecciando con cura le dita sopra la scrivania.

«Vorrei scambiare due parole.»

Mi guardai intorno nella sala vuota. Eravamo da soli. Sentendo di colpo che le cose potevano diventare strane, decisi di mettermi allo stesso piano, senza che lui fosse in piedi sopra di me. «Prego» dissi, alzandomi per andare verso la macchina del caffè.

Ero allo stesso tempo curiosa e timorosa di quello che avrebbe detto. Forse avrebbe trovato nel suo minuscolo cuore la voglia di scusarsi. Non so come, ma ne dubitavo.

Mi seguì quando presi la caraffa del caffè e ne versai un po' nella mia tazza. «Allora, capisco che hai fatto quello che sentivi di dover fare.» Si fermò per un momento. «Ma, sai, sarebbe stato carino parlarmene prima di fare rapporto.»

Lo guardai per un attimo, poi tornai a guardare il caffè che stavo preparando. «*Ho* parlato con te. *Più* volte. Ogni volta che l'ho fatto, la tua reazione mi faceva sentire irragionevole perché mi stavo difendendo.» Lui si accigliò, ma continuai prima che, inevitabilmente, mi interrompesse. «Hai due alternative, dottor Iverson, puoi diventare belligerante e risentito nei miei confronti, oppure puoi usare questo momento per imparare. Continuerai a lavorare con le donne. Professioniste che hanno passato anni estenuanti studiando e facendo pratica per essere qui. La lezione è semplice. Trattale bene. Rispettale. Non sei tu il personaggio principale. Non imporre loro i tuoi desideri e i tuoi bisogni.»

Arrossì e vedevo che gli passavano mille pensieri per la testa mentre elaborava le mie parole. Mescolai il caffè ed evitai il suo sguardo. Ma restai esattamente dov'ero.

Invece, sembrò respingere le alternative e fece spallucce, sbuffando un po'. «Beh, siamo d'accordo di non essere d'accordo. Stavo solo cercando di spingerti a migliorare. Immagino che la maggior parte dei professionisti lo desidererebbe. Ma immagino che il problema più grosso è che tu possa non aver riconosciuto l'attrazione tra di noi. Altrimenti non ci sarebbero state tante scintille tra di noi ogni volta che lavoravamo insieme. In circostanze diverse avremmo potuto essere una bella coppia.»

Lo guardai arricciando le labbra. «Ciò che alcuni chiamano *attrazione*, altri lo chiamano disgusto.»

Beh, eccoci. Era ancora uno stronzo e non aveva imparato un fico secco.

Iverson mi rivolse un sorriso condiscendente. «Sai che cosa dicono del sottile confine tra amore e odio.» Sorseggiai con calma il mio caffè, senza mostrare alcuna reazione. Guardai anche l'orologio per annotare l'ora.

Davanti alla mia mancanza di reazione, sembrò arrossire diventando di una tonalità di rosso scuro. C'era una luce cattiva nei suoi occhi. «Beh, buona fortuna per la tua carriera, Mia. Sei un bravo medico anche senza tutta quella pressione. Chissà, magari lavoreremo ancora insieme. Oppure, sai, puoi sempre cercarmi se mai decidessi di scaricare quel programmatore e trovare un vero uomo.»

Non lo guardai nemmeno. Continuai a bere il caffè. «Non succederà nessuna di queste cose.»

Dopo un altro momento, si voltò e lui e la sua gigantesca borsa da palestra se n'erano andati. Sollevata, espulsi letteralmente il fiato che avevo trattenuto. Il mio sguardo andò alla telecamera piazzata proprio sopra la mia testa. Speravo che avesse registrato tutto l'incontro. Altrimenti, avrei comunque ricreato l'intera conversazione nei miei appunti.

Altre munizioni per la causa legale. Non sarebbe mai tornato in questo ospedale. Ottimo.

Quando arrivai a casa dall'ospedale, mi aspettavo di andare direttamente tra le braccia di mio marito. Era stata una giornata lunghissima e Adam aveva fatto il suo primo viaggio all'estero da quando era nata la bambina. Ma la casa era silenziosa e Adam era a letto e dormiva, invece di aspettarmi alzato.

Con un sospiro, entrai nella camera buia, mi sedetti in fondo al letto e lo guardai. Era stato assente per quasi una settimana, per parlare come conferenziere a una grande convention sui videogiochi, Gamescon, a Colonia, in Germania. Avevo guardato il suo discorso di apertura su Internet ed ero stata così orgogliosa di lui.

Ed era arrivato a casa solo poche ore fa, quindi presumevo che non fosse stato in grado di dormire molto durante il lungo volo dall'Europa. Normalmente non andava mai a dormire così presto.

E anche se ero tentata di svegliarlo e baciarlo dappertutto, solo per dargli un benvenuto a casa come si deve, lo lasciai dormire. Sembrava così pacifico e maledettamente bello. Ora che aveva superato la trentina era ancora più attraente di quando era più giovane. Quasi sospirai come una ragazzina. Dio, mi era mancato. Massaggiandomi i muscoli irrigiditi della nuca, non potei fare a meno di pensare al milione di cose che dovevo fare, la più importante delle quale era togliermi la divisa e andare a letto. Ma non ne avevo voglia, non ancora.

«Hai intenzione di restare lì seduta a fissarmi come una pervertita oppure verrai qui e mi darai un bacio?» borbottò Adam, aprendo un occhio nella penombra.

Scoppiai a ridere. «Ti ho svegliato?» Mi alzai andando dalla sua parte del letto per dargli un grosso bacio sulle sue labbra sexy.

«No, ero qui sdraiato ad aspettare che arrivassi a casa. E, oltretutto, ci hai messo un mucchio di tempo.»

«Scusa, avevo un mucchio di documenti da finire.» E uno stronzo di ex tirocinante capo di cui liberarmi…

Adam rotolò sulla schiena e mi mise un braccio intorno alla vita. «Mmm. Hai un'emergenza molto seria di cui occuparti proprio qui, dottore.» Mi fece scivolare la mano in alto sulla schiena e mi tirò giù per baciarlo. Non fece molta fatica perché ero più che disposta a succhiare quella bocca deliziosa. Adam mi infilò la mano tra i capelli, e la fede nuziale scintillò nella luce bassa. Poi mi sciolse i capelli per lasciarli ricadere sulle mie spalle.

La mia bocca si mosse famelica sulla sua, assaggiando ogni centimetro, ogni angolo. Riuscimmo a scambiarci qualche normale chiacchiera tra un bacio frenetico e l'altro e mentre Adam mi toglieva la divisa. «Com'era la Germania?»

«Mi mancavi» disse Adam a mo' di risposta. Sollevò le mani per slacciarmi il reggiseno.

«Mi sei mancato anche tu» risposi. Mi tolse il top passandolo dalla testa e il reggiseno lo seguì un secondo dopo. Gli passai le mani sul petto nudo e giù, sotto le lenzuola, notando che mi aveva risparmiato la fatica di spogliarlo, andando a letto nudo.

«Un po' presuntuoso da parte tua, no?» gli dissi, sarcastica mentre gli passavo la bocca sui rilievi del suo petto fantastico, assaggiando ogni incavo. Adam emise un gemito.

«Preveggenza» mormorò, tirandomi giù la testa per potermi baciare. Poi le sue labbra scesero sulla mandibola, sul collo, evocando sensazioni deliziose e inebrianti. «Sapevo che saresti stata preda della lussuria e mi saresti saltata addosso appena fossi arrivata a casa.»

«Sei così sicuro di te» dissi risucchiando il fiato quando la sua bocca mi lasciò una scia di fuoco sul collo, sulla clavicola e il petto per fermarsi su un capezzolo mentre accarezzava l'altro con la mano libera. Inarcai la schiena, ansimando per il piacere.

«No, in effetti ero sicuro di *te*.»

Quando pensavo che ci avrebbe fatto rotolare, mi staccai, ridendo e montandogli sopra, pronta a dimostrargli che aveva ragione. «Questa cowgirl è pronta per la cavalcata. In sella!»

Mi piegai, presi un preservativo dal cassetto del comodino e aprii la confezione con i denti per poi infilarglielo con una sola mossa. Adam rise, quel riso un po' sospiroso che faceva quando era eccitato. «Non perdi tempo, eh?»

«No, non quando ho un pezzo d'uomo sexy tra le gambe.»

«Mi sento tanto un oggetto.» Sorridendo, mi afferrò i fianchi ed entrò. Sospirammo insieme. Era stata una giornata lunga, un turno lungo. Avrei dovuto essere pronta a crollare, invece ero esilarata, con il sangue che cantava nelle vene in un impeto di frenesia ed emozione, solo perché ero di nuovo tra le braccia di quest'uomo.

«Ti piace» mormorai.

«Certo che sì.»

Lo cavalcai lentamente, godendomi la sensazione di averlo dentro di me, le sue mani sul mio seno, le dita che tracciavano il tatuaggio che copriva la vecchia cicatrice dell'intervento chirurgico: la costellazione del Drago.

Poi con urgenza crescente, mi mossi in fretta, facendo scivolare i miei fianchi sopra i suoi, spingendo entrambi verso l'orgasmo. Adam mi mise una mano sulla nuca, tirandomi giù la bocca verso la sua e ci muovemmo l'uno contro l'altro, come un cielo nuvoloso che sfiorasse le cime frastagliate delle montagne, lui solido e duro, io fluida che mi spostavo sopra di lui. Le nostre bocche si fusero in un lungo bacio appassionato. Venni così, con i suoi pollici che accarezzavano i miei capezzoli, i nostri corpi uniti. Mi spinsi contro di lui e sentii il mio mondo che esplodeva in ondate di piacere.

Un momento dopo, Adam ci fece rotolare e ora si muoveva sopra di me per finire a sua volta, spingendo dentro di me con movimenti forti e veloci, prima di immobilizzarsi mentre gli accarezzavo la schiena, le spalle. Emise un lungo, lento respiro e poi si chinò per tempestarmi la faccia di baci.

Quando rotolò via, rimasi sdraiata contro il cuscino, sentendomi rinfrescata come se mi fossi svegliata da una buona notte di sonno. Con un sospiro sognante, lo guardai mentre si alzava dal letto, andava in bagno e poi tornava, sistemandosi accanto a me.

«Okay, adesso possiamo parlare...» disse con un sorriso.

Rotolai sul fianco mettendogli intorno un braccio. «Per ora...»

Adam rise e mi baciò. «Allora, dimmi tutto quello che mi sono perso.»

«Oggi ho ricevuto l'esito della PET a cinque anni» gli dissi. «Va tutto bene.»

Adam mi strinse più forte tra le braccia, respirando nei miei capelli. «Certo che va tutto bene.» La voce era tranquilla, rilassata, ma sapevo quanto era teso ogni anno quando andavo a fare i controlli. E ora che eravamo arrivati al traguardo dei cinque anni, la probabilità che il cancro tornasse era scemata drasticamente.

Grazie a Dio.

Parlammo ancora per un po', del suo viaggio e delle ultime notizie nel mondo dei videogiochi; io gli raccontai quello che era successo al lavoro, le ultime notizie degli amici e familiari.

Tralasciai la bizzarra conversazione avuta con Iverson meno di due ore prima.

Adam mi tenne abbracciata a lungo, con le mani che si muovevano lungo il mio corpo come se non mi avesse mai toccata prima. Le sue mani scivolavano lentamente sul seno, la pancia, la cicatrice del cesareo che correva appena sopra l'osso pubico, prima di scendere più in basso. Sorrisi, aprendo le gambe. Ero pronta per il secondo round.

Ma uno strillo acuto trafisse l'aria e ci immobilizzammo. Adam si irrigidì contro di me e io allungai la mano per abbassare il volume del monitor sul comodino. Adam fece per sedersi, ma lo fermai. «Non andare. La maggior parte delle volte, si gira e torna a dormire.»

Adam si staccò e mi rivolse un'occhiata come a dire: *stai scherzando?* E scese immediatamente dal letto per andare nello spogliatoio e infilarsi i pantaloni del pigiama. Sospirando, mi misi seduta mentre usciva dalla stanza. Spensi il monitor, mi alzai, presi la camicia da notte e me la misi. Alla faccia del secondo round. Comunque, in quei giorni era un dono raro.

Un minuto dopo, Adam tornò in camera con l'altro amore della sua vita in braccio, mentre le tempestava di baci le guance bagnate dalle lacrime. Sabrina aveva il piccolo pugno grassoccio in bocca. I capelli scuri, dello stesso colore di quelli di Adam, si arricciavano in una specie di aureola intorno al suo visino angelico.

«Ehi, piccolina» dissi, allungando le braccia per prenderla, ma lei voltò la testa, infilandola sotto il mento di Adam. «Ah, adesso che è tornato papà, io torno a non essere nessuno.»

Adam si sedette sul letto, appoggiandosi alla testiera, con la bambina sul petto muscoloso. Io presi un ciucciotto dal comodino e glielo mostrai, Sabrina lo afferrò e in meno di due secondi netti, le ciglia lunghe e scure scesero sulle guance morbide.

«La vizi» sussurrai.

«Prerogativa paterna» mi rispose sorridendomi e prendendomi la mano mentre baciava la testolina. Il mio cuore mancò un battito come faceva sempre quando li vedevo insieme. Perfino ora, piccola com'era, riconoscevo un rapporto speciale quando lo vedevo. «Non vedevo nemmeno *lei* da una settimana. Ed è cresciuta.»

Sorrisi pigramente, stringendogli la mano. «È quello che fanno i bambini, e in fretta.»

Ero così grata per tutto quello che avevo. Lui, lei, la nostra meravigliosa vita insieme.

Allungai la mano e sfiorai il tatuaggio che aveva sul petto, col nome di sua sorella, che ora era anche quello di nostra figlia, in bei caratteri color giada. E l'altro tatuaggio, più recente. Qualche settimana prima mi aveva sorpreso con "più vicino al mio cuore" quando era arrivato a casa mostrandomi il tatuaggio del mio nome: *Emilia*.

Perché ero la dottoressa Strong per qualcuno, Mia per tutti gli altri, mamma per Sabrina. Ma ero, e sarei sempre stata, la *sua* Emilia.

Capitolo
Trentanove
Dominic

CHE DIAVOLO CI STA FACENDO QUI?

Stringo i pugni con le braccia lungo i fianchi e riesco a sentire la pressione sanguigna che sale nelle vene, riempiendomi le orecchie con il suono del sangue che scorre veloce. È veramente lei o lo sto solo immaginando? Non è possibile. Ma quando piego la testa per vedere meglio, riconosco la curva familiare di quelle sopracciglia scure, il piccolo neo appena sopra il labbro. Mi si stringe lo stomaco quando me ne rendo conto.

È sdraiata nuda su un letto di foglie di banano e sushi artisticamente sistemato. I capelli folti e scuri sono allargati a ventaglio intorno alla testa, accuratamente lontani dal cibo.

Maledizione, è una visione. Una dea sensuale, senza imperfezioni.

Eppure, tutto ciò a cui riesco a pensare adesso, sono i pensieri accesi, rosso fuoco, che mi corrono per la mente come particelle in un supercollisore. Quei ricordi, l'umiliazione. Non penso che potrò mai dimenticare quello che ha fatto. Ayla Polat: la donna che vorrei non aver mai conosciuto, anche se una volta sembrava una ragazza innocente. Una volta era così brillante. Così promettente.

Ed eccola ora, niente più di una delizia per gli occhi, per gli sguardi lascivi di uomini d'affari, i cui occhi vagano sulla distesa di pelle liscia e luminosa, i seni nudi coperti nei punti strategici da piccoli fiori rosa carico. Com'è caduta in basso.

Alle mie spalle, un uomo in giacca e cravatta sussurra al suo amico, a voce non così bassa, come vorrebbe togliere con le bacchette quei fiori dalle tette. L'altro si chiede perché dovrebbe usare le bacchette quando potrebbe usare i denti e, con una passata di lingua, "sentirne il sapore" per conto suo. Lo scambio di battute diventa sempre più volgare mentre si spostano verso la testa. Ridacchiano entrambi e sono sicuro che lei li possa sentire anche se non reagisce né si muove.

È sufficiente per farmi rivoltare lo stomaco.

E di colpo, nonostante non vedessi l'ora di mangiare sushi di qualità eccellente, il migliore che poteva offrire la Bay Area, non ho più appetito.

Comunque, i miei occhi sono ancora incollati a lei. È lì, sdraiata, silenziosa, immobile. A quanto pare, è abituata a quello che sta facendo. Ed è perfetta. Gli occhi marrone dorato fissano in alto da un volto senza espressione. Mi vedrebbe se mi avvicinassi?

Mi riconoscerebbe se mi vedesse? E perché mi interessa?

«Dom, va tutto bene?»

Do un'occhiata in fondo al tavolo di servizio. Adam è in piedi vicino alla sua testa. Ed è praticamente l'unico che non sta adocchiando il suo corpo. Il suo corpo perfetto.

È così maledettamente bella. *Ancora*. Dopo tutti questi anni. E anche con quei ricordi bui, quei brutti pensieri che mi frullano nella testa, non riesco a fare a meno di notarlo. Non posso evitare di fantasticare di appoggiare la bocca sulle sue labbra piene e perfette.

Sbatto gli occhi quando Adam mi chiama di nuovo, poi distolgo lo sguardo dalla visione sconcertante davanti a me.

«Uh?» sbotto.

Quegli occhi colore dell'ambra potrebbero guardarti attraverso con l'accuratezza di un raggio laser. Invece, fissano il soffitto guardando nel vuoto, orlati di folte ciglia scure. Sbatte a malapena le palpebre. Che cosa starà pensando mentre sente quello che dicono intorno a lei? È umiliata? Tanto meglio. Spero che senta quell'umiliazione ogni secondo in cui giace lì.

Quella sua mente, ancora più impressionante del suo corpo… ma davvero, era ancora così?

Eppure, i miei occhi mi tradiscono, scivolando lungo quei seni perfetti, i fianchi arrotondati, quelle lunghe lunghe gambe tornite. Deglutisco. Forte.

'Fanculo tutto questo. E 'fanculo a lei.

Mi volto e giro alla larga dal tavolo per andare da Adam all'altro capo.

Mi guarda preoccupato. «Va tutto bene? Sembravi quasi spaventato.»

Faccio spallucce, scuotendo la testa. Forse mi aiuterà a liberarmi dalla sensazione… come se avessi visto un fantasma. Ma è ridicolo. È una figura del lontano passato. Quello di un ragazzo fiducioso che non esiste più. Il ricordo, la visione di Ayla tormenta quel ragazzo. Non me.

«La modella assomiglia a qualcuno che conoscevo» spiego un po' forzatamente, poi mi sposto in fretta verso il tavolo che avevamo scelto, con il piatto mezzo vuoto.

Ci sediamo e l'ora seguente passa mentre spilluzzico il cibo, rispondendo a monosillabi a Adam ogni volta che mi fa una domanda. Lui riesce a capire che c'è qualcosa in ballo. Lo capisco da come guarda il mio piatto intatto senza dire una parola.

Altri cercano di avvicinarsi e rinunciano dopo qualche tentativo di scambiare i contatti con me. Grazie al cielo.

Non sono dell'umore giusto. Voglio andarmene da qui, subito. Eppure, per tutto il tempo in cui resto seduto lì, sento un desiderio quasi incontrollabile di voltare la testa verso il tavolo di servizio e guardarla di nuovo.

Però riesco a resistere a quel desiderio. E metà eternità dopo, la faccenda si conclude. A quel punto, hanno già riportato la modella in cucina. Ovviamente lo so perché la prima cosa che faccio, mentre mi alzo per allacciare la giacca, è voltarmi e controllare.

«Sei ancora d'accordo per quello sparatutto?» mi chiede Adam.

In realtà, no. Preferirei andare a casa e rimuginare al buio e cercare di fare di tutto per dimenticare che cos'ho visto qui.

«Certo» rispondo comunque. «Aspetta un minuto, ti dispiace? Vado a fare i complimenti allo chef.»

Mi volto per non vedere l'espressione sorpresa di Adam e vado dal cassiere. Voglio assicurarmi che questo arrivi direttamente a *lei*, quindi gli spiego la questione. Voglio lasciare una mancia, ma deve andare specificatamente alla modella del sushi. Il cassiere mi dà una busta.

Apro il portafogli, tolgo tutti i contanti che ho, circa cinquecento dollari e li infilo nella busta. Non posso fare a meno di notare che il cassiere spalanca gli occhi.

Dopo aver sigillato la busta, scrivo "Modella del Sushi" sul davanti e poi, sul retro, aggiungo una noterella. Mi dà una fitta di soddisfazione scrivere il messaggio.

Controllo la stanza per vedere se lo chef c'è ancora. Preferisco lasciarla in mano a lui, visto il modo in cui il cassiere aveva adocchiato le banconote da cento dollari che avevo infilato. Faccio qualche domanda e mi indirizzano alla porta della cucina dove lo trovo, proprio appena dall'altra parte. *Lei* non c'è da nessuna parte ed è un sollievo.

Con un gesto rapido e a scatti, tendo la busta allo chef, e poi mi volto, andandomene senza dare spiegazioni. Probabilmente leggerà la nota indirizzata ad Ayla. Francamente non m'importa.

Più gente la vedrà, meglio sarà, farà aumentare l'umiliazione.

Ad Ayla la modella del sushi.

Eccoti qualche spicciolo. Vai a comprarti un vestito. Visto che sembra non ti disturbi vendere il tuo corpo per lucro, probabilmente guadagneresti di più sulla strada.

Solo una minima parte di quello che si meriterebbe davvero, dopo tutto ciò che mi ha tolto. E mi porta a pensare... forse ho bisogno di vendicarmi sul serio.

E dato che ha dimostrato abbastanza facilmente che può vendersi, tanto meglio.

I miei pensieri volano... e formulo un piano. Vendetta.

NOTA DELL'AUTRICE

SFIDARE LA SORTE è ufficialmente l'ultimo libro nella serie Manipolare il sistema, comunque non significa che non vedrete o leggerete più di questi personaggi. Molti hanno espresso interesse nella continuazione di altre storie d'amore della serie: Jordan & April, William & Jenna, Lucas & Katya, Jeremy & Michaela, Heath e il suo uomo misterioso. Potrete leggere la continuazione delle loro storie quando le scriverò.

Inoltre, i personaggi della serie appariranno in storie completamente nuove. Per esempio, Adam e Mia avranno un ruolo importante nel libro di Dominic e Ayla, quindi potrete vedere il loro futuro. Non vedo l'ora di sapere dove li porteranno queste storie. Se volete seguire gli sviluppi dell'universo di Brenna, iscrivetevi alla mia newsletter.

HTTPS://GENI.US/BANL-IT

BIOGRAPHY

Brenna Aubrey è un'autrice bestseller di USA TODAY di romanzi contemporanei centrati sulla cultura geek.

Ha sempre cercato conforto in un buon libro e nelle storie lunghe e convolute che intesse nella sua testa. Brenna è una ragazza di città con un grande amore per la natura nel cuore. Quindi, appena può, cerca i grandi spazi verdi e aperti. È anche una mamma, un'insegnante e una geek, una francofila, un'indomita dipendente dai videogiochi, nonché un'accumulatrice compulsiva di libri.

Attualmente risiede sulla costa occidentale degli Stati Uniti con suo marito, due bambini e due adorabili golden retriever.

Ulteriori informazioni sul sito www.BrennaAubrey.it.

www.ingramcontent.com/pod-product-compliance
Lightning Source LLC
Chambersburg PA
CBHW031845310726
48972CB00005B/1411